Читайте романы
примадонны иронического детектива
Дарьи Донцовой

Сериал «Любительница частного сыска Даша Васильева»:

Сериал «Евлампия Романова. Следствие ведет дилетант»:

Сериал «Виола Тараканова. В мире преступных страстей»:

1. Черт из табакерки
2. Три мешка хитростей
3. Чудовище без красавицы
4. Урожай ядовитых ягодок
5. Чудеса в кастрюльке
6. Скелет из пробирки
7. Микстура от косоглазия
8. Филе из Золотого Петушка
9. Главбух и полцарства в придачу
10. Концерт для Колобка с оркестром
11. Фокус−покус от Василисы Ужасной
12. Любимые забавы папы Карло
13. Муха в самолете
14. Кекс в большом городе
15. Билет на ковер−вертолет
16. Монстры из хорошей семьи
17. Каникулы в Простофилино
18. Зимнее лето весны
19. Хеппи−энд для Дездемоны
20. Стриптиз Жар−птицы
21. Муму с аквалангом
22. Горячая любовь снеговика
23. Человек−невидимка в стразах
24. Летучий самозванец
25. Фея с золотыми зубами
26. Приданое лохматой обезьяны
27. Страстная ночь в зоопарке
28. Замок храпящей красавицы
29. Дьявол носит лапти
30. Путеводитель по Лукоморью
31. Фанатка голого короля

Сериал «Джентльмен сыска Иван Подушкин»:

1. Букет прекрасных дам
2. Бриллиант мутной воды
3. Инстинкт Бабы−Яги
4. 13 несчастий Геракла
5. Али−Баба и сорок разбойниц
6. Надувная женщина для Казановы
7. Тушканчик в бигудях
8. Рыбка по имени Зайка
9. Две невесты на одно место
10. Сафари на черепашку
11. Яблоко Монте−Кристо
12. Пикник на острове сокровищ
13. Мачо чужой мечты
14. Верхом на «Титанике»
15. Ангел на метле
16. Продюсер козьей морды

Сериал «Татьяна Сергеева. Детектив на диете»:

1. Старуха Кристи − отдыхает!
2. Диета для трех поросят
3. Инь, янь и всякая дрянь
4. Микроб без комплексов
5. Идеальное тело Пятачка
6. Дед Снегур и Морозочка
7. Золотое правило Трехпудовочки
8. Агент 013
9. Рваные валенки мадам Помпадур
10. Дедушка на выданье
11. Шекспир курит в сторонке
12. Версаль под хохлому
13. Всем сестрам по мозгам

Сериал «Любимица фортуны Степанида Козлова»:

1. Развесистая клюква Голливуда
2. Живая вода мертвой царевны
3. Женихи воскресают по пятницам
4. Клеопатра с парашютом

А также:
Кулинарная книга лентяйки
Кулинарная книга лентяйки−2. Вкусное путешествие
Кулинарная книга лентяйки−3. Праздник по жизни
Простые и вкусные рецепты Дарьи Донцовой
Записки безумной оптимистки. Три года спустя. Автобиография
Я очень хочу жить. Мой личный опыт

Дарья Донцова

Ночной кошмар Железного Любовника

роман

ЭКСМО

Москва

УДК 82-3
ББК 84(2Рос-Рус)6-4
Д 67

Оформление серии художника *В. Щербакова*

Иллюстрация на обложке художника *В. Остапенко*

Донцова Д. А.

Д 67   Ночной кошмар Железного Любовника : роман / Дарья Донцова. — М. : Эксмо, 2013. — 352 с. — (Иронический детектив).

ISBN 978-5-699-59534-1

Вот так подарочек я, Виола Тараканова, получила к Новому году — узнала из новостей о свадьбе своего любимого мужчины! Ну и ладно, пусть ему будет хуже! Встречать праздник в одиночестве совсем неплохо... Однако не тут-то было! Двоюродная сестра Тоня повезла меня в Подмосковье в гости к нашим общим родственникам. Это оказались те еще персонажи! Мой дядя Сева, например, вовсе не самых честных правил: ребенка от первого брака спровадил с глаз долой и жил за счет новой жены Агаты, изменяя ей направо и налево... Неудивительно, что его закололи ножом в спину на темной улице! Причем Агата тоже не так проста — я услышала ее разговор с любовником и ужаснулась: это они убили Севу ради наследства! Кипя праведным гневом, я сдала изменницу в полицию, вот только многое в этой истории меня смущало... Я во всем разберусь, чтобы за решетку не отправилась невиновная, а пока подою... козла на съемках новогодней передачи, куда меня пригласили почетной гостьей!

УДК 82-3
ББК 84(2Рос-Рус)6-4

ISBN 978-5-699-59534-1

Глава 1

Чтобы подкова принесла тебе удачу, прибей ее к своей ноге и паши, как конь, от восхода до заката.

Я отошла от письменного стола, приблизилась к окну и прижалась лбом к холодному стеклу. На дворе конец декабря, солнце садится очень рано, все лошади уже уютно устроились в своих конюшнях, поели и мирно спят, а я... обернувшись и горестно вдохнув, устремила печальный взор на столешницу, где немым укором мне, автору, лежала неоконченная рукопись. Хотя слово «неоконченная» в данном случае неуместно, потому что новая книга, если уж быть откровенной, совсем не написана. То есть вообще никак не написана, даже практически не начата. Я нацарапала на первом листе три слова: «Таня Злотникова была...» — и все. Кто такая эта Таня? Кем она станет в моем новом детективе? Нужна ли госпожа Злотникова в сюжете? И вообще, какой сюжет будет у еще не рожденного детективного романа? Ох, зачем Костик уехал и оставил меня одну накануне Нового года?

Последний вопрос, впрочем, никак не относится к творческой деятельности, и на него есть четкий ответ: мой любовник Костя — почтительный и заботливый сын. Дело в том, что его мама, Аллочка, адептка здорового образа жизни, поэтому каждый год в двадцатых числах декабря Костик везет ее в крохотную швейцарскую деревушку, где купил небольшой дом, и они проводят почти месяц на лоне природы. Алла уверяет, что каникулы в Альпах заряжают ее здоровьем на следующие двенадцать месяцев, но только если она едет туда вместе с сынулей. А если Костя по какой-нибудь причине не сможет составить ей компанию, она непременно заболеет и скончается в муках. Традиция посещать Швейцарию и справлять там сначала католическое Рождество, потом Новый год, затем вновь появление на свет младенца Иисуса, но уже по версии Русской православной церкви, и в конце концов завершать затянувшиеся праздники песенкой «Дед Мороз к нам идет, всем подарки он несет» в ночь с двенадцатого на тринадцатое января, зародилась в семье Фокиных давно, когда Костик обо мне даже не слышал. Ясное дело, никто не собирается ради меня ломать устоявшиеся привычки.

Только не подумайте, что Аллочка принадлежит к биологическому виду «свекровь простая, злобная» и регулярно повторяет своему сыночку: «Жены приходят и уходят, а мать одна на всю жизнь. Я совершила подвиг — родила тебя. А что сделала чужая баба?»

Нет, Алла вполне милый, даже деликатный человек, а я не являюсь законной супругой Кости, в загс он меня не водил. Поэтому он совсем не обязан думать о моем психологическом комфорте и задаваться вопросом, где и с кем писательнице Арине Виоловой предстоит пить шампанское тридцать первого декабря.

Почему Костя не пригласил меня на берег Женевского озера? Вы разве не поняли? Они с мамой всегда летают в деревеньку Буа исключительно вдвоем, не берут с собой даже брата-близнеца Кости. Хотя, если уж совсем честно, Аллочка обожает исключительно старшенького мальчика. Впрочем, тому, кто издал свой первый крик через десять минут после него, тоже достает внимания и заботы, но вот любит она лишь Константина.

Я потрясла головой и приказала себе: Вилка, очнись, хватит думать о чужих семейных привычках и проблемах. Если что-то невозможно изменить, надо воспринимать это что-то как само собой разумеющееся. Главное — ни в коем случае не расстраиваться. На твоем пути неожиданно возникла бездонная пропасть и хочется зарыдать от отчаяния? Но ведь от слез мост не построится! Лучше попытаться соорудить его или искать обходной путь, а поревешь потом, когда благополучно преодолеешь преграду. Проблемы надо решать, а не топить их в собственных слезах.

Так, дорогая, иди, завари себе кофе, чай, какао, не знаю, что еще, умойся и начинай писать книгу. К тому же встреча Нового года в одиночестве совсем недурная вещь. Если подумаешь — увидишь одни плюсы: не надо тратить деньги на укладку и макияж, на новое платье, туфли и подарки для тех, с кем сядешь за праздничный стол; не придется резать салат, слушать длинные глупые тосты, пялиться в телевизор, где по всем каналам будут мелькать одни и те же давным-давно надоевшие лица. Нет, на сей раз я лягу на диван в уютном халатике, включу себе романтическую комедию, возьму с собой миндальное печенье и угощусь черносмородиновым ликером. Зато никто не закричит над ухом: «Вилка! Как ты можешь пить эту липкую дрянь? На-ка вот, глотни шампусика! Ну же, давай, до дна, на счастье!»

Я терпеть не могу шампанское. Любое — дорогое, дешевое, российское, импортное, брют или сладкое. У меня от него изжога и икота потом до утра.

Короче, Новый год в одиночестве — прекрасная вещь! Мне будет лучше всех! Всегда мечтала провести ночь на первое января в уединении!

Я быстро схватила пульт и включила телевизор. Что бы сейчас ни показывал ящик, буду смотреть в него с большим интересом. Главное, не думать о всякой ерунде.

Экран стал нежно-зеленым, появилась очаровательная блондинка и со счастливой улыбкой на устах, накрашенных розово-перламутровой помадой, заголосила:

— Программа «Тайны и скандалы недели», с вами Котя Любопытная...

Мне тут же расхотелось рыдать. Ну надо же, как удачно я нажала на кнопку! Котя Любопытная в данный момент самый нужный человек в моей жизни! Никогда ранее я не смотрела передачу, посвященную сплетням, но, полагаю, она намного лучше новостей, от которых мороз пробирает по коже. Вот скажите, почему готовящие их бригады не замечают в стране ничего хорошего? Отчего телевизионщики постоянно делают репортажи только о стихийных бедствиях, катастрофах, преступлениях и пугают наивных зрителей пророчествами о неминуемой смерти всех россиян от голода, холода и экономических кризисов?

Я села в кресло и приготовилась услышать о том, как некая певица отбила мужа у своей подруги. Хотя, вполне возможно, сейчас сообщат о драке между журналистом и представителем шоу-бизнеса. Я не поклонница желтой прессы, но сегодня мне просто необходима порция глупостей, и чем невероятнее они будут, тем лучше.

Из динамиков зазвучал марш Мендельсона. Я пришла в восторг. Свадьба! Прекрасно, полюбуюсь на красивые платья, многоярусный торт и улыбки счастливых людей.

— Вчера в небольшом французском городке Эксан-Прованс в обстановке секретности отмечалась свадьба бизнесмена Константина Фокина и Влады Карелиной, дочери владельца издательского холдинга «Май», — затараторила ведущая.

Я чуть не выпала из кресла, услышав имя жениха, но потом перевела дух. Мой Константин сейчас находится в Швейцарии вместе с мамой. Просто у него обнаружился полный тезка.

— Константин Фокин удачно совмещает бизнес и творчество, — с усердием вещала Котя Любопытная, — под псевдонимом «К. Франклин» он выступает как фотохудожник.

Я вцепилась в подлокотники и замерла с открытым ртом.

— Невеста — начинающая киноактриса, — журчало с экрана, — сейчас она снимается в фильме, который спонсирует ее отец-миллиардер. Брак Фокина и Карелиной, келейно заключенный перед самым отлетом пары во Францию, оказался полнейшей неожиданностью для светской Москвы, которая сразу заговорила о слиянии капиталов. Почему Константин и Влада не захотели устроить пышный праздник? Ну, уж не из-за отсутствия средств на веселую пирушку, ха-ха... Только наша программа «Тайны и скандалы недели» покажет вам репортаж из загса. Просим извинения за качество съемки, она велась при помощи айпада.

Экран мигнул. Я увидела одну из машин Кости, тот самый джип, на котором не раз ездила вместе с ним. Дверцы открылись, появились Франклин и стройная девушка в нежно-розовом костюме. Они проследовали в здание, где их встретила толстая тетка с «башней» на голове. Кадры сменяли друг друга. Большой зал, письменный стол, раскрытая амбарная книга, рука Кости, расписывающаяся на странице, тоненькие пальчики с безупречным маникюром и кольцом, украшенным большим брильянтом, берут ручку...

— Прямо из загса новобрачные проследовали во Внуково, где их ждал частный самолет, — захлебывалась от восторга Котя Любопытная. — Во Францию вместе с молодоженами улетели: Алла, мать Константина, Ника, сестра Влады, а также ее родители. Как нам сообщил заслуживающий доверия источник, Фокин с супругой вернутся в Москву пятнадцатого февраля. Вот тогда я непременно задам им много вопросов.

Я медленно встала, подошла к столу и включила ноутбук. Меня никак нельзя назвать гением компьютерного мира, но найти самый крупный новостной портал я вполне способна.

Перед Новым годом, как правило, ничего особенно интересного не случается, и представители всех СМИ коршунами бросаются на любую новость, которую даже не заметили бы в ноябре. Но бракосочетание крупного бизнесмена и дочери олигарха относится к разряду ВИП-мероприятий. На главной странице открытого мной интернет-издания красовалось набранное крупным шрифтом сообщение: «Константин Фокин отвел под венец Владу Карелину».

Мда-а... Я, как тот муж из старого анекдота, узнала об измене любовника последней.

Сначала мне захотелось зарыдать во весь голос. Потом стало зябко, ступни свело судорогой. Затем невидимая рука вцепилась в горло, сжала его и резко отпустила. Я замерла на стуле, стараясь не шевелиться.

Константин оформил брак с незнакомой мне Владой? А как же я? У нас прекрасные отношения, мы ни разу не поскандалили, подходим друг другу по всем параметрам. Костя возил меня на дачу к матушке. Правда, во время моего пребывания на фазенде произошли не очень приятные события, но они только сплотили нас с Костиком[1]. Аллочка же стала моей подружкой. Перед ее отлетом в Швейцарию я приезжала к ней в гости, мы попили чайку, поболтали о пустяках. Это что же получается? В понедельник Алла мило беседовала со мной, угощала кексами, а во вторник отправилась в загс, а потом во Францию вместе с новобрачными? Мать Константина настолько двулична? Или она ничего не знала о свадьбе сына? И что мне теперь делать?

Я тупо смотрела на экран ноутбука. Постепенно обида уползла в какой-то темный угол души, ко мне вернулась способность мыслить. Злиться на Костю я не имею ни малейшего права, он мне не муж, клятв верности мы друг другу не давали. А то, что ложились в одну постель... Я постаралась не зареветь. Ну

---

[1] Вилка вспоминает историю, рассказанную в книге Дарьи Донцовой «Фанатка голого короля», издательство «Эксмо».

какой смысл в рыданиях? От плача опухнут глаза, я стану похожа на поросенка, больного насморком, ни красоты, ни душевного спокойствия лавина слез не принесет. Может, позвонить Константину и...

Додумать мысль до конца мне не удалось — рука сама собой схватила телефон и набрала отлично знакомый номер. Отправляясь в Швейцарию, Костя предупредил, что его мать любит спокойно проводить время, ей не по вкусу звонки, которые отвлекают сына от общения с ней. И я за два дня ни разу не сделала попытки соединиться с Франклином. Но сейчас, когда...

— Алло! — раздался в трубке мелодичный женский голос. — Слушаю.

— Наверное, не туда попала, — пробормотала я.

— Вероятно, — засмеялась незнакомка. — А кого вы ищете?

— Константина Фокина.

— Он отошел ненадолго, — прочирикало контральто. — Кто спрашивает моего мужа?

Я сделала глотательное движение.

— Простите, я не знала, что Константин женат.

— Да, женат! — с вызовом воскликнула новобрачная. — А вы кто?

— Журнал «Бизнес-ревю», — сообразила солгать я, — хотелось бы получить интервью от господина Фокина.

— О боже! Хамка! — взвизгнула свежеиспеченная супруга. — У нас свадебное путешествие, не смейте больше звонить. Вот вернемся в Москву, я решу, с кем и когда встречаться котику.

Из трубки полетели короткие гудки. Мне вдруг стало жарко и смешно. Костя терпеть не может, когда кто-нибудь берет его телефон, Фокина коробит, даже если к сотовому прикасается Алла. А еще он всегда подсмеивается над мужьями, чьи жены называют их прилюдно «котиком», «зайчиком», «слоником» и так далее. В придачу он не выносит женщин-грубиянок. Один раз Фокин услышал, как я говорила с одной крайне надоедливой корреспонденткой, желавшей во что бы то ни стало получить от меня комментарий по какому-то незначительному поводу, и, когда наша беседа наконец завершилась, сказал:

— Ты молодец, ни разу не нагрубила нахалке. Женщину украшает умение держать себя в руках.

Ну и женушку нашел себе мой любимый! Я бы никогда не стала разговаривать с журналисткой в таком ключе.

Мне снова стало холодно, в носу защипало. Я сжала кулаки. Стоп, Вилка! Забудь Фокина! Он тебя бросил, начинай жить счастливо без него.

Я вновь потянулась к мобильному — сейчас напрошусь к кому-нибудь на Новый год.

Первым в телефонной книжке попался Антонов Сергей. Давным-давно, когда деревья, как говорится, были большими, а я мыла полы в модельном агентстве и даже не мечтала о карьере писательницы, у нас с Сережкой разгорелся страстный роман, который после полугода бурных любовных отношений превратился в крепкую дружбу. Сейчас я успешная литераторша, Сережа стал крупным чиновником, но мы по сию пору готовы помочь друг другу.

— Алло, — прохрипел Сергей. — Это кто?

— Вилка, — представилась я. — Слушай, мне негде справлять Новый год. Позови меня в гости, а? Эй, почему ты молчишь?

Он ничего не ответил, а я не утихала:

— Короче, я приеду к тебе тридцать первого декабря, и точка. Знаешь, никому не могу признаться, но тебе, Сереженька, скажу честно: на душе так тоскливо, что выть хочется. Не могу одна на праздник остаться. Я тебе не помешаю, посижу тихонько.

Антонов не издавал ни звука. Мне стало обидно.

— Ты не хочешь видеть лучшую приятельницу?

Сергей замычал нечленораздельно:

— Э... э... э...

И тут я догадалась:

— У тебя намечена романтическая вечеринка с новой любовью?

О том, с какой скоростью мой друг юности меняет женщин, ходят легенды, но последний год он жил с милой Танечкой, и все решили, что он утихомирился. И вот вам, пожалуйста!

— А как же Танюша? — спросила я. — Ты ее бросил, да? Ладно, извини за навязчивость, но мне правда очень плохо сейчас.

— Нет! — неожиданно заорал приятель. — С какой стати я должен утешать тебя? Что за дурь пришла тебе в голову? Ик, ик, ик... Отвали навсегда! Ннавссегда! Ик!

На секунду мне показалось, что я ослышалась. Но потом пришло понимание:

— Ой, да ты пьян! А я, Серега, прекрасно знаю, на что ты способен под воздействием алкоголя. Напомнить тебе одну историю? Хотя нет, лучше сообщу о том, что произошло во время нашей зимней прогулки, всем, кого встречу. Прощай, дорогой, счастливого тебе Нового года!

Мой голос сорвался на визг, я отшвырнула трубку и разозлилась еще больше. Что у трезвого на уме, то у пьяного на языке. С Сергеем мы знакомы много лет, и мне всегда казалось, что нас связывает крепкая дружба. Сколько раз я помогала Антонову, утешала, советовала, как разобраться в запутанных отношениях с его бабами. Кто сидел около него в больнице, после того как любовницы Антонова подрались и ему в голову угодила табуретка, кинутая одной из ополоумевших баб? Сереже нравятся красавицы со съехавшей крышей, истерички, совершенно не пригодные для нормальной совместной жизни, поэтому, впав в депрессию, он всегда вызывал меня, и я работала психотерапевтом, зализывая душевные раны ловеласа. Напивался Сергей редко, зато, что называется, метко. Может, и правда выполнить свое данное в злую минуту, обещание и разболтать нашу общую тайну, поведать приятелям занимательную историю?

Глава 2

Неожиданно обида на Антонова испарилась. Да, было у нас одно приключение, о котором он предпочитает умалчивать. Более того, он чуть ли не на коленях умолял меня никогда, никому, ни при каких обстоятельствах о нем не рассказывать. Ситуация была не очень приличная, и, думаю, Серега единственный мужчина на Земле, с которым случился такой анекдотический конфуз.

Дело было давно, я и Томочка еще жили вдвоем в крохотной квартирке[1]. Стоял, как и сейчас, морозный декабрь. Мы с Сергеем возвращались после

---

[1] Кто такая Томочка, а также биография Виолы рассказывается в книге Дарьи Донцовой «Черт из табакерки», издательство Эксмо».

дня рождения Игоря Новикова — Антонов в ту пору снимал однушку в доме напротив нашего. Вечеринка удалась, выпивки Игоряша выставил немерено, а вот с закуской немного промахнулся, поэтому тарелки быстро опустели, зато алкоголь лился рекой.

Я-то не любительница спиртных напитков, а вот мой приятель не раз опрокидывал рюмку, поэтому собрался домой, будучи уже сильно навеселе. Помню, я даже испугалась, что нас не впустят в метро. Но ничего, обошлось. К тому моменту, когда мы выбрались из подземки, Сергей немного протрезвел и довольно бойко шагал по улице. Но вдруг — до дома было уже рукой подать — он заявил:

— Отлить надо!

И, не обращая на меня внимания, начал расстегивать брюки. Я попыталась остановить его:

— Потерпи, до квартиры идти две минуты. На улице холодно, еще отморозишь свое главное сокровище.

Но, к сожалению, большинство мужчин и на трезвую голову упрямы, чего же ждать от того, кто загрузился спиртным под завязку?

— Отстань, — буркнул Сергей и сделал шаг в сторону газона.

Вернее, он подошел к тому месту, где летом зеленеет трава и растут цветы, а тогда, в декабре, вместо клумбы возвышались сугробы. От тротуара их отгораживала железная труба на столбиках, на высоте чуть ниже пояса человека среднего роста — была в те годы в Москве мода таким образом отделять пешеходную часть от ландшафтной, некий прообраз сегодняшних заборчиков.

Ночной кошмар Железного Любовника

17

Я поняла, что Сергей все равно поступит, как ему заблагорассудится, и деликатно отвернулась, тихо радуясь, что в поздний час на улицах столицы не сыскать милиции. Бравые стражи порядка не очень-то рвутся патрулировать город после полуночи, и я их прекрасно понимаю — правда, вдруг бандит встретится?

Спустя минуту Антонов взмолился:

— Вилка, помоги мне.

— С ума сошел? — возмутилась я. — Надо же такое придумать... Ты у нас маленький? Не способен сам штанишки застегнуть?

— Мне плохо! — захныкал Сергей.

Я повернулась, увидела, что он по-прежнему стоит около железной трубы, и разозлилась.

— Ну, хватит! Я окоченела, ухожу домой. А ты можешь тут ночевать. Считаю до трех и убегаю. Раз...

— Вилка, — простонал Антонов, — скорей, сюда!

В голосе его прозвучали нотки, заставившие меня приблизиться к нему и спросить:

— В чем дело?

— Да вот петрушка какая, не могу отойти, — пробормотал Сергей. — Глянь на трубу.

Я посмотрела на покрытую инеем железяку и постаралась не расхохотаться во весь голос.

У мужчин есть орган, который они считают главным. На мой взгляд, хвастаться и гордиться надо умом, талантом, а не... ну, сами понимаете, чем, но сильная половина человечества полагает иначе. Так вот, этой сакральной штукой Сергунчик прилип к трубе. Кто-нибудь из вас в детстве пробовал лизнуть накладной замок ворот гаража, покрытый пушистым инеем? У меня в биографии был такой случай, очень неприятно потом целую неделю есть и разговаривать.

— Как же ты так неаккуратно? — давясь смехом, поинтересовалась я.

— Не знаю, — зашипел Сергей. — Придумай что-нибудь...

— Просто дерни, и пошли домой, — предложила я. — У меня ноги окончательно задубели, на мне же тоненькие чулочки.

— Плевать на твои ноги! — заорал Антонов. — Кому нужны какие-то конечности, когда такая беда приключилась? Что делать?

— Стоять тут, пока не потеплеет, — хихикнула я. — Вроде обещали к середине января повышение температуры.

Приятель обозвал меня дурой, я обиделась, и мы поругались. Потом Серега стал жалобно взывать к моим лучшим чувствам. Я сбегала к себе в квартиру, притащила чайник с теплой водой и благополучно спасла своего кавалера.

На следующее утро Сергей прибежал к нам около семи утра, вызвал меня на лестницу и трагическим шепотом спросил:

— Томке разболтала про вчерашнее?

— Нет, — зевнула я. — Она уже спала, когда я пришла, и пока не проснулась. За завтраком повеселю ее.

— Поклянись, что будешь молчать, — потребовал Сергей.

Я еще немного покуражилась над ним, но потом сжалилась, пообещала никому о курьезе не рассказывать. И до сих пор честно хранила тайну.

Собственно, почему я сейчас вышла из себя? Антонов не обязан развлекать меня на Новый год, у него своя жизнь, собственные планы. Добрый друг не захотел понять, как мне одиноко? Но он же не мой психотерапевт. И очень глупо было напоминать ему про то дурацкое приключение. Нам уже давно не двадцать лет, история с железной трубой не кажется жутким позором, просто забавное происшествие. Зачем я налетела на Антонова? Ответ прост: я обижена на Костю, который бросил меня, как надоевшую игрушку. Надо перезвонить Сергею и попросить прощения. Хотя в данный момент он пьян. Не стоит беседовать с человеком, у которого мозг плавает в коньяке.

Лежащая на столе трубка вдруг ожила. Может, Сергей правильно оценил ситуацию и сам решил связаться со мной? Но из телефона раздалось бойкое стаккато Тонечки:

— Привет! Как дела?

Я сделала глубокий вдох.

— Супер. Я приняла решение разойтись с Костей.

— Почему? — удивилась Тоня.

Я быстро нашла замечательный аргумент:

— Потому. Не сошлись характерами. Он очень огорчен, сказал, что назло мне женится прямо завтра на первой попавшейся особе. Но мне совершенно все равно.

— И с кем ты собралась встречать праздник? — насторожилась Антонина.

— Давно мечтала провести тихий вечер в одиночестве, — живо ответила я. — Очень устала от общения, сколько людей кругом!

— Отлично! — заявила Тоня. — Собирайся, едем к Анатолию.

— Куда? — не поняла я.

— К деду. Объясню по дороге. Поторопись, прикачу к тебе через четверть часа. Возьми с собой ночнушку, платье для вечеринки, ну и всякие мелочи, — приказала Антонина.

Я хотела задать еще пару вопросов, но она отсоединилась.

Я уже достаточно подробно рассказывала о своем детстве и отрочестве, ей-богу, неохота повторяться[1]. Скажу лишь, что до недавнего времени искренне считала: никаких близких родственников у меня, кроме папеньки Ленинида, нет. И вдруг совершенно случайно выяснилось, что у госпожи Таракановой есть двоюродная сестра.

Мы с Антониной знакомы уже давно. Я испытывала симпатию к сотруднице архива, которым пользуются работники особого отдела под руководством полковника Олега Куприна, моего мужа, а Тоня частенько помогала мне, как писательнице, вообще-то не имевшей права совать свой любопытный нос в папки с грифом «Для служебного пользования». Нет, мы не общались домами, в гости друг к другу не ходили, но порой вместе пили кофе. После моего развода с Олегом ничего не изменилось, и стало ясно: заведующая архивом не хочет разрывать нашу дружбу, она по-прежнему прекрасно ко мне относится. А совсем недавно я узнала две новости: Антонина вышла замуж за Куприна, и она моя двоюродная сестра[2].

---

[1] Читайте книгу Дарьи Донцовой «Черт из табакерки», издательство «Эксмо».

[2] Подробнее об этом рассказывается в книге Дарьи Донцовой «Фанатка голого короля», издательство «Эксмо».

До сего момента у меня, как уже говорилось, из кровных родственников был лишь Ленинид, с которым произошла воистину волшебная метаморфоза. Папенька мой из бывшего уголовника, неудачливого мелкого воришки, жившего по принципу «украл, выпил — сел» (в тюрьму), превратился в звезду телеэкрана. Первую роль он получил в сериале по моим книгам, чем страшно возгордился, и теперь мне, дабы побеседовать с ним, надо прорваться сквозь кордон его пресс-секретарей и всяких прихлебателей. Сам Ленинид мне никогда не звонит — не царское это дело. Короче, прошли времена, когда отец постоянно просил у меня денег и смиренно носил одежду, которую я покупала ему на рынке. Правда, он никогда не скрывал своего уголовного прошлого и нашего родства. Более того, во всех интервью отец рассказывает, как «воспитывал дочку, ныне писательницу Арину Виолову, вкладывая в нее всю душу, передал ей собственный талант, трудолюбие и скромность». Это наглая ложь. Все мое детство, отрочество и юность Ленинид провел на зонах, меня ставила на ноги его бывшая любовница Раиса, чужая мне по крови женщина, которую я считаю родной, папуля же возник в моей жизни, когда я стала уже совсем взрослой. Но я не опровергаю его слова в прессе, не звоню папаше, чтобы выразить возмущение его враньем, а просто стараюсь общаться с ним пореже.

Как выяснилось, мать Тони, моя тетка, ничего не знала о племяннице. Узнав о нашем родстве, я забросала Тонечку вопросами о членах нашей семьи. Двоюродная сестра неохотно рассказала, что рано покинула подмосковный городок Ковалев, где прошло ее детство, и уехала покорять Москву. О своем отце Тоня ничего не сообщила, о матери сказала коротко:

— Она умерла, я воспитывалась в детдоме.

Мою мать Антонина никогда не видела, лишь слышала, что в семье была еще Светлана, но вроде дед выгнал старшую дочь из дома. Сейчас старик по-прежнему обитает в Ковалеве. Вместе с ним живут две его сестры и сын.

Выдав мне эту информацию, Тонечка замкнулась. Поняв, что ей по какой-то причине не хочется вдаваться в детали, я перестала ее расспрашивать. И вот сейчас она спонтанно приняла решение познакомить меня с нашим дедушкой, о котором я знаю лишь одно: его зовут Анатолий.

Телефон снова зазвонил.

— Выходи, — произнесла Антонина, — а то Анатоль нас за опоздание на воротах повесит. Буду у тебя во дворе через пару минут, заводи машину.

Я схватила сумку, пошвыряла в нее кое-какие вещи, помчалась к лифту и спустилась вниз. Как раз вовремя — у подъезда припарковалось такси, из него вышла Тоня.

— Садись, — велела я, открывая пассажирскую дверцу своей «букашки», — торбу кинь назад.

Антонина послушно нырнула в салон, пристегнула ремень, а я спросила:

— Куприн знает, что ты меня пригласила? Думаю, он не обрадуется, увидев бывшую женушку на новогоднем торжестве.

— Олег в командировке, — пояснила Тоня, — и я намерена после того, как он вернется, наконец-то сообщить ему правду о нашем родстве. Хватит скрывать!

— Олег занервничает, узнав, что прежняя супруга теперь его свояченица, — усмехнулась я.

— Ему придется это принять! — неожиданно сердито воскликнула Тоня. — Мы и так слишком долго молчали, не хотели его травмировать.

Я сообразила, что Тонечка, наверное, поругалась с мужем, и сменила тему:

— Расскажи, куда едем.

— В сумасшедший дом, — фыркнула Антонина. — У всех людей семьи как семьи — дедушка читает газеты, бабушка вяжет, внуки в футбол играют, а у нас пирожки с пуговицами. Это выражение Офелии. Кстати, в семье принято друг друга по именам звать. Офи у нас личность одухотворенная — композитор-певица-поэт-художник в одном флаконе, но вынуждена работать директором гимназии. Ладно, попробую растолковать тебе суть, хотя уверена, что получится плохо. Слушай.

Я кивнула:

— Начинай. Мне очень интересно. Кто глава семьи?

— Дедушка Анатолий Сергеевич, — вздохнула Тоня, — он главный режиссер театра в городке...

Ковалев находится так близко от Москвы, что его можно считать спальным районом столицы, но все же остается самостоятельной административной единицей со своим мэром и администрацией. Анатолий Сергеевич там значимая фигура, он много лет руководит городским театром, который сначала был самодеятельным кружком при местном заводе, где делали ракеты. В советские годы предприятие считалось почтовым ящиком[1], поэтому великолепно снабжалось продуктами и товарами народного потребления. А вот с развлечениями в Ковалеве было плохо — чтобы попасть в кино или на спектакль, приходилось ехать в Москву, которая в те времена еще не подобралась к границам городка. Анатолий Сергеевич правильно оценил обстановку, напросился на прием к главе города и подал ему грамотно составленную заявку на открытие театра.

Через год труппа, состоящая в основном из непрофессиональных артистов, дала первый спектакль. Играли «Гамлета». Жители встретили премьеру с восторгом, но постановка, мягко говоря, не удалась.

Спустя пять лет коллектив нельзя было узнать. Анатолий Сергеевич убрал тех, с кем начинал дело, и привел на их место актеров столичных театров, талантливых профессионалов. Каким образом главному режиссеру удалось убедить их бросить Москву и перебраться в Ковалев?

Ну, во-первых, квартирный вопрос. В Подмосковье лицедеи сразу получали от администрации многокомнатные хоромы. Оклад тоже радовал. Появилась возможность часто играть, а не сидеть много лет, ожидая, пока получишь роль из трех слов. Неизбалованная ковалевская публика артистов обожала, все их проблемы решались в мгновение ока, а до Москвы из городка рукой подать. Пробок на до-

---

[1] Почтовый ящик — так в советские времена называли оборонные предприятия и НИИ из-за того, что у них не было адреса. Если вы посылали в подобную организацию письмо, то не указывали на конверте улицу и номер дома, а писали, например, «п/я 125319». *Здесь и далее примечания автора.*

рогах тогда не было, на машине за полчаса долетали до Кремля. Ради материальных благ примы и премьеры терпели совсем не сахарный нрав Анатолия Сергеевича Авдеева. А главный режиссер был авторитарен, нетерпим к чужому мнению, имел любимчиков, поощрял наушничество и спал со всеми актрисами, которые казались ему привлекательными. Каждая очередная метресса получала лучшие роли и исполняла их до тех пор, пока у местного царя подмостков не появлялось новое увлечение.

Авдеев никогда не был женат, живет вместе с двумя сестрами. Офелия и Пенелопа значительно младше брата, полностью находятся под его влиянием и почитают его почти как бога. Злые языки поговаривали, что раньше у них в паспортах были обычные имена Зинаида и Раиса, но братец решил, что они никак не подходят его ближайшим родственницам, и переименовал их. Правда это или нет, никому не известно. Себя же Авдеев велит называть Анатоль. В театре все знают: хочешь взбесить шефа до крайности, обратись к нему по имени-отчеству, назови его Анатолием Сергеевичем.

Главреж злопамятен. Он никогда не орет, не топает ногами, не устраивает, как некоторые другие руководители театров, истерик. Нет, Авдеев просто внимательно смотрит на провинившегося и тихо говорит:

— Ступай, дружочек, что-то у меня голова разболелась.

Больше всего на свете артисты, гримеры, костюмеры и рабочие сцены боятся услышать эти слова. Все прекрасно знают: Анатоль ничего не забывает, и если произнес их, то буквально подписал человеку смертный приговор.

И дома Анатоль ведет себя точно так же. Сестры ходят на цыпочках, ни Пенелопа, ни Офелия не выходили замуж. Они до сих пор обслуживают брата, живут его жизнью.

Глава 3

Как вы понимаете, Анатоль далеко не молод, но по-прежнему продолжает руководить театром. Однако времена былой славы миновали. Ковалев почти слился с Москвой. Завод, производивший ракеты, тихо умер во время перестройки, его цеха, ангары и дворы превратились в громадный рынок, где стали торговать потерявшие работу высококвалифицированные рабочие и научно-технические сотрудники. Потом их вытеснили вьетнамцы и жители ближнего зарубежья. Местное население стало сдавать квартиры приезжим, и городок превратился в общежитие для работников рынка. У коренных жителей есть несколько возможностей заработать деньги: встать за прилавок на рынке, пустить к себе постояльцев либо обслуживать продавцов и охрану. Впрочем, последним занимается исключительно мафия пенсионерок. Пожилые женщины варят супы, пекут пирожки, а потом продают еду как аборигенам рынка, так и посетителям торговых рядов. Еще они стирают-гладят белье и лечат тех, кто не имеет медицинского полиса. Человека со стороны, решившего приехать на ковалевский шалман с бидоном борща, элементарно побьют и выгонят со словами: «Еще раз сунешься, в живых не останешься». Только не подумайте, что драку затевают бабульки — у них есть сыновья и внуки, которые бдительно следят за порядком.

Цены на ковалевской толкучке ниже, чем в Москве, выбор товаров огромен, тут можно приобрести все что угодно, поэтому с восьми утра до восьми вечера на территории бывшего завода толпится народ.

После того как охрана запрет огромные ворота, оживают маленькие ресторанчики с кухней разных стран. Впрочем, слово «ресторанчики» не совсем правильное, чаще всего пловом, мантами, китайскими, корейскими и вьетнамскими яствами кормят в квартирах. Санитарных книжек ни у повара, ни у его помощников нет, и очень часто они не говорят по-русски, но готовят так, что язык проглотишь. В Ковалев, чтобы полакомиться, прикатывают рафинированные столичные гурманы — роскошные иномарки, подчас с мигалками на крышах, припаркованные возле убогой, разваливающейся пятиэтажки, совсем не редкость на улицах городка. Кроме нелегальных обжорок в Ковалеве работают подпольные казино, бордели, кинотеатры, демонстрирующие фильмы на разных языках, а также боулинги, бары и прочие развлекательные заведения. Ну и кому, скажите на милость, тут нужен театр, на сцене которого неблагодарные дочери плохо поступают с отцом, королем Лиром?

Молодые артисты в Ковалев не рвутся, самому юному члену труппы пятьдесят лет, Джульетту на ковалевских подмостках изображает стокилограммовая пенсионерка. Лет пять назад Анатоль принял стратегическое решение: надо менять репертуар. Но время было упущено. А еще главреж понял: если люди не спешат в театр, то спектакль должен прийти к зрителю. Поэтому сейчас в репертуаре несколько пьес для юного поколения, артисты выез-

жают в детские сады и школы, показывают истории
про Колобка и Машу с медведями, «Горе от ума»,
«Евгений Онегин», «Мцыри». Анатоль ненавидит
выступления перед детьми и называет их «гастроли
для мартышек». Однако именно благодаря этим «га-
стролям» театр жив и худо-бедно сводит концы с
концами.

Слегка пообтрепалось и былое величие самого
Анатоля. Теперь у него почти нет поклонниц, ранее
не дававших ему спокойно пройти по улице. Тем,
кто торгует на рынке или делает там покупки, Авдеев не интересен. Юная поросль Ковалева тоже не
ломится на спектакли, у молодежи свои забавы —
в городке открыта пара ночных клубов, которые не
жалуются на отсутствие посетителей. Да и Москва
под боком, сел на маршрутку — и через десять минут гуляешь по столице. Но для среднего и старшего поколения Авдеев по-прежнему звезда. Местная
администрация относится к нему с подчеркнутым
уважением, а артисты, как и встарь, боятся разгне-
вать режиссера. И в своей семье Анатоль остается
самодержцем, наделенным высшей властью.

Как уже говорилось, Пенелопа и Офелия никогда не выходили замуж и не имеют детей. Анатоль
тоже не оформлял брака, но наследник у него есть.
Это Всеволод. К сожалению, дочь режиссера Нина,
мать Тони, умерла. У Анатоля еще была старшая дочь
Светлана, та самая, что, родив Вилку, бросила ее на
попечение своего мужа-уголовника и исчезла из
жизни ребенка навсегда[1]. Имя старшей дочери в семье вслух не произносят, о причине разрыва отно-

---

[1]Читайте книгу Дарьи Донцовой «Урожай ядовитых
ягодок», издательство «Эксмо».

шений отца с ней не говорят. Да это, наверное, уже и не имеет значения — Света скончалась. А Всеволод пребывает в полном здравии. Он холост, проживает вместе с отцом и работает у него в театре — пишет музыку для разных постановок.

Суровый к родным и подчиненным, Авдеев становится очаровательным при встрече с посторонними, никак от него не зависящими людьми. И он обожает веселые компании. Анатолий Сергеевич хлебосольный, совсем не жадный человек. Но! Щедрым он бывает лишь с теми, кто приходит в его дом гостем, для родственников введен режим жесткой экономии.

Новый год в доме Анатоля всегда отмечается шумно. Просторная квартира режиссера находится в здании театра. В былые годы тридцать первого декабря в фойе устанавливалась огромная елка, вокруг которой плясала и пела куча народа, включая все местное начальство. Авдеев всегда устраивал капустник, Всеволод специально писал для него музыку. Играли не местные артисты, а гости. Подчиненных Анатоль никогда на такие вечера не звал — крепостным негоже ручкаться с барами. Традиция показывать в Новый год капустник сохранилась и по сию пору. Правда, количество гостей сильно поубавилось, в прошлом декабре за столом сидело всего двадцать человек...

Когда моя «букашка» подъехала к помпезному желтому зданию в стиле «советского вампирного барокко», Тонечка сказала:

— Наверное, лучше не говорить Анатолю и компании, что мы с тобой двоюродные сестры. Не знаю, что сделала твоя мама, но, видно, она здорово досадила отцу. Боюсь, он может перенести свою неприязнь и на внучку.

— И, думаю, не следует сообщать, что я бывшая жена Куприна, — ответила я в тон Антонине.

— Пожалуйста, ничему не удивляйся, — попросила она, выходя из машины, — воспринимай любые события и слова, которые тут услышишь, как... ну... словно играешь в пьесе. Семейка у меня еще та.

— Извини за напоминание, но Анатоль и другие вроде как и моя родня, — улыбнулась я.

— Давай придумаем легенду и будем четко ее придерживаться. Что скажем, где мы познакомились? — спросила Тоня.

— Лучше сказать правду, — решила я. — Ты работаешь в архиве, а я пришла туда посмотреть кое-какие документы для своей новой книги. Теперь мы дружим, ты позвала меня в Ковалев в гости. Слушай, а ведь до Нового года еще почти неделя. Не рано ли мы приехали?

— Все о'кей, — буркнула Тоня. — Ну, ныряем в болото с жабами...

Когда мы вошли в просторную комнату, люди, сидевшие вокруг большого стола, разом повернулись в нашу сторону.

— Наконец-то! — воскликнул стройный темноволосый мужчина, одетый в шелковую стеганую домашнюю куртку. — Сколько можно ждать?

— Прости, Анатоль, жуткие пробки, — смиренно ответила Тонечка.

Я уставилась на того, кто вместо приветствия сделал Тоне замечание. Это главный режиссер ковалевского театра? Да быть того не может! Анатолию Сергеевичу, по самым скромным подсчетам, лет семьдесят, а передо мной человек, которому можно дать от силы сорок!

— Хочу вам представить свою близкую подругу, Виолу Тараканову, — сказала Антонина.

— Очень приятно, — улыбнулся мне Анатоль. — Садитесь скорей, Катя приготовила кролика в сметанном соусе. Надеюсь, вы не сидите на диете? Хотя зачем вам, с такой-то стройной фигурой, ограничивать себя в еде... Я правильно говорю, Офи?

Излишне полная дама, чья шея была обмотана бесчисленными кольцами жемчужного ожерелья, отложила вилку и с обидой произнесла:

— Я толстею не от продуктов. И в возрасте Виолы я походила на спичку.

— Скорей на сувенирную свечку, тетя, — тихо произнес мужчина в красном клетчатом пиджаке. — Видела такие кругленькие столбики? Ими на рынке активно торгуют. Прикольная вещь, на ней можно попросить написать имя того, кому ее даришь.

— Лучше украсить свечу инициалами тещи и смотреть, как плавится стеарин, а буквы исчезают в огне, — серьезно заявил толстячок в синей жилетке, натянутой поверх розовой рубашки.

— Ваня! — укоризненно посмотрела на него женщина с роскошной гривой мелко вьющихся рыжих волос.

— Что, Лидуся? — спросил Иван. — Я просто пошутил. И к твоей маме это не имеет отношения. Она лучше всех на свете.

— На прошлый Новый год мне свекровь подарила халатик, — вступила в беседу худая брюнетка, сидевшая справа от хозяина, — с очень симпатичным орнаментом. Сначала мне показалось, что это маленькие цветочки, потом я присмотрелась — нет, там буковки, латинские, и они складываются в фразу, которая переводится на русский как «смерть всем». Вот теперь не знаю, как относиться к подарочку-то.

— Дайте людям сесть, — произнесла еще одна дама, сидевшая за столом. — И надо познакомить Виолу с присутствующими.

— Прекрасная идея, Пени, — одобрил Анатоль. — Устраивайтесь, дорогая Виолочка, возле меня. Галочка, пересядь к Петеньке. Мальчик, ты не против? Мама еще не замучила тебя своей заботой?

Юноша в круглых очках молча покачал головой.

Мне стало неудобно.

— Спасибо, я прекрасно устроюсь вот на этом стуле, не надо перемещать Галину.

Но та уже резво вскочила.

— В доме Анатоля такая традиция: когда человек приходит в первый раз, он всегда располагается по правую руку от хозяина. Идите, идите, не стесняйтесь.

Пришлось подчиниться. Анатоль начал активно предлагать мне еду, а я поняла, что волосы у него покрашены, лицо уж слишком гладкое, какое-то кукольное, значит, над ним поработал пластический хирург, и вдобавок оно по полной программе обколото ботоксом. Вот прямую спину и по-юношески стройную фигуру врач, пусть даже самый умелый, не обеспечит. Думаю, дед проводит немало времени в тренажерном зале, поэтому и сохранил юношескую легкость движений.

— Меня зовут Офелия, — сообщила дама в жемчугах, — я сестра Анатоля и Пенелопы.

Пени помахала рукой.

— Если захотите чаю, только моргните, заварю вам свой фирменный.

— Главное, не жалуйтесь Пени на проблемы со спиной или с ногами, — засмеялся мужчина в жилетке. — А то она натрет больное место гелем для лошадей, и у вас в скором времени отрастут копыта.

Пенелопа обиженно поджала губы.

— Ваня, — недовольно произнесла его спутница, явно супруга, — опять ты за свое!

Иван растянул губы в улыбке, но выражение его глаз осталось холодным.

— Лидуся, я врач, получил диплом с отличием, давно практикую и хорошо понимаю: человек и лошадь не очень-то похожи. Скорей уж люди ближайшие родственники свиней.

— Ой, прекрати! — поморщилась Пенелопа. — Ты психотерапевт, занимаешься душой, а не телом. Да, я пользуюсь средствами, предназначенными для животных, но кто виноват, что для людей не придумали подобных? Смотри, какая у меня шевелюра?

Пени вытащила из прически несколько шпилек, и каскад густых блестящих волос упал на ее плечи.

— А почему я не облысела? — с вызовом спросила сестра Анатоля. — Отвечу честно: не первый год мою голову исключительно шампунем для собак. А ты, Ванюша, пользуешься человеческим моющим средством. И каков результат? Лысина от уха до уха!

— Отсутствие у мужчин растительности на темечке свидетельствует о рекордном количестве тестостерона в организме, — отбил подачу Иван. — Сильный пол должен не переживать из-за отсутствия кудрей, а гордиться данным фактом, потому что он просто кричит: «Сей парнишка прекрасный любовник». Ну, прямо как я. Верно, Лидуся?

— Ой, замолчи! — покраснела она.

Анатоль рассмеялся.

— Ну, ладно, хватит вам. Давайте сам представлю остальных. Сева, мой единственный сын...

Мужчина в клетчатом пиджаке молча кивнул. Режиссер продолжил:

— Галина и Петя. Мама и талантливый сын-математик. Уверен, мальчик непременно получит Нобелевскую премию.

Петр резко покраснел, уронил с носа очки и нагнулся за ними.

— Математикам не дают в Швеции денег, — заметила Офелия.

— Правда? — удивился Анатоль. — Почему?

— Жена Нобеля изменила ему с преподавателем арифметики[1], — пояснила Офи.

— Ну надо же! — всплеснул руками Анатоль. — Альфред оказался на редкость мстителен. Ничего, Петяша заработает... э...

— Филдсовскую премию, — подсказала Офелия.

— Не знаю, кто он такой, этот Филдс, но надеюсь, что хороший человек, а наградные солидные, — улыбнулся Анатоль. — А вы, значит, Виола Тараканова. Чем занимаетесь, дорогая? Учительствуете?

Я как раз положила в рот кусок нежного мяса, а потому слегка замешкалась с ответом и услышала голос Тонечки:

— Вилка писатель. Под псевдонимом Арина Виолова пишет криминальные романы.

В гостиной воцарилась тишина.

---

[1] Существует такая легенда, не имеющая доказательств. И называют еще много других причин, по которым изобретатель динамита Альфред Нобель (1833—1896) вычеркнул математиков из числа тех, кому может вручаться премия его имени.

Глава 4

— То-то лицо гостьи показалось мне знакомым, — нарушила молчание Галя. — Я стараюсь не пропускать шоу Балахова, а вы в нем недавно участвовали. Очень хорошо и умно говорили. Правда, Петя?

Сын, уже успевший вернуть очки на их законное место, ответил неожиданно густым басом:

— Да, мама.

— Арина Виолова... — повторил Анатоль. — Поправьте, если я ошибаюсь. Сериал «Тайна лисицы» ведь снят по вашим произведениям?

— Верно, — ответила я. — В основе стодвадцатисерийного проекта лежал мой роман. Но уже на пятом фильме сценарий стали писать другие люди.

— Замечательное кино! — обрадовалась Галя. — Захватывающее! В особенности именно первые пять серий, потом не так интересно. Правда, Петяша?

— Да, мама, — покорно согласился Петр. Потом он вынул из кармана толстовки маленький блокнотик, шариковую ручку и начал что-то быстро писать, загородив левой ладонью текст.

Галина живо отняла у парня и то и другое и спокойно сказала:

— Дорогой, ты сидишь за общим столом, а не в своей комнате. Поговори с нами.

— Да, мама, — привычно ответил студент.

— Очень рад, что в нашей компании присутствует известная литераторша, — заявил Анатоль. — Виола, вы поможете нам с текстом новогодней пьесы, если возникнут трудности?

— Постараюсь, — пообещала я.

— Папа, гостья строчит полицейские истории, — фыркнул Сева. — Я не имею ничего против криминальных романов, они нужны простому, малообразованному народу. И вообще лучше уж читать про убийства, чем пить водку. Но если разрешить нашей глубокоуважаемой новой знакомой править новогоднюю пьесу, то зайчик сразу придушит Колобка, и действию кирдык.

— Всеволод, не неси чушь! — одернула его Офелия. — Я обожаю произведения Татьяны Поляковой, Татьяны Устиновой и Милады Смоляковой. Между прочим, у меня диплом о высшем образовании и, кроме того, что я руковожу гимназией, преподаю детям литературу, у меня прекрасный вкус. Извините, Виола, ваши романы пока не открывала, но завтра же куплю несколько книг. Уверена, они произведут наилучшее впечатление.

— Колобка нельзя придушить, — хмыкнул Иван, — он без шеи и тела. Одна голова. Очень удачное, так сказать, телосложение, у него никогда не будет артрита.

Я сделала вид, что поглощена поеданием изумительно вкусных овощей, — Офелия ринулась защищать меня. Спасибо ей, конечно, но я давно уже не обращаю внимания на подобные уколы.

— Теперь, когда все собрались и познакомились, можем начать репетицию! — возвестил Анатоль. — Виола, и для вас будет роль.

— Папа, Агаты нет, — перебил отца Сева.

Хозяин дома замер на секунду с открытым ртом, потом недовольно пробурчал:

— Действительно.

— И бабушка не подошла, — внезапно произнес целую фразу Петр.

— Я тут, — донеслось из кухни, — незримо присутствую со всеми. Не могу отойти от духовки, где сидит торт безе. Упустишь момент — и он превратится в лепешку. Вскоре вынесу десерт. Отлично все отсюда слышу. Кстати, Галчонок, халатик с буковками я тебе купила не на нашем рынке, а в центре Москвы. Стала к старости подслеповата, вот и не разглядела надписей, решила, что это просто беспорядочные загогулинки.

Галина сгорбилась.

— Ой! — раздалось вдруг в кухне. — Больно-то как!

— Что случилось, Екатерина Федоровна? — встрепенулся Иван.

— Палец случайно порезала, — пожаловалась та, — нож у меня острее, чем бритва. Не волнуйтесь, ерунда, сейчас кровь остановится. Жить точно буду.

— А вот и я! — звонко объявил радостный голосок. — Ваще бежала прямо! Теперь сомневаюсь, закрыла хоть магазин-то?

По лицу Офелии скользнула тень, Пени натужно-приветливо заулыбалась, Анатоль прищурился.

— Виола, перед вами моя невестка, очаровательная Агата.

Я взглянула на стройную девушку, облаченную в розовое, щедро усыпанное стразами платье и колготки с шахматным рисунком. Наряд слишком яркий, прямо слепит глаза, но, несмотря на безвкусную одежду, видно: Агата настоящая азиатская красавица, у нее раскосые глаза, оливковая кожа, черные волосы и миниатюрная фигурка.

— Надеюсь, что хорошо закрепила жалюзи, — продолжала вошедшая, усаживаясь на противоположном от Анатоля конце стола.

— Агаточка у нас бизнесмен, — сладко пропела Офелия, — торгует прекрасными платьями из США, они вмиг разлетаются. Кисонька, ну нельзя же постоянно думать о бизнесе, иногда надо расслабиться, отдохнуть.

— Вот только позвоню Марьяне, велю ей сноситься на рынок и проверить, опущена ли решетка перед дверью магазина, — выпалила Агата. — Не хочется, чтобы товар сперли.

— Украли, — поправила Офелия. — Девушка из приличной семьи должна употреблять такой глагол.

— Угу, — отозвалась Агата и вытащила мобильный.

Анатоль предостерегающе кашлянул.

— Вау, начисто забыла правило номер десять! Нельзя пользоваться сотовым во время ужина! — весело воскликнула жена Севы и вскочила.

— Будем считать, что меня тут пока не стояло. Ща вернусь...

Агата молнией ринулась в коридор, и оттуда долетел бойкий голосок:

— Привет! Берешь задницу в горсть и шлепаешь на точку. Я, жопа безголовая, дверь оставила без защиты. Давай, давай, не скрипи! Хватит с нас тюка, который на таможне скоммуниздили.

В столовой секунду висело молчание, потом Офелия нашлась:

— Восхитительный кролик.

— Нежный, как масло, — спешно добавила Галя.

— Подливка такая ароматная, — внес свою лепту Иван.

— Картошка во рту рассыпается, — сказала Лида.

— Ну, все, я пришла, явление номер два! — провозгласила Агата, влетая в комнату. — Ща наемся до ушей!

Анатоль постучал ножом по бокалу.

— Тише, господа. На повестке дня вопрос о пьесе. Итак, мы покажем русскую народную сказку «Колобок» в новогоднем варианте. Роли я уже распределил. Зайчика сыграет Офи!

— Ей бы больше подошла роль Колобка, — буркнул себе под нос Сева, — очень уж тучный длинноухий получится.

Анатоль метнул в сына сердитый взгляд и продолжил:

— Лиса — Пени, Ваня у нас медведь, Всеволод черепаха.

— В «Колобке» было пресмыкающееся? — удивилась Галя.

— У нас слегка переработанный вариант, — напомнил Анатоль, — волка изобразит Петя.

— Ему лучше поручить роль табуретки, на которой сидит дедушка, — высказался Сева.

— С какой стати? — возмутилась Галина. — Петяша очень талантливый, он способен выучить самый длинный монолог. Правда, милый? Не горбись, сиди прямо!

— Да, мама, — пробубнил парень.

У Севы в кармане затрезвонил мобильный. Он встал и вышел в коридор. Все молча занялись едой.

— Агата, подойди сюда, — позвал через пару минут Сева.

— Это не может подождать? — спросила жена.

— Нет! — рявкнул он.

Агата вскочила и поспешила на зов.

— Ну когда же все, наконец, угомонятся и мы начнем репетицию? — возмутился Анатоль. — Сева, что за глупости? Где вы?

— Здесь! — хором отозвались супруги, возникая на пороге. Сева объяснил:

— Валя звонила, попросила меня встретить ее на остановке.

— Что за блажь! — разозлился местный Станиславский. — Почему ты должен к ней бежать?

— Уже поздно, — объяснила Агата, — вдруг на Валечку маньяк нападет!

Пени быстро перекрестилась.

— Типун тебе на язык, дорогая. Некоторые слова лучше не произносить вслух.

Агата откинула со лба прядь волос.

— Страусиная политика до добра не доводит. Вы же сами знаете: в Ковалеве объявился убийца. Весь рынок только о нем и гудит, а полиция не чешется, потому что зарезаны три гастарбайтера. Кому они нужны? Правда, сейчас маньяк успокоился, преступления прекратились, но он может начать заново.

— Валечка студентка и блондинка, — перебила Агату Пенелопа, — ее невозможно спутать с малограмотной таджичкой. Скорей уж...

Пени резко замолчала.

— Вернемся к нашей постановке, — грозно произнес Анатоль.

— Скорей уж преступник меня за малограмотную таджичку примет, ты это хотела сказать? — фыркнула Агата.

— Вот, пожалуйста, торт безе, — произнесла пожилая дама, выходя из кухни.

— Фантастика! — захлопала в ладоши Офелия.

— Потрясающе! — присоединилась к ней Пенелопа.

— Обожаю твою выпечку! — закатила глаза Галина.

— Да, мама, — на автопилоте добавил Петя.

— Тетя Катя, вы волшебница, — произнесла Тонечка, — чур мне кусочек из серединки.

— Маньяк существует, — неожиданно сказала Галя, — он убивал людей.

— Когда это было... — скривился Анатоль. — Последнее происшествие имело место летом.

— Преступника не поймали, — стояла на своем мать Пети.

— Насколько я знаю, он нападал исключительно на мужчин, — протянул Иван. — Я немного интересуюсь психологией преступников, прочитал кое-какую литературу и в курсе, что серийный убийца никогда не меняет объекты. Если уж начал душить мужиков, то баба ему без надобности. Валечке ничего не грозит.

— Хватит! — велел Анатоль. — Всеволод, ты должен...

— Он уже ушел, — подобострастно сообщила Пени.

Режиссер поджал губы.

— Хорошо. Петя, ты готов исполнять роль со словами? Петр, ответь!

— Мальчик побежал в туалет, — пролепетала Галина, — у него живот прихватило. Подливка к кролику была слишком жирной, а Петечка, хоть ему и велели, не ест хлебушка.

— Галя, ты отпустила двадцатилетнего младенца одного в сортир? — всплеснул руками Иван. — Там же опасно! Вдруг он не справится с туалетной бумагой, обмотается ею и удушится? А бачок... В нем же вода! Можно утонуть. Или палец себе оторвать, когда на слив нажимаешь.

— Ваня... — дернула мужа за рукав Лида.

— Петечка постоянно витает в своих мыслях, — пустилась в объяснения Галина, — все из-за этой дурацкой математики. Задумается и идет через дорогу, не глядя по сторонам. Что плохого в материнской заботе? Я была против его увлечения формулами, намного лучше для Пети было бы стать писателем — сидел бы тихо дома, около меня, и работал над книгами. А уж этот его компьютер! Екатерина Федоровна во всем внуку потакает, все разрешает! Кстати, она его заставляет каждое утро, при любой погоде, кросс в парке бегать. Еще они с мальчиком ходят играть в волейбол, свекровь раньше была членом нашей городской команды. А после пробежки Екатерина Федоровна обливает Петеньку ледяной водой из ведра. Он так мучается! Ужасно!

Галя всхлипнула. Анатоль встал.

— Сегодня нормальной репетиции не получится. Завтра в полдень. Виола, вы у меня будете играть центральную роль — елки.

— Спасибо, — поблагодарила я. — Справлюсь ли?

— Стопроцентно — да, — заверил хозяин дома. — Вне всяких сомнений, вы талантливый человек. Разрешите откланяться? Морфей гладит меня своим теплым крылом. Пени, где разместим Виолу?

— В голубой спальне, — отрапортовала сестра.

Авдеев удалился. Иван и Лидочка переглянулись.

— Мы тоже пойдем, пора на боковую, — заявила она, — но сначала я загляну в библиотеку, возьму кое-какие книжки. Ваня, ты со мной?

— Слопали торт — и в кроватку, — откликнулся доктор. — Лучший способ сохранить привлекательную фигуру — это есть побольше сладкого, мучного и жирного перед сном. Катя, твое произведение кулинарного искусства — просто амброзия!

Пожилая дама поднялась со стула.

— Я старалась. Пойду помою противни.

Пенелопа тоже встала.

— Надо закрыть в спальне форточку, — пробормотала она и покинула столовую.

Следом за ней ушли Офелия, Агата, Иван с Лидой. Мы с Тонечкой остались вдвоем.

— Ну и как тебе? — усмехнулась Антонина.

— Все прекрасно, — заверила я.

— Поскольку у тебя все равно нет компании, то уж лучше встретить Новый год здесь, чем грустить в одиночестве, — вздохнула Тоня. — Особой любви друг к другу члены семьи не питают, но они воспитанные люди, поэтому дальше нескольких щипков дело не заходит. Масштабных скандалов здесь не бывает, а уж тридцать первого декабря все будут лучиться улыбками. Не волнуйся, неделя пройдет прекрасно. Мы заранее приехали потому, что Анатоль должен провести репетицию.

— Поняла, — улыбнулась я. — А кто будет на Новый год зрителями?

Тонечка начала рушить чайной ложечкой гору безе на тарелке.

— Самый щекотливый вопрос. Раньше, я тебе уже об этом рассказывала, капустник смотрели гости Анатоля, а в годы расцвета театра, кои я отчетливо уже и не помню, число присутствующих могло превысить две сотни. Но теперь... В прошлом декабре тут всего четверо посторонних было. Кого на сей раз позвали, я не в курсе, но, думаю, народу будет раз-два и обчелся. Только не спрашивай, зачем Анатолю устраивать капустник, который некому продемонстрировать. Домашний спектакль нечто вроде талисмана на следующие двенадцать месяцев. Если его не поставить, удача улетит из семьи.

— Ясно, — кивнула я. — Значит, за столом под бой курантов поднимут бокалы лишь те, кого я сейчас видела? И еще пара-тройка гостей?

— Ну да, — подтвердила Тоня. — А что?

— Надо же купить подарки, — улыбнулась я. — Можешь меня проинструктировать, что кому лучше приобрести? Не хочется отделаться кружками или дурацкими сувенирами с символом наступающего года по восточному календарю. Слушай, мне показалось или все дружно недолюбливают Агату?

Тонечка покосилась на арку, за которой находился холл, и понизила голос.

— По мне так она прекрасная девушка, но Анатоль и жабы считают Агату парвеню[1]. Лучше бы подумали, как им повезло. Агатка на рынке белкой крутится, много зарабатывает и фактически содержит Севку. Да и обитателям местного болота от нее много чего перепадает.

— Правда? — удивилась я.

Антонина запихнула в рот увесистый кусок торта.

— Угу. Севка работает у отца, получает за свои мелодии смешные копейки. Правда, некоторое время назад он неожиданно пристроился на телевидение, пишет музыку для каких-то шоу и стал полу-

---

[1] Парвеню — выскочка, разбогатевший выходец из низших социальных слоев, стремящийся во что бы то ни стало быть принятым в аристократических кругах.

чать нормальные деньги. Не миллионы, конечно, но и не медные пятаки. Прямо смешно, как его раздувает от гордости от того, что он в Останкино свой человек. Сделал себе визитки с надписью: «Композитор, автор музыки к многочисленным телепроектам». Видно, не очень-то ему приятно было в тени Анатоля сидеть. Зато теперь он даже отцу говорит: «Сегодня не могу быть в театре, еду на Первый канал». И Анатоль помалкивает. Раньше-то Севка вроде как папиной собственностью считался, а сейчас нет. Пенелопа библиотекарь, Офелия дослужилась до директора гимназии, но оклад у нее небольшой, так что на зарплату сестричек особо не разбежишься. Анатоля нельзя назвать лентяем, он старательно катается по средним учебным заведениям и детским садам со спектаклями, а еще регулярно устраивает премьеры для взрослых, но на них публика почти не ходит, что, однако, не мешает деду мнить себя великим режиссером. Анатоль считает себя элитой местного общества, небожителем ковалевского разлива. Офелия с Пенелопой брату во всем потакают, Галя и ее свекровь ему в рот смотрят. Иван с Лидой считают за честь пить чай с представителем творческой элиты. Так что дома дед царь и бог. В театре он руководит кучкой не самых удачливых и востребованных артистов, для которых главреж — кумир, они ему поклоняются. Как же, вдруг в следующем спектакле не даст роль собачки, а она же со словами! В общем, с самомнением у дедули порядок, у него, я бы сказала, комплекс сверхполноценности. А вот с деньгами напряженка, ему приходится сражаться за каждый рубль, чтобы тот попал в его карман.

Тоня махнула рукой. Доела торт и продолжила:

— Короче, Авдеевым бешено повезло с Агатой. Девчонка не жадная, вечно в дом еду тащит. А уж учитывая историю Севы... Никто и не предполагал, что он так удачно женится.

— А что с Всеволодом случилось? — спросила я.

Глава 5

Тонечка отхлебнула чаю.

— Сева бледная тень отца, он от него получил лишь один талант — страсть к кобелированию. Я как-то попыталась подсчитать его жен, ну, тех, кого знаю, и получилось двадцать восемь штук. А ведь наверняка нескольких упустила, потому что не встречалась с ними. Знаешь, как Всеволода в театре за глаза называют? Железный Любовник. Кличку придумала Мария Николаевна, заведующая цехом реквизита и декораций, лучшая подруга Офелии, они неразлейвода были. Умная, с чувством юмора, довольно циничная женщина, единственная в коллективе, кто не падал на колени, когда Анатоль появлялся в театре. Мария спокойно спорила с режиссером по поводу всяких бутафорских штучек, а он с ней — вот уж чудо чудное — соглашался и советовался. Причем у них никогда не было интимной связи, Авдеев ей на фиг не нужен. А Анатоль чувствовал это и испытывал к ней уважение. Мария умерла два года назад, и это был огромный удар для Офи. Тетка сблизилась со Светланой, которая теперь на ее месте работает, по-прежнему часто заходит в реквизиторскую, пьет там чай, но, думаю, ей просто приятно находиться там, где раньше она проводила время с подругой. Про что я говорила? Ах да! Именно Мария обозвала Севку Железным Любовником. Это главный персонаж одной из пьес, которую Анатоль поставил в театре. Его герой спит с женщинами, использует их, ломает им жизнь и совершенно не переживает по этому поводу, его не волнует никто, кроме него самого. Но потом он влюбляется в некую Элизу, свой клон в женском обличье, и начинает страдать. Очень похоже на Севку, только тот переживать не способен и никого, подобного Элизе, не встретил.

— Сколько, ты сказала, жен было у Всеволода? — поразилась я. — Разве можно почти тридцать раз расписываться?

Тоня состроила гримаску.

— Я неправильно выразилась. Жены были гражданские, в загсе Сева побывал всего дважды. Сначала с Аней, потому что та забеременела и ее отец устроил Анатолю скандал с фейерверком.

— У Севы есть ребенок? — перебила я.

— Сын, — кивнула Тоня. — Феде сейчас семь, нет, восемь лет.

— Всеволоду приходится платить алименты, — протянула я, — еще один расход в семье.

— Нет, — возразила Тонечка, — Федя остался при Авдеевых, его мать скончалась.

— И где же мальчик? — удивилась я. — Он ни разу не появился в столовой.

— Федора год назад отправили на Мальту, — вздохнула Тоня. — Анечка была милой, Севке вообще везет на хороших женщин. И она обожала мужа, надеялась, что тот изменится, все ему прощала, терпела его хамское отношение и череду любовниц. Она была тихой, скромной, лишнего слова от нее не услышишь. Анну сбила машина, водитель сбежал с места аварии, его не нашли. Федю сначала взял к себе отец Анюты, но он вскоре умер, и тогда мальчик переехал в квартиру Анатоля. Он живой, здоровый ребенок, бегает, кричит, требует к себе внимания, его надо поить, кормить, одевать, воспитывать, учить. Я вообще-то не особенно часто наведываюсь к деду, мне тут не слишком комфортно, но есть дни, когда просто необходимо приезжать. Ну, как сейчас. Репетиция и встреча Нового года — сакральные мероприятия. А еще день рождения Анатоля — осенью, в октябре. Я тогда прибыла с подарками, поздравила деда. В квартире собралось много народа. Шум, гам... и тут подходит ко мне Офелия, говорит: «Тонечка, Федя шестнадцатого улетает учиться на Мальту. Там великолепная школа, полный пансион, прекрасный климат». И чем больше она условия нахваливала, тем яснее я понимала: Анатоль и Севка решили не пожалеть денег и отправить докучливого ребенка подальше от себя. Правда, Офи вроде любила Федю. Она с ним постоянно возилась, книжки ему читала, на спортивные занятия водила. Своих детей у Офелии нет, и мне даже казалось, что Федор ей заменил сына. Но, видно, я ошибалась. Стою, глазами хлопаю. День рождения Анатоля всегда заканчивается в десять вечера. В это время во дворе устраивают фейерверк, и все отправляются по домам. Но я уехала чуть раньше, около восьми — надо было собраться в командировку, на следующий день рано утром я улетала. Больше я Федю не видела. Офелия как-то обмолвилась: «Что Феде в России делать? На Мальте комфортнее. И билеты туда-сюда очень дорогие, лучше деньги на обучение ребенка потратить».

— Здорово, — пробормотала я.

— Когда Севка женился на Агате, — продолжала Тоня, — я сильно удивилась.

— Почему? — тут же поинтересовалась я.

— Железный Любовник раньше постоянно твердил: «Хорошую вещь браком не назовут», — поморщилась Тонечка. — Расписаться с Аней его вынудил отец девушки, тюрьмой Севку припугнул.

— Тюрьмой? — повторила я.

— Анечке, когда она забеременела, было шестнадцать лет. Понимаешь, да? Севка обожает моло-деньких, — объяснила Тоня. — Очень неприятная история, неохота ее озвучивать. А еще Всеволод не-долюбливал азиатов. Лет пять назад в театр пришла гримером Фарида, очень симпатичная женщина. Так Севка весь мозг Анатолю съел, каждый вечер дудел ему в уши за ужином: «Зачем тебе эта косо-глазая обезьяна? Неужели русских мало? Давай найдем славянку. Китайцам-вьетнамцам следует на рынке торговать, что им за кулисами делать?» И вдруг, бац! Приводит в семью Агату. Мало того, что девушка из Средней Азии, так к тому же владе-ет магазином на рынке. Сева у нас сноб, любит хва-статься, в каких высоких кругах вращается, Желез-ному Любовнику важно, кто у его дамы сердца ро-дители, где живет пассия, что у нее за машина, какие одежда-духи-сумка. Поверь, он разбирается в шмотках и аксессуарах лучше профессионального байера. Да, Всеволод самозабвенный потаскун, но он никогда не посмотрит в сторону девушки из низших социальных слоев, будь та даже краше мо-лодой Элизабет Тейлор. Мечта нашего Севы же-ниться на дочери Рокфеллера, да вот беда, он с ней никак не повстречается. Впрочем, сынок Анатоля согласился бы и на наследницу кого-нибудь из российских олигархов. Только и тут облом: ну, не попадаются ему дочки богатых, звездно-знаменитых, влиятельно-чиновных. Всеволод крутил романы с представительницами, так сказать, не экстра-класса — с бэк-вокалисткой известного певца, падчерицей топ-менеджера банка, но это мелкая рыбешка, он поджидал более жирного улова. И вдруг — Агата!

— Сама сказала, что девушка вполне обеспеченная, — напомнила я.

Тонечка принялась по очереди загибать пальцы.

— Нацменка с ярко выраженной азиатской внешностью, торговка на рынке, состояние не миллиардное, сирота, не имеет сановных родственников. Агата красива, умна, работоспособна, но — совсем не Севкина мечта. До сих пор теряюсь в догадках, почему он ее в загс отвел.

— Добрый вечер, — прервал наш разговор нежный голосок. — А где Агата?

Мы с Тоней одновременно повернулись на звук. Худенькая блондинка, стоявшая на пороге, улыбнулась нам и повторила:

— Не знаете, где Агата? У вас дверь на улицу не заперта.

— Тут я, — послышалось из коридора. — Валюша, ты не замерзла?

— Нет, — ответила девушка. — Извини, что забежала, побеспокоила. Дай ключ.

— Опять посеяла, растеряха! — всплеснула руками Агата. — Сейчас принесу. Сева! Сева! Не раздевайся, проводишь Валю до дома! — закричала она, хотя Севы не было видно. — То-то я удивилась твоему звонку! — обратилась она к подруге.

— Я не звонила, — смутилась Валечка. — Мобильного нет, где-то оставила его.

— Ну ты даешь! — возмутилась Агата. — Разве так можно? Совсем безголовая?

Гостья окончательно сконфузилась.

— Прости, я соврала. Не хотела тебе правду говорить, знала, что расстроишься. Решила солгать, что трубку посеяла. Если честно, у меня и деньги пропали, и косметичка, и пропуск в институт — сумку сегодня утром украли. Хорошо, паспорт дома остался.

— Где украли? — подскочила Агата.

Валечка покраснела и стала похожа на переспелую помидорку черри.

— В институте. Я ее положила в коридоре на скамейку, заговорилась с кем-то, а когда в аудиторию собралась, не обнаружила на месте. Так обидно! Ой, я сегодня натерпелась: пообедать не смогла, целый день бегала голодная, в метро зайцем пролезла, в автобус кондуктор не пустила. Жутко злая баба! Я ее так упрашивала, но бесполезно, она сказала как отрезала: «Нет денег, иди пешком». В маршрутку тоже не посадили. Ну не идти же и правда до Ковалева на своих двоих? Далеко бы я в сапогах на каблуках не протопала. Агаточка, извини, не могла бы ты... ну... в общем... так неудобно...

— Сейчас дам тебе денег, — остановила ее жена Всеволода. — Почему ты мне от метро не позвонила? Я бы приехала и забрала тебя.

— Так телефон-то тоже украли, — напомнила Валя. — Пожалуйста, заплати за такси, мне пришлось машину взять.

— Сколько? — деловито поинтересовалась Агата. Затем вытащила кошелек, щедро декорированный стразами. — На, держи. Сева, — крикнула она в глубь квартиры, — раздевайся, я сама Валюшу до квартиры на машине доброшу.

— Как же ты умудрилась позвонить Севе? — запоздало удивилась Тоня. — И зачем просила его встретить тебя на остановке, если подкатила на такси прямо сюда, к Анатолю?

Валечка заложила за ухо длинную прядь светлых волос.

— Я же сказала, что пришла без предупреждения. Как бы я Севе звякнула, если осталась без сотового? Даже если б у кого и попросила трубку, то не помню его номер. Он в книжку внесен, но вообще-то я с твоим мужем по мобиле не болтаю, у нас не те отношения.

Агата молча развернулась и унеслась в коридор. Тоня выпрямилась.

— Я что-то не так сказала? — смутилась Валя.

— Валюша, ты приехала к Агате внезапно? Вы сегодня не договаривались о встрече? — продолжила допрос Антонина.

— Сессия в разгаре, мне не до компаний, — пояснила девушка. — Я же на заочном учусь, два раза в год аврал бывает. Нам сейчас лекции читают с утра до ночи. Правда, мне порой удается занятия и в течение учебного семестра посещать, но...

— Короче, сегодня у вас с Агатой встречи не намечалось? — перебила Тоня.

— Нет. Мы во время моих сессий даже не звоним друг другу, — сказала Валентина, — я в полной запарке. Да и Агата велит обо всем забыть, думать лишь об оценках, повторяет: «Диплом о высшем образовании — пропуск в другую жизнь. Не торговать же до старости на рынке! Не звони мне, главное — учеба».

Антонина опустила глаза.

— Понятно. Иди, заплати шоферу.

Но незваная гостья не сдвинулась с места.

— Что случилось?

Тоня сделала вид, что увлечена созерцанием остатков торта на блюде. А я сказала:

— Сева соврал, что вы позвонили ему и попросили встретить у остановки.

— Ерунда какая-то... — занервничала Валя.

— Севы нет дома! — воскликнула Агата, возвращаясь в столовую. — Валюша, там таксист бесится, отдай ему деньги и попроси, чтобы он тебя до дома довез.

Блондинка убежала. Агата же спокойно направилась в коридор.

— Пойду-ка я спать. Завтра безумный день. Народ кинулся за подарками и прочими новогодними покупками. Самый ад будет тридцатого декабря, до него рукой подать, но и сейчас уже просто атас!

Мы с Тонечкой опять остались вдвоем.

— Вот мерзавец! — с чувством произнесла подруга. — Поняла, да?

— Не совсем, — осторожно ответила я.

Тоня скривилась.

— Севка вечно по бабам таскается. Не пойму, что они в нем находят? Похоже, ему сейчас очередная обожэ звякнула, к себе затребовала, вот он и придумал звонок Вали, чтобы смыться. Небось знает, что у лучшей подруги жены сессия, она дома не появится и с Агатой трепаться по телефону не станет. Но бог шельму метит — раскрылся его обман в момент.

— Не очень умный поступок, — оценила я действия Авдеева-младшего.

— Времени у него мало было, ничего лучше не придумал, — фыркнула Тоня. — Да уж, наш Железный Любовник совсем не умен. И композитор из него, как из зайца балерина. Какую музыку к спектаклю ни напишет, мне всегда знакомые мелодии чудятся — Мишель Легран, Арно Бабаджанян, «Битлз», Давид Тухманов... У каждого берет понемногу. В суд на Севку не подают только потому, что в театр Анатоля ходят строем только солдаты из расположенной поблизости части, а им что Моцарт, что отставной козы барабанщик, главное, чтоб громко играли. И чего красавчик добился своим кобелированием? Потерял сегодня жену. Агата все поняла, а она не из тех, кто с мартовским котом жить станет. Вот уж Анатолю подарок на Новый год!

— Сева быстро найдет следующую супругу, — пожала я плечами.

Тонечка, усмехнувшись, обвела рукой стол.

— Большой секрет маленькой семьи. Эти вкусные продукты принесены Агатой. На шее у Офелии висит тонна бус. Думаешь, чей это подарок? Анатоль щеголяет в модных рубашках и пахнет французским парфюмом, а в разговорах с посторонними нет-нет да и вставит, что он теперь одевается в Париже, дескать, там выбор лучше и товары дешевле. Но Париж к нему на дом в пакете приносит жена сына. Если Агатка всем ручкой сделает, мои ковалевские родственники в сто раз хуже жить станут. Ну, почему Севка утихомириться не может? Я думала, он остепенился и ценит Агату. Она первая, с кем наш Казанова вежливо и даже ласково разговаривает, а Анечку прямо на свадьбе послал. Отлично помню! Я была подружкой невесты, сидела около нее. Сева еще в загсе пить начал, шампанским накачался. Гости закричали «горько», свежеиспеченного супруга передернуло, но Анатоль так на сынка зыркнул, что тот встал и обнял только что обретенную жену. А я заметила, как он ее тайком за спину ущипнул. Анечка вскрикнула, отстранилась, и тут Севка во весь голос рявкнул: «Видали? Я к ней с любовью, а она шарахается. Отлично! Не хочу целовать жену, которую при виде мужа воротит». Отец Ани вскочил...

Тонечка махнула рукой.

— В общем, скандал получился всем свадьбам на зависть. Потом народ успокоился, гости напились, плясать пошли. Анечка ко мне повернулась и говорит: «Я Севу очень люблю, ношу нашего ребенка и счастлива». Ладно, нечего старые истории вспоминать, они бурьяном поросли. Ах да, чуть не забыла. Твои подарки должны быть красиво упакованы. Анатоль придирчив к любой мелочи. Тебе-то он ничего не скажет, а мне потом мозг вынесет, будет при каждой встрече талдычить: «Вот, Виола нас не уважает». Ты еще не потеряла желания тесно пообщаться с кровными родственничками? Впрочем, я искренне считаю: лучше такая компания, чем одиночество в новогоднюю ночь. Но, признаюсь, я тебя сюда еще и потому прихватила, чтобы хоть одного нормального человека рядом во время праздника видеть.

— Тонечка, — остановила я ее, — родичей не выбирают. У нас они с тобой вот такие. Спасибо, что предупредила насчет упаковки подарков, когда буду приобретать, прослежу. До праздника еще есть время, успею купить. Кстати, я ведь просила тебя посоветовать, кому что выбрать.

Тоня встала.

— Черт, еще об одной детали не сказала! Кульминация каждой репетиции капустника — вручение сувениров.

Я опешила.

— Все получают презенты заранее?

Антонина начала собирать со стола тарелки.

— Нет. Вернее, да, только их никто не раскрывает, коробочки и пакетики лежат до новогодней ночи под елкой. Анатоль осматривает подношения и порой заявляет: «Нет, так не пойдет! Почему все завернули сюрпризы в красную бумагу с золотом? Давайте сделаем разноцветные упаковки!»

— Ну и ну, — только и смогла сказать я. — И вы в самом деле переупаковываете подарки? Почему потакаете Анатолю?

Тонечка двинулась на кухню со стопкой посуды.

— Офи и Пени обожают брата, Сева отца боится, Иван и Лида считают его гением, Галя и Катя им восторгаются, Петю никто не спрашивает, да и презенты за него покупает мать, Агата хорошо воспитана, в чужой монастырь со своим уставом не лезет, а я не любитель скандалов. Так что все просто. Завтра с утра сбегай на рынок и возьми там пустых коробок по числу присутствующих, положишь туда камешков для веса, и все. Главное, традиция не будет нарушена. А когда купишь подарки, балласт выбросишь.

— Уж лучше сразу приобрету нужное, — возразила я. — Давай помогу с уборкой.

Мы составили тарелки и чашки в посудомойку. Потом я пошла в прихожую, где оставила свою дорожную сумку, и заметила, что на полу валяется мужская черная куртка с капюшоном. На меховой оторочке сверкали крохотные капли воды.

Сзади послышался стук захлопнувшейся двери. Я обернулась и увидела Екатерину Федоровну, которая несла гору сияющих чистотой металлических противней.

— Испугала вас? — улыбнулась она. — Всем хороша посудомойка, но в ней противни не очистить и не высушить. Здесь, в кухне, раковина керамическая, и хотя говорят, что они очень прочные, я все равно опасаюсь, вдруг поцарапаю, поэтому таскаю мыть противни в театр. Там в буфете здоровенная лохань из нержавейки, ее не жалко.

Я показала на небольшую дверь в углу, откуда появилась Екатерина Федоровна.

— Тут вход в помещение театра?

— Верно, — подтвердила пожилая дама, — о нем известно только своим. Ой, Петя опять у куртки петельку оторвал. Прямо не знаю, что с ним делать! Повесит одежду, зачем-то вниз дернет и уйдет, а вещь — хлоп, и на пол. Сто раз ему говорила...

Продолжая ворчать, Екатерина Федоровна положила противни на диванчик, подняла куртку и встряхнула. Затем открыла шкаф и достала оттуда сухое светло-серое пальто, пробормотав: «Повешу-ка я свою одежку на крючок». Пальто отправилось на общую вешалку, а куртку Пети она устроила на плечиках и убрала в гардероб. Наведя порядок, подхватила кухонную утварь и ушла.

Я забрала сумку и хотела пойти в отведенную мне комнату. Но услышала из столовой тихие голоса, удивилась и решила глянуть, кто там.

За столом сидели Иван, Лида, Пени и Галя. Очевидно, на моем лице отразилось удивление, потому что психотерапевт приложил палец к губам и произнес:

— Тсс! Анатоль думает, что мы ушли домой.

— Его в кабинете отвлекает Офи, — прошептала Пенелопа, — попросила брата с ней роль в капустнике разобрать.

— А мы тут сюрприз готовим, — хихикнув, пояснила Лида. — Хотим Анатоля в Новый год удивить и вот думаем, как. Может, попросить Катю испечь «хитрый» торт? Ну, с фейерверком внутри.

— Кстати, где Екатерина Федоровна? — спросил Иван.

— И где Петечка? — занервничала Галина. — Мальчика до сих пор нет. Петяша!

— Замолчи! — шикнула на нее Лида. — Вдруг Анатоль услышит, весь сюрприз насмарку. И вообще оставь парня в покое, он уже взрослый. Замучила ты Петю своей опекой.

— У вас детей нет, — огрызнулась Галя, — вам не понять. Петенька ранимый, беспомощный, крайне эмоциональный, он еще не оформился как личность.

— И не повзрослеет, если мать под колпаком держать будет, — не успокаивалась Лида. — Смешно смотреть, как ты... Да вот же он.

— Петенька! — подскочила на стуле Галя. — Ты где был?

— В туалете, — откровенно ответил парень.

— Опять животик заболел? — всплеснула руками мать. — Бедненький мой!

— Давайте не будем обсуждать состояние желудка Петра, — остановила сердобольную «наседку» Екатерина Федоровна, выходя из кухни. — Ну, что решили с сюрпризом?

— Виола, присоединяйтесь к нам, — велел Иван, — будем ломать головы вместе.

Глава 6

Для меня покупка новогодних подарков трудная задача. Раньше, в эпоху тотального дефицита, было намного легче. Коробка шоколадных конфет, набор импортного туалетного мыла, польская косметика, даже банка каких-нибудь экзотических консервов, вроде ананасов в сиропе, вызывали припадок эйфории у того, кто получал такой презент. Но кому, скажите на милость, сейчас нужен тропический фрукт? Ими заполнены полки во всех супермаркетах. Интересно, какие бы эмоции я испытала лет этак двадцать назад, оказавшись незадолго до Нового года на рынке, подобном ковалевскому, да еще с туго набитым кошельком? Небось скончалась бы от счастья! А вот сегодня мне тут ничего не нравится. Не дарить же Анатолю кружку с изображением удава, на которой красуется стишок: «Год змеи вползет в твой дом, будет радость в нем».

Я замерла около булочной с вывеской «Пироги Собакина». На мой взгляд, не совсем удачное название, у меня сразу возникает вопрос, что за начинка в фирменных пирожках. Но, похоже, покупатели не смущаются — то и дело заглядывают в пекарню. Только я туда все же не пойду, лучше загляну в соседний магазин, нечто вроде «Тысячи мелочей».

Толкнув тяжелую железную дверь, я втиснулась в небольшой торговый зал, встала у прилавка среди других посетителей и начала рассматривать массу сувениров, невольно вслушиваясь в беседу, которую продавщица вела с мужчиной в добротной дубленке.

— Лучший подарок теще — чайный сервиз со змеиной тематикой, — вещала девица. — Сделан в

Англии из костей фарфора[1], расписан вручную, можно мыть в машинке.

— Не, не надо, — промямлил покупатель.

— Если сейчас возьмете, получите второй набор посуды в подарок, — продолжала торговка.

— Такой же или другой выбрать можно? — заинтересовалась тетка в розовой куртке.

— Исключительно змеячья тематика, — уточнила продавщица. — Очень современно! Берите! Английская королева себе такой заказала, я точно знаю, мне на фабрике сказали, когда товар отгружали.

— Мань, унитазные крышки куда переложить? — закричали из подсобки.

— Оставь, где лежат, — ответила девушка.

— Не хочу посуду с ужами, — закапризничал мужик в дубленке. — Не дай бог, теща подумает, что я считаю ее коброй. Найдите что-нибудь элегантное, полезное, веселое и недорогое.

Маша призадумалась.

— Дочка, а со скидкой что-нибудь есть? — поинтересовалась старуха в мохеровой шапке.

— Пока ничего не уценяли, — ответила Мария, — приходите тридцатого.

— А чашечки, вон те, почему отдельно стоят? — не успокаивалась старушка.

— Они бракованные, их выкинут, — пояснила девушка. — У одной рисунок смазан, а вторая с ней по размеру не совпадает, и ручку отбили. Вот народ! Втюхали на фабрике заведомую дрянь.

---

[1] Белый, с легким оттенком топленого молока, почти прозрачный фарфор называется «костяным».

— Ой, а можно я их заберу! — ажитировалась пенсионерка. — Подарю подружкам.

— Бабуля, — ласково пропела продавщица, — но ведь подруги ваши поймут, что вы им плохую посуду всучили, и обидятся.

— А вот и нет! — возразила пожилая дама. — Обе ничего не видят, да и в очках подслеповаты. Давай брак! По молодости я б им такое не преподнесла, а сейчас они ничего не разберут.

Маша сняла с полки чашки, о которых шла речь, поставила на прилавок и объявила:

— С вас двадцать рублей!

— Вот здорово! — ахнула бабка. — Они ж на выброс предназначались! Откуда тогда цена?

— За упаковку, — сердито пояснила Маша. — Бумага с изображением питонов и со слоганом «Змея вам на счастье».

— Не надо, — решительно отказалась пенсионерка. — Возьму в супермаркете «Территория еды» два ихних пакета, они бесплатные. Пусть все думают, что кружечки там купила, не на рынке брала, а в приличном месте затарилась.

Я постаралась не рассмеяться. Бабка со скоростью молодой белки схватила чашки и резво выскочила из павильона.

— Ну ничего себе! — возмутилась Маша. — Получила за так импортный товар, оскорбила магазин и усвистела. Ни мне «спасибо», ни вам «до свиданья»!

— Мань, куда крышки от унитазов класть? — снова заорали из глубины лавчонки.

— Не трогай их! — закричала продавщица. — Сколько раз еще тебе, Ленка, повторять?

— Девушка, я стою тут уже год без внимания, — надулся мужчина в дубленке. — Между прочим, я ваш постоянный покупатель, вот скидочная карточка.

— Так у вас могут цену скостить? — встрепенулась тетка в розовом пальто.

Маша взяла в руки картонный прямоугольник, начала его изучать и одновременно объясняла:

— Только после пятой покупки. Карточка накопительная, и она именная, другому передать нельзя. Здрассти, Михаил, мы вам рады. Что хотите? Подарок на Новый год?

Михаил откашлялся.

— Да, для тещи. Она женщина практичная, ей надо что-то полезное. Духи-косметику не любит, с платьем ошибусь в размере, всякие статуэтки-сумки даже не предлагайте, отругает за выброшенные зря деньги.

— Есть прекрасная картина, — обрадовалась Маша и вытащила на свет божий большой постер. — Новогодняя тематика, не ширпотреб, работа талантливого художника, называется «Змеи в сосновом лесу». Рамочку подберем по вашему желанию.

Я взглянула на предлагаемый товар и ущипнула себя за запястье. Вилка, не вздумай расхохотаться во весь голос! Некий живописец изобразил на картоне копию картины Ивана Шишкина «Утро в сосновом лесу», вот только вместо медведей на стволах деревьев висят удавы.

Михаил нервно засопел.

— Красота какая! — искренне восхитилась тетка в розовом. — И почем она?

— Три тысячи, — назвала цену Маша.

— Дорого, — расстроилась покупательница.

Мария решила ни в коем случае не упускать клиентку.

— Так вам же еще рамочку по выбору сделают. Можно даже золотую или серебряную. И, если пожелаете, художник слова напишет. Эй, Абдулла, высунься!

Низкая дверь справа от прилавка открылась, появился красивый стройный молодой азиат в потрепанных джинсах и зеленом дешевом китайском пуховике.

— Я Азамат, — тихо сказал он.

— Вот он любой текст намалюет, — не обращая внимания на робкое замечание парня, частила Маша. — Вчера один хохмач попросил красной краской на живописи вывести «С Новым гадом!». Между прочим, тоже теще дарил. Да, Абдулла?

Азамат молча кивнул.

— Берете? — наседала продавщица. — Живопись — лидер продаж. Еще ковры были, но их вмиг расхватали. Будете тянуть, и вам произведение искусства не достанется.

Женщина в розовом поджала губы и отошла в сторону.

— Нет, теще надо такое, чтобы полезное, — тоже отверг картину Михаил. — И подешевле. У меня на всех восемь тысяч отложено, семья большая, дети, жена.

Маша откашлялась и заорала:

— Ленка!

Азамат исчез за дверью, вместо него из служебного помещения выскочила девица в клетчатых зелено-красных брюках.

— Чего?

— Елена учится на психолога-консультанта, — торжественно заявила Мария, — она вам подберет нужное. А я сейчас вернусь.

Продавщица скользнула за створку. Елена оперлась руками о прилавок.

— Сколько лет вашей теще?

Михаил задумался.

— Семьдесят вроде, точно не помню.

— Когда за шестьдесят перевалило, уже без разницы, сколько точно, — хихикнула Лена. — Чем она увлекается?

Покупатель напрягся.

— Телик смотрит, покушать любит, еще «Желтуху» читает.

— Набор посуды! — предложила девушка.

— Нет, тарелок в доме полно, — буркнул он.

— Со змеями, — вкрадчиво добавила Лена, — и стихами. На каждом блюдечке свои слова. Например: «Змея нечаянно нагрянет, когда ее совсем не ждешь, и каждый вечер сразу станет удивительно хорош». Или такой...

— Не надо, — перебил Михаил, — хочу другое. Чтоб на каждый день и веселое, с юмором. Но серьезное и полезное. И недорого.

— Ленка, куда ты сунула сидушки для толчка? — завопила из подсобки Маша.

— Точно! — подпрыгнула психолог-консультант. — Это вам ваще, как родное, подойдет. Секундец! Уже бегу, я туда-сюда!

Елена нырнула за дверь и тут же выскочила назад, держа в руках круг для унитаза.

— Ваша теща девочка, поэтому я захватила розовый, — зачастила девица. — Вот если б тестю брали, тогда голубой. Гляньте, какая штука! Нужна каждый день! Стоит двести пятьдесят семь рублей. Но у вас скидка, получите за двести пятьдесят три и сорок восемь копеек. Дешевле только шаурма.

— Ну... штука, конечно, и полезная, но... скучная, — вынес вердикт Михаил. — Обычная, не новогодняя.

— Ой, вы главный прикол не видели! — засуетилась Елена. — Вот, внимание! Тишина!

Лена положила сиденье на табуретку и села сверху. По магазинчику полетел писклявый голос с откровенно украинским акцентом: «Хэппи бёздей ту ю! Хэппи бездей ту ю! Хэппи бездей ту гёрла, хэппи бёздей ту ю».

— Слышали? — воскликнула психолог-консультант. — Там музыкальный чип. Вы английский знаете?

— Нет, — хором ответили Михаил и тетка в розовом.

— Перевожу! — торжественно объявила Елена. — «Желаю счастья всем всегда, вперед на долгие года». Отличный текст! Пойдет ваша теща утром в сортирчик и получит заряд позитива.

— Беру! — обрадовался покупатель. — Только упакуйте празднично. В цветную бумажку и с бантиком.

Я бочком-бочком направилась к входной двери. Нет, в этой лавке ничего подходящего мне не найти. Хотя, может, подарить Анатолю крышку, вдохновенно поздравляющую посетителя туалета с днем рождения на английско-украинском суржике? Интересно было бы посмотреть на реакцию режиссера!

В кармане ожил мобильный, и я быстро выскочила из магазина, на ходу доставая трубку.

— Где ты находишься? — забыв поздороваться, спросила Тоня.

— На рынке, пытаюсь найти подарки, — ответила я и внезапно испугалась, — а что случилось?

— Пожалуйста, как можно быстрей возвращайся в квартиру Анатоля, — попросила подруга. — Сева умер, труп нашли на улице.

— Боже! — прошептала я. — Уже несусь, буду через десять минут.

Запихнув трубку в сумку, я ринулась к центральному входу, миновала пару палаток с одеждой, повернула направо, ожидая увидеть большие ворота, в которые прошла на толкучку, и замерла на месте. Впереди вместо забора стояло приземистое серое здание с вывеской «Секонд-хенд на все случаи жизни».

Глава 7

Несколько минут я бегала по узеньким проулочкам, вдоль которых стояли однотипные лавчонки, набитые дешевыми шмотками, потом догадалась обратиться к вьетнамке в стеганом пальто.

— На площадь хочешь? — прочирикала та с сильным акцентом. — Ходи лево, лево, прямо вперед.

Я пошла в указанном направлении, снова непонятно как очутилась у того же секонд-хенда, развернулась, поспешила направо и поняла: без сопровождающего мне отсюда не выбраться. Стою в узком, как нора, проходе, с одной стороны маячит нечто вроде сарая, с другой тянется ряд мусорных бачков.

— Не нервничай, милый, — раздался вдруг женский голос, — непременно придут хорошие времена. Твой талант оценят.

— Утешаешь меня, как маленького, — ответил приятный баритон, — устал я.

— Держись, мой дорогой. Помни, удача приходит к терпеливым. И она к нам непременно придет! — пообещала собеседница.

Я сообразила, что звуки идут из дощатого сарайчика, подошла к нему и заглянула в щель между досками. Сразу стало ясно, хлипкое сооружение на самом деле склад, заваленный тюками, а на небольшом свободном пространстве стоит дряхлый диван, на котором, обнявшись и прижавшись друг к другу, сидит влюбленная парочка. Я сначала не узнала их, потому что оба опустили головы и сгорбились. Но потом они выпрямились, и я вздрогнула. Агата! А ее приятель оказался Азаматом, живописцем из сувенирной лавки.

— Пора на работу, иначе меня Маша сожрет, — мрачно сказал он.

— Ты ел? — озабоченно спросила Агата.

— Да, — кивнул молодой человек.

— Не ври! — погрозила ему пальцем Агата. — На вот, возьми, купи у Али шаурму.

— Сам заработаю, — оттолкнул ее руку Азамат, — я мужчина.

Агата нежно погладила его по голове и поцеловала в щеку.

— Конечно. Но сейчас прими мою помощь. Тебе нельзя голодать, на улице зима, ты заболеешь!

Художник ничего не сказал, а Агата продолжала:

— Тебе мама сказки про богатыря Даута рассказывала...

— И чего? — вскинулся Азамат. — Он тут к чему?

— Помнишь, что умная старуха сказала Дауту? — терпеливо спросила Агата. — Хочешь победить врага — стань сильнее и лучше него. Не отдавай свой плов жене и детям. Сейчас ты их накормишь, сам ослабеешь, и когда недруг придет, не сможешь с ним сразиться. Лучше сам съешь рис с мясом, вот тогда храбро защитишь свою семью.

Азамат криво усмехнулся.

— Пока не очень-то я на Даута смахиваю.

Агата снова поцеловала художника в щеку.

— Ничего, все у нас еще будет.

— Хоть бы он умер, — перебил Азамат. — Все живет и живет...

— Не впадай в депрессию! — воскликнула Агата. — Скоро у нас начнется счастливая жизнь, думай лучше об этом. Я тебя люблю, милый.

— И я тебя, — пробормотал Азамат. — Но сил почти уже нет. Я устал. Прости, больше не могу. Надоело скрываться, встречаться с тобой тайком, урывками. Хочу жить вместе, в большом доме с садом и...

Агата схватила парня за руку.

— Ладно, слушай. Уже все! Понимаешь? Все закончено! У нас теперь есть деньги! Мы победили! Получим все! Ждать осталось совсем недолго, до начала лета, и тогда исполнятся наши желания. Все, о чем мы мечтали вдвоем! Слушай, это случилось только что. Мне позвонили минуту назад и сообщили...

Азамат было открыл рот, а Агата быстро принялась нашептывать ему что-то на ухо. По мере того как она говорила, глаза Азамата все больше сужались.

— Неужели? — ахнул парень. — Он умер? Это правда?

— Да, — кивнула Агата, — сейчас черти в аду радуются, заполучив его черную душу. Но нам надо соблюдать осторожность, его смерть не должны связать с нашими именами. Будем ждать шесть месяцев. И тогда...

У Агаты запищал телефон, она глянула на экран.

— Мне пора бежать. А ты иди к Маше и не унывай. Скоро отпадет необходимость скрываться, открыто пойдем с тобой рука об руку по улицам. Верь мне.

— Твои слова да Аллаху в уши... — прошептал Азамат. — Я тобой горжусь и восхищаюсь!

Агата потянула юношу за руку.

— Наша любовь пробьет стены и все победит. Пошли.

Пара исчезла за тюками, я отошла от дощатой стены. У Агаты есть любовник! Секрет семейного счастья Севы прост: он изменял супруге, а та бегала налево от мужа, и все были довольны. Ну да это не мое дело. Надо думать не о чужих отношениях, а о том, как выбраться с рынка. Попробую вернуться в магазин Маши, надеюсь, сумею отыскать лавку. Судя по тому, что вокруг никого нет, я забрела не в торговую часть базара, а туда, где склады, тут мало народа. Сзади раздался скрип, я обернулась. Замотанная в многочисленные платки фигура толкала тележку, на которой громоздились темно-коричневые картонные коробки.

— Простите, как пройти к выходу? — обрадовалась я.

Из груды тряпок высунулась рука и показала на лист фанеры, прикрепленный к кирпичной стене.

— Туда, — прохрипел голос.

Я подошла к ограде, легко отодвинула деревяшку, пролезла в образовавшуюся щель и — о радость! — увидела вдалеке железные ворота...

Антонина встретила меня в прихожей. Я вдохнула резкий запах валокордина и вздрогнула:

— Анатолю плохо? Хотя это идиотский вопрос! Что случилось с Всеволодом? Он попал под машину?

Тоня молча подождала, пока я сниму сапоги, куртку, потом, приложив палец к губам, быстро провела меня по коридору в крошечную спальню, где из мебели стояли кровать, тумбочка и миниатюрный, прямо-таки кукольный стул. На постели сидел мужчина, одетый в дешевый костюм и серую водолазку.

— Знакомьтесь, — заговорила наконец Антонина. — Виола Тараканова, она...

— Под псевдонимом Арина Виолова пишет детективные романы, — перебил ее незнакомец. — Добрый день, я видел вас по телевизору. Наверное, надо сказать: «Рад личной встрече с известной писательницей», но в данной ситуации эта фраза неуместна. Я следователь Григорий Пономарев.

— А заодно мой бывший одноклассник, — добавила Тонечка. И выпалила: — Севу убили.

Я плюхнулась на кровать.

— Кто? За что?

— Отличные вопросы, — вздохнул Григорий, — но на них нет ответа. И возникла куча проблем. Анатоль меня терпеть не может. Офелия и Пенелопа побоятся рот раскрыть, потому что брат им запретит что-либо рассказывать. Иван с Лидой режиссера боготворят, из них слова о вчерашнем вечере не вытянуть. Галина с Екатериной Федоровной тоже воды в рот наберут, Петю не стоит в расчет принимать, он всегда молчит. Остаются три разумных человека: Тоня, вы и Агата. Но последняя внезапно стала вдовой и навряд ли готова к конструктивному разговору. Вы хорошо помните, когда Сева ушел из дома? Куда он направился?

— Вам надо непременно поговорить с Валентиной, — подсказала я, — это лучшая подруга жены покойного.

— Михеева, — кивнул Григорий, — она сейчас в Москве, на сессии. Звоню ей, но телефон отключен.

— У Вали украли сумку, — пояснила я. — Знаете, вышла такая странная история...

— Я уже рассказала, как Сева солгал, что пошел встречать Валю, — перебила меня Тоня.

— Глупее не придумать, — хмыкнул Пономарев. — Удивительно, что Всеволод не подумал: «Сейчас совру о просьбе Вали, а она с Агатой встретится и правда выяснится, ведь Михеева никогда мне не звонила».

— Девушка сказала, что во время сессий с Агатой вообще не общается, — вспомнила я, — владелица магазина не хочет мешать подружке зубрить билеты.

— Все равно тупой повод Сева придумал, чтобы из дома удрать, — уперся следователь.

Тонечка решила повторить придуманную вчера нами версию.

— Похоже, ему неожиданно звякнула очередная пассия, он растерялся и брякнул первое, что на ум взбрело. Ты же можешь попросить у сотового оператора список тех, кто вечером связывался с Севой?

— Конечно, — кивнул Григорий.

— Вот сразу и увидишь номер абонента, — обрадовалась Антонина. — Сходишь к дамочке и спросишь: «Дорогуша, вы вчера звонили Всеволоду. Чего хотели?»

— А что случилось с Севой? — запоздало поинтересовалась я. — Его действительно убили? Может, все-таки несчастный случай?

Пономарев вынул из кармана пачку сигарет и стал задумчиво вертеть ее в пальцах.

— Результатов вскрытия у меня пока нет. Но ножевая рана на спине, чуть пониже левой лопатки, заставляет думать о насильственной смерти. Тело нашли в Солнечном переулке, недалеко от театра, утром, в районе восьми. Несколько грузчиков шли от автобуса к рынку и наткнулись на труп. Его никто не прятал, Всеволод лежал прямо на тротуаре. По количеству крови можно сделать предположение, что Авдеева-младшего убили именно там, в малолюдном переулке, по которому после девяти вечера вообще никто не ходит. Зачем Сева туда пошел?

— А ты проверь дом, который расположен за перекрестком, — посоветовала Тоня. — Я уверена, что в нем живет очередная баба Железного Любовника, он к ней шел.

— Ревнивый муж... — протянул Григорий.

— Или обычное ограбление, — выдвинула я другую версию. — Неподалеку рынок, где полно разного народа.

Следователь открыл пачку сигарет и стал нюхать.

— Нет. На руке покойного остались часы и печатка, похоже, золотая. В кармане мобильный, на шее цепочка с большим крестом, она, как и кольцо, тоже, вероятно, из драгоценного металла.

— Слышала, в вашем городе орудует маньяк, который нападает исключительно на мужчин, — вспомнила я.

Григорий вытащил из пачки сигарету и стал разминать ее.

— Говори уж! — приказала Тоня. — Вижу, у тебя на языке что-то вертится.

Пономарев тяжело вздохнул.

— Пытаюсь бросить курить, врач приказал забыть про баловство.

Но Антонина не дала бывшему однокласснику сменить тему беседы:

— В Ковалеве и правда орудует серийный убийца? Да или нет?

— Ну... похоже, это гастролер, покуролесил у нас и уехал, — неохотно ответил тот.

— Мог вернуться! — воскликнула я. — Наверное, вы знаете про некоего Спиридонова, он одно время терроризировал небольшой городок в Московской области? Преступник прикатывал туда раз в месяц, убивал кого-нибудь и уезжал домой. Его ловили несколько лет.

— Нет, маньяк тут ни при чем, — твердо ответил Гриша, — он не трогал Севу.

— А каким способом убийца прежде расправлялся с жертвами? — поинтересовалась Антонина. — Я имею в виду здесь, в Ковалеве.

Пономарев поморщился.

— Об этом газеты писали. Нынче, когда у всех мобильники да айпады, трудно сохранить наработки следствия. Непременно кто-нибудь заснимет место преступления и выставит фотки на ютубе. Или «Скорая помощь» постарается. Теперь медики махнули рукой на такое понятие, как врачебная тайна. Хотя не все за деньги продаются. Вон, к Ивану из Москвы народ в затонированных автомобилях приезжает, но сколько к нему журналисты всех мастей ни приставали, он язык за зубами держит. И Екатерина Федоровна кремень. Я как-то пытался к ней подкатиться, требовалось кой-чего об одном мерзавце узнать. «Понимаете, — сказал ей, — это негодяй, на совести которого много преступлений. Ничего особенного не хочу, просто намекните, N приходил к Ивану Леонидовичу в понедельник?» Знаете, раньше я считал, что только московское начальство может так зыркнуть, что ноги немеют, но оказалось, Екатерина Федоровна тоже на это способна. Она меня словно водой окатила и процедила: «Визит пациента к доктору не подлежит обсуждению. Желаете получить сведения о том, кто посещает психотерапевта? Несите ордер от прокурора. Точка».

Тоня взяла меня за руку и пояснила.

— Екатерина Федоровна, свекровь Гали и бабушка Пети, работает секретарем у Ивана Леонидовича. Она очень честный, ответственный человек. Гриша, не уводи разговор в сторону, ответь, почему смерть Севы не связывается с маньяком?

Григорий снова с наслаждением понюхал сигаретную пачку.

— Слушай, съешь уже свои цигарки и успокойся! — обозлилась Тонечка.

— Купите электронную сигарету, — вспомнила я о новомодной штучке. — Многие мои приятели с ее помощью забыли о пагубной привычке.

— Дорого, — неохотно признался Гриша, — не на мою зарплату развлечение. Еще я слышал про иголки, даже записался на прием к специалисту, но... чего-то одному идти в лом.

Антонина подошла к нему вплотную.

— Отвечай конкретно! Не тяни!

— Могу пойти с вами на прием к рефлексотерапевту, — предложила я, — поддержу вас морально.

— Да? Спасибо! — обрадовался Пономарев.

— Почему ты полагаешь, что маньяк ни при чем? — настаивала Тоня. — Потому что его жертвы гастарбайтеры?

— Тебе позавидуют все бульдоги мира, — простонал Григорий, — вцепилась и не отпускаешь. Ладно. Газеты, как водится, все напутали. Только один погибший житель Молдавии, двое других из столицы. Первый приехал за покупками, задержался до закрытия рынка, пошел в ресторан вьетнамской кухни, покинул заведение за полночь, и больше его никто не видел. Второй парень привез в Ковалев свою девушку. Они ходили в кино, а у девчонки строгие родители, ей велят быть дома в двадцать три часа, и ни минутой позже. Влюбленные поцеловались у подъезда, молодой человек должен был укатить назад в Москву на мотоцикле. Но его убили. Внешне жертвы похожи — невысокого роста, отнюдь не богатырского телосложения, темноволосые, кареглазые. И все они были изнасилованы в извращенной форме с применением постороннего, одинакового во всех случаях предмета, который наш эксперт определить не смог. Палка? Зонтик? Почерк один. Мы не обнародовали эту подробность из этических соображений. В прессу пошли лишь сведения о ножевом ранении в спину, чуть пониже лопатки. И то, что серийщик укладывал тела определенным образом — лицом вниз, руки вытянуты вперед, голова повернута влево, под щекой лежат документы жертвы, рядом кошелек, а на запястье, где часы, рукав задран почти до локтя. Убийца явно хотел этим сказать, что он не гопник, ему их добро без надобности. В случае со Всеволодом насилия не было. Все остальное присутствовало — поза, кошелек, рукав. И Сева подходит по внешности на роль жертвы.

— Подражатель! — в один голос воскликнули мы с Тоней.

Григорий не стал спорить.

— Похоже на то. И теперь надо понять, охотились ли именно на сына Анатоля или тот случайно попался преступнику. Минуточку, сейчас...

Пономарев вынул из кармана запиликавший телефон.

— Слушаю, говори... Уверен? Ага. Ну, спасибо...

— Что-то еще произошло? — встрепенулась Тоня, когда Григорий убрал трубку и вновь схватился за сигаретную пачку, принявшись нюхать ее.

— Еще до беседы с вами я велел проверить входящие и исходящие звонки по номеру Севы, — пробормотал следователь. — Так вот, последний раз ему звякнули в двадцать три семнадцать. А вообще этот абонент соединялся с Всеволодом вчера семь раз, позавчера десять. И ранее звонил не реже.

— Ага, нашли любовницу! — обрадовалась Тоня. — Тебе надо потрясти эту бабу, выяснить, есть ли у нее ревнивый муж, брат, отец.

Я покосилась на следователя. Странно, что он до сих пор покорно слушает Антонину, ни разу не взбрыкнул, не сказал: «Спасибо за ценные советы, но я профессионал и сам знаю, как работать по делу».

— Нет, — спокойно возразил Гриша, — она одинокая, без семьи. Да ты ее прекрасно знаешь.

— Назови имя! — потребовала Тоня.

— Валентина Михеева.

— Лучшая подруга Агатки? — подпрыгнула моя двоюродная сестра.

Глава 8

— У Вали украли сумку, — напомнила я.

— Это она сказала! — разозлилась Тоня. — Надо же, а Агатка так хорошо к Михеевой относится... Вечно ей одежду дает бесплатно, помогает во всем... А Валентина отплатила подружке по полной программе.

— Странная ситуация, — перебила я. — Зачем Михеевой прибегать к Анатолю домой, если она запланировала свидание с Севой? И Железный Любовник мог придумать другой повод для отлучки. Но он сказал, что Валя попросила проводить ее от маршрутки до квартиры. Глупо как-то.

— Придумать другой повод? — повторила Тонечка. — Какой? Севка не врач, не полицейский, не секретарь при чрезвычайно занятом бизнесмене, не журналист, а местный композитор. Его не могут срочно, причем незадолго до полуночи, вызвать на службу.

Я подняла руку.

— Тише, не горячись. Согласна, в этой ситуации много странностей. Например, такая: зачем вызывать любовника поздним вечером на встречу? Похоже, желание пообщаться с Всеволодом пришло к Михеевой стихийно, иначе б они заранее договорились, и он изобрел бы веский повод, чтобы удрать из дома. И уж совсем не ясно, почему Валя прибежала к Агате. В чем смысл ее поступка? Михеева закрутила роман с Севой и, естественно, ничего не сказала подруге о своих отношениях с ее мужем. Вчера вечером случилось нечто, заставившее Валентину срочно вызвать Севу. Наверное, это было что-то очень важное, раз девушка побеспокоила любовника поздно вечером. Да еще в тот день, когда Анатоль запланировал репетицию капустника. И вот что интересно! Всеволод, человек не особенно заботливый и нежный со своими женщинами, не послал Валю по известному адресу, а поспешил к ней. Железный Любовник, похоже, был крайне взволнован, раз, чтобы убежать из дома, ляпнул первое, что пришло в голову. Думаю, Сева был основательно напуган. Вопрос — чем?

Тоня вскинула подбородок.

— А здорово они шифровались! Никому и в голову не взбрело Севу с Валькой парочкой считать. Раньше-то наш супермужчина не прятался, открыто новый роман заводил, а старой пассии говорил: «Покедова, мон амур». С Агатой он хорошо жил, никогда с ней не ругался, даже чай приносил, комплименты говорил. Я уж было поверила, что черного кобеля все-таки можно отмыть добела. Ошибочка вышла. Вот удар для Агаты! Одним махом и мужа, и лучшей подруги лишилась. Может, ее наследство утешит?

— Разве Сева богат? — усомнилась я.

— Его мать, Ирина Глебовна, когда сын еще в школе учился, умом тронулась, — пустилась в пояснения Тонечка. — Про Анатоля можно разное думать, но когда Ирина совсем обезумела, он ее пристроил в пансион, где та и жила до февраля нынешнего года. А Севку к себе забрал. У Ирины Глебовны от отца, известного ученого, осталась шикарная пятикомнатная квартира на Патриарших прудах. Анатоль живо оформил над Ирой опекунство, хоромы сдал, а деньги, вырученные за аренду, отдавал за содержание матери сына. Хотя...

Антонина на секунду примолкла, а затем продолжила:

— Вообще-то я не в курсе финансовых вопросов. Может, и не все бабки на оплату интерната шли, Анатолю кое-что и на личные желания оставалось? В феврале Ирина Глебовна скончалась. Поскольку брак их с режиссером никогда не оформлялся, Анатоль ей по закону никто, а Всеволод единственный родной сын. Через полгода после кончины матери он стал полноправным владельцем апартаментов. И кому они теперь достанутся?

— Анатолю и Агате, — предположила я.

— Нет, одной вдове! — заявила Антонина.

— Отец имеет права на имущество сына, — возразил Пономарев.

— Фокус в том, что Анатолий Сергеевич никогда официально не признавал мальчика своим ребенком, — объяснила Тоня. — Фамилия у Всеволода Авдеев, отчество Анатольевич, но это ни о чем не говорит.

— Режиссер взял сына к себе жить, но не стал оформлять отцовство? — поразилась я. — Почему?

Тоня пожала плечами.

— Вопрос не ко мне. Анатоль человек со странностями. А теперь Сева умер, и квартира перейдет к Агате. Представляешь, сколько стоят пятикомнатные хоромы на Патриарших?

Дверь в спальню распахнулась без стука.

— Хочу знать, что случилось с моим мужем, — сердито сказала с порога Агата. — Почему мне ничего не рассказывают?

Гриша отвел глаза в сторону.

— В случае насильственной смерти...

— Мне плевать! Я хочу знать правду! — заорала молодая вдова. — Немедленно, сию секунду! Что произошло с Севкой?

Меня покоробило имя «Севка» в ее устах, и я сухо произнесла:

— Горе, как правило, плачет.

Вдова на секунду замерла, потом закричала:

— Что она говорит?

— Вы сейчас плохо изображаете скорбь, — спокойно заметила я. — Кстати, Азамат уже в курсе? Ваш любовник знает о кончине законного супруга? Впрочем, глупый вопрос. Естественно, Азамат слышал об этом.

Лицо торговки разом осунулось. Тоня и Григорий с нескрываемым удивлением уставились на меня, а я продолжила:

— Дорогая Агата, если мужчина погибает при странных обстоятельствах, то первой под подозрением оказывается его жена. И вот интересно, очень часто это самое подозрение перерастает в уверенность. Милые, верные, заботливые дамочки частенько отправляют на тот свет горячо любимых мужей. Что вы говорили Азамату, помните?

Агата молчала. Я укоризненно сказала:

— Глупо отрицать знакомство с парнем. Кстати, он очень красив, моложе вас, а на фоне Севы и вовсе смотрится Аполлоном. Азамат всем хорош, одна беда — он нищий, работает на рынке в лавке Маши, малюет ужасные картины вроде «Змей в сосновом лесу». Так вы вспомнили свою беседу с юношей? Она состоялась совсем недавно, буквально час назад.

Агата продолжала стоять столбом, не издавая ни звука. Но было видно, как ее правая ладонь, засунутая в карман юбки, вздрагивает, тонкая ткань не могла скрыть нервных движений пальцев. Я подошла к Агате почти вплотную.

— Ваше нежелание говорить вполне понятно. Ладно, я сама передам содержание вашего разговора. Азамат жаловался, что устал прятаться, встречаться с вами тайком. А вы сказали, надо подождать, придет и на вашу улицу праздник, пойдете рядом не таясь, взявшись за руки. Но Азамат продолжал хныкать, и вы тогда произнесли: «Уже все. Сейчас черти в аду получили его черную душу. Но нам надо соблюдать осторожность, мое имя никак не должно быть связано с его смертью. Будем ждать полгода». Вроде так. Я ничего не напутала? У меня хорошая память, однако изложить дословно всю беседу сложно. Но можно прослушать запись на диктофоне, я всегда ношу его в сумке и включаю, если надо. В другой раз, когда решите вести откровенный диалог, внимательно проверьте, нет ли неподалеку чужих ушей. Останься Всеволод в живых, я бы никогда не разболтала о вашей тайне, не мое дело, с кем вы спите. Но сын Анатоля убит, вы наследница роскошной квартиры в центре Москвы, которая, по самым скромным подсчетам, стоит несколько миллионов. Не рублей, конечно. И вы обещали Азамату, что скоро будете гулять вместе с ним открыто по улицам. Боюсь, вы обманули парня. Думаю, вам теперь удастся погулять лет через десять-пятнадцать.

И убийца никогда не получает имущества своей жертвы. Зря собираетесь ждать полгода, чтобы вступить в права наследства.

Григорий вскочил, одним прыжком преодолел расстояние от кровати до превратившейся в каменную статую Агаты и выдернул ее руку из кармана. Пальцы вдовы сжимали включенный мобильник.

— Ё-мое! — воскликнула Тоня. — Она нажала на кнопку быстрого набора, и кто-то слышал наш разговор!

Гриша сделал попытку выхватить сотовый, но Агата уронила трубку на пол, а потом со всего размаха наступила на него ногой. Послышался треск.

Пономарев укоризненно покачал головой.

— Да, с таким поведением твоему адвокату плохо придется. Это похоже на признание вины и попытку спасти подельника. Молчишь? Негодная тактика, давай лучше сотрудничать. И зря мобильник уничтожила, телефонная компания живо выдаст номер, который ты сейчас активировала. Ну-ка, не двигайся...

Гриша высунулся в коридор и крикнул:

— Сергей, Леня, проводите задержанную в машину! Поговорим с ней в отделении.

Я отошла к креслу, села, подняла голову и столкнулась взглядом с Агатой. В глазах ее плескалось такое отчаяние, что мне стало не по себе.

Спустя минуту два крепких парня увели вдову, Пономарев ушел вместе с ними. Мы с Тоней остались вдвоем.

— Ну ты даешь! — встрепенулась она. — Раз, и делу конец.

— Как-то уж слишком быстро и ловко получилось, — пробормотала я. — И если дотошно разбираться, улик-то нет. Да, я записала разговор Агаты с Азаматом, но он ничего не доказывает, кроме того, что у нее есть молодой красивый любовник. Опытный адвокат легко выручит Агату. И разбитый телефон не подтверждает ее виновности в смерти мужа. Мне не стоило налетать на жену Севы с обвинениями.

Двоюродная сестра села на ручку кресла и обняла меня.

— Ты поступила совершенно правильно, застала Агату врасплох. Она не ожидала этого и выдала себя.

— Агата молчала, — напомнила я.

— То-то и оно! — кивнула Антонина. — Невиновный стал бы возмущаться, потребовал присутствия адвоката, устроил скандал, бросился на обвинителя с кулаками. Агата же вела себя иначе. Да еще тайком позвонила своему любовнику, чтобы его предупредить: смывайся, милый, нас раскрыли. Ты молодец!

Но у меня почему-то с каждой минутой делалось все тревожнее на душе, а перед глазами стояла Агата, снова виделось отчаяние на ее лице.

Тоня, очевидно, поняла мое состояние и решила сменить тему разговора.

— Мы с Гришкой учились в одном классе. Он был жуткий двоечник и в придачу боялся отвечать у доски. А я получала сплошные пятерки. И вечно выпрыгивала из-за парты, ныла: «Ну спросите меня! Я знаю урок наизусть!»

В конце концов Анна Николаевна, классный руководитель, решила использовать излишне активную ученицу — велела мне взять над Пономаревым шефство и подтянуть его по всем предметам.

Я принялась за дело и преуспела. Ой, если расскажу, как я его заставляла параграфы учить! Уговоры не помогали, я Григория била всем, что под руку попадало, один раз с такой силой треснула его по спине стулом, что тот развалился, пришлось Гришке склеивать. И стесняться я его отучила, приказала: «Вышел к доске, только на меня смотришь, если киваю — все о'кей! Начну хмуриться — ты чушь порешь». Он послушался, так мы до десятого класса и работали. Иногда я ему рожи корчила, и Пономарев во время ответа ржать начинал, получал замечание. Но я своего добилась, парень перестал конфузиться. И в милицию Гришка по моей указке отправился. Вернулся из армии и спрашивает: «Тонь, чего дальше-то делать? В институт не поступлю, забыл уже, что в школе учил. Может, шофером устроиться?» Мне его идея показалась тупой. Какая карьера у водителя, кем он может стать после долгих лет работы? Заведующим гаражом? Старшим дальнобойщиком фирмы? Атаманом таксистов? Пораскинула я мозгами и отправила его учиться на милиционера. А потом его в Ковалеве, по месту жительства, на службу взяли, и он в академию МВД поступил. Господи, сколько я с ним билеты зубрила! Сама получила высшее образование, только диплома нет. Зато теперь Гриша начальник в нашем околотке, утер нос всем, кто его в детстве из-за мамаши-алкоголички дразнил.

— Вы были в одном детдоме? — спросила я. — Кстати, а почему тебя при наличии стольких родственников сдали на воспитание государству? Уж извини за любопытство.

— Моя мама умерла, когда я пошла в первый класс. Отца никогда не видела, — пояснила Тоня. —

Я тебе уже говорила, у Анатоля было трое детей, все от разных женщин. Режиссер никогда брак не оформлял и о своих любовницах не распространялся. Кто была моя бабушка, понятия не имею, мама о ней ничего не говорила. Мы жили в крохотной квартирке напротив театра, родительница работала бухгалтером, была честной, спокойной женщиной, очень замкнутой, из нее не удавалось и слова лишнего вытянуть. То, что у мамули была сестра Светлана Алексеевна Коломийцева, позор семьи, уголовница, я узнала, уже будучи взрослой. «Опозорила она нас, — сказала мне Офелия, — с подростковых лет гуляла, пила, в компанию плохую затесалась. Мать ее вышла замуж за Лешку Коломийцева, тот непутевую девчонку удочерил, дал мерзавке свою фамилию, отчество. Но все равно люди-то знали, чья кровь в жилах Светки течет. Анатоль и не скрывал, что девочка от него. Очень нам неприятно было, когда Светлану в восемнадцать лет арестовали. Потом она в Ковалеве появилась, пришла к Анатолю, давай плакать: «Ты мой родной отец, помоги, дай денег, купи квартиру». Но брат ее прогнал. И правильно поступил». Вот прямо так Офи и говорила.

Тоня чуть сгорбилась.

— Извини, что такое про твою маму рассказала, но это правда. Я Светлану никогда не видела, а вот деда отлично знала, потому что мы жили через дорогу и я часто заходила к Анатолю. Вроде я нравилась и ему, и Офелии с Пенелопой, но, когда маму похоронили, они не захотели взять меня к себе, сдали в местный интернат.

— Севе повезло больше, — заметила я.

— Не знаю, — серьезно ответила Антонина. — Дядя никогда не распространялся о своем детстве, мы с ним не дружили, хотя у нас не такая уж большая разница в возрасте. Всеволод родился намного позднее моей мамы, скорее он мне в старшие братья годился, но никогда таковым не являлся. Вот Гришка другое дело. Пономарев меня аки верный пес защищал, в обиду не давал, его даже старшие ребята боялись. В интернате жизнь, как на зоне: надо найти кореша и стоять с ним против всего мира спина к спине.

— Удивительно, что ты поддерживаешь отношения с людьми, которые тебя маленькую, как приблудного котенка, из дома вышвырнули, — сказала я.

— Нет, это не совсем так, — улыбнулась Тоня. — Меня забирали на субботу-воскресенье, на каникулы и праздники, покупали одежду, сладости. Офелия и Пенелопа частенько заходили в детдом, интересовались моими успехами. Помню, мне лет десять было, когда Пени со мной откровенно поговорила, как со взрослой. «Анатоль гений, — сказала она, — ему для работы необходима тишина. Ты бегаешь, шумишь, мешаешь деду. И мы все ходим на работу, некому за тобой в течение дня приглядеть, лучше тебе пока в интернате пожить. Мы тебя очень любим, желаем добра, не бросаем. Если случится неприятность, только позови, мигом примчимся». И знаешь, я это совершенно нормально восприняла, никогда не испытывала комплекса сироты, считала себя внучкой Анатоля на удаленном воспитании.

— Отличное выражение — удаленное воспитание, — хмыкнула я.

— Вот Гришка был брошен, — словно не слыша моих слов, продолжала Тонечка. — Его мать лишили родительских прав за пьянку, и вскоре она умерла. Отец неизвестен, к Пономареву никто в детдом не приходил, в гости не приглашал. Я его пару раз к Анатолю привела, но потом Офи попросила: «Тонечка, мальчику у нас лучше не бывать. Если хочешь его порадовать, можешь принести другу конфет или кусок торта, нам еды не жаль. Но приголубить паренька в семье мы не сможем. Незачем внушать ему несбыточные надежды, еще подумает, что Анатоль хочет над ним опекунство взять».

Антонина повернулась к окну.

— Вот Сева, тот ни разу в интернат не зашел. Он меня недолюбливал. При отце и тетках всегда был вежлив, а если случайно тет-а-тет сталкивались, норовил ущипнуть, вроде в шутку, но очень больно, с вывертом. Или за волосы таскал со всей силы. Один раз целую прядь выдрал, и я пожаловалась Пени. Севку, несмотря на то, что он был большой, а я маленькая, извиниться заставили и наказали. А на следующие выходные, когда я снова к Анатолю в дом пришла, Всеволод меня в кладовке поймал, руки мне заломил и прошипел: «Еще раз наябедничаешь, глаза выколю и язык вырву». Ой, я так перепугалась! Ночь спать не могла, тряслась в кровати, от каждого шороха в ужас приходила, ждала Севку с ножницами или ножом. Наши с ним отношения окончательно разладились, поэтому я в Москву учиться удрала, в общежитии жила, хотя могла в Ковалеве остаться. Но все плохое в конечном счете оборачивается к лучшему. Сейчас бы я прислуживала Анатолю, работала на него, как Сева. А год назад дядя передо мной неожиданно извинился: «Прости, Тонь, дурака я в детстве валял. Пойми меня правильно — я отца обожал и к тебе ревновал. Ну, полный идиот! Ты совсем маленькая была, а я уже почти взрослый. Но ума мне не хватало. Не сердись, давай забудем прошлое. Мы самые близкие родственники, нам положено любить друг друга».

Подруга замолчала.

— И ты его простила? — спросила я.

Антонина улыбнулась.

— Сказала, что не помню никаких разногласий, считаю его прекрасным человеком, а в детстве все глупые. Да, я его простила. Но отчего-то никак не получается заплакать, когда думаю, что Севы уже на свете нет. Я злопамятная сволочь, да?

— Это шок, — сказала я, — слезы придут позднее.

Тонечка потерла виски ладонями.

— Может, и так. Я долго думала, почему Анатоль по-разному относился к своей родне. Сестры, Офелия и Пенелопа, сын Сева с ним жили, а дочь Нина отдельно? Про Светлану не говорю, она была отрезанный ломоть, удочерена отчимом, да еще уголовница. Ясное дело, он постарался от нее дистанцироваться, не захотел помогать. Хотя ведь любой может совершить ошибку. Вероятно, протяни Анатоль старшей дочке руку в трудную минуту... Ладно, не будем о грустном. Но моя мама была очень положительным человеком, а отец ее только на праздники звал. А потом я узнала: Офи и Пени артистичные натуры, прекрасно поют, танцуют. Офелия стихи пишет, их местная газета публикует, Пени картины рисует, ее выставки в библиотеке, где она работает, устраивают. Всеволод с пяти лет на рояле играл, его в Ковалеве чуть ли не Моцартом считали. На все городские праздники в театре устраивали концерты — кстати, эта традиция сохранилась по сию пору, — артисты перед администрацией Ковалева и жителями выступали. И кто среди постоянных участников? Офелия свои вирши читает, Пенелопа в хоре запевает, Сева на рояле бренчит. Все талантливые, яркие, и всех их Анатоль под себя подмял. Сестры у него вместо домработниц, сын на побегушках. А моя мама обычный бухгалтер, человек не творческий, гордиться нечем, но очень самостоятельная, не захотела перед отцом на цирлах стоять, вот Анатоль ее и недолюбливал. И я тоже безо всяких талантов, поэтому оказалась в интернате. Деду нравятся лишь яркие натуры. А вот Федя унаследовал музыкальные способности Севы, и Авдеев-старший его пригрел. Правда, все равно ненадолго, надоел ему мальчик.

— Все решено! — загремел из коридора голос Анатоля. — Идите сюда! Немедленно!

Глава 9

Мы с Тоней поспешили на зов и увидели в столовой режиссера, Пенелопу и Офелию с заплаканными лицами, Ивана с Лидой, Галину, Екатерину Федоровну в черном платке. Не хватало только Пети.

— Все решено! — торжественно повторил Анатоль. — Мы поставим в память о моем безвременно ушедшем сыне спектакль и покажем его на большой театральной сцене. Это будет грандиозный проект, равного которому нет в мире. Впервые вместе с профессиональными артистами в действе примут участие члены семьи погибшего. Вы все! Вместе! Так мы почтим память Всеволода. И празднование Нового года не отменяется. Сегодня, в двадцать ноль-ноль, состоится репетиция.

Я с удивлением слушала Анатоля. Какая постановка? Что за чушь несет дедушка? Он собрался устраивать прогон капустника? У Анатолия Сергеевича помутился рассудок? Тело Всеволода находится в морге, надо думать о похоронах, поминках, а не о хороводе с Дедом Морозом. Неужели никто не осадит режиссера?

— Прекрасная идея! — воскликнула Пенелопа.

— Уверена, душа Севочки сейчас поет от радости, — подхватила Офелия.

— Мальчик этого непременно хотел бы, — подала голос Галя.

— Да, да, — закивала Екатерина Федоровна. — Он бы нам сказал: «Ни в коем случае не плачьте, лучше устройте праздник. Не стоит рыдать, я у врат рая».

— Постановка пьесы — потрясающий акт! — восхитился Иван. — Наверное, ты хочешь показать что-нибудь из Шекспира?

— Или древнегреческую трагедию? — предположила Лидия.

Анатоль хлопнул в ладоши.

— Все пока свободны. Сбор в восемь вечера. Виола!

Я вздрогнула.

— Слушаю.

Авдеев приблизился ко мне.

— Разрешите поблагодарить вас за содействие в поимке убийцы Севы.

Меня почему-то затошнило.

— Я не сделала ничего особенного, просто передала следователю разговор вашей невестки с любовником. И рано еще говорить о вине Агаты, она не доказана.

— Пустая формальность! — воскликнул Иван. — Эта узбечка никогда мне не нравилась.

— Она таджичка вроде, — поправила его жена. — Девица выглядела весьма пронырливой. А что станет с ее отвратительным бизнесом? Кто унаследует ее лавку?

Анатоль взглянул на Лиду.

— Это не интересно.

Режиссер повернулся ко мне и протянул бархатную коробочку.

— Примите в знак благодарности за поимку Агаты.

Я машинально взяла ярко-красную коробочку в виде сердца и откинула крышку. Внутри оказался крохотный серебряный кулончик с янтарем. Подобные изделия во времена моего детства продавались в любом табачном ларьке и стоили чуть дороже батона хлеба.

— Боже, какая прелесть! — ахнула Офелия.

— Невероятная красота! — подхватила Пенелопа.

— Чудесно подойдет к вечернему платью! — восхитилась Галина. — Надо купить пару цепочек, длинную и короткую, получится два варианта украшения, под разную одежду. Можно на свитере носить и с кофточкой с глубоким вырезом.

— Сразу видно, вещь антикварная! — с восторгом произнесла Лида.

— В наше время натуральный янтарь редкость, — вставил свое слово Иван, — скоро он вообще исчезнет.

— Изделие безупречной элегантности! Правда, Тонечка? — спросила Екатерина Федоровна.

— Симпатичный кулон, — дипломатично ответила та и покосилась на меня.

— Большое спасибо, — поблагодарила я режиссера. — Но мне неудобно: я не сделала ничего особенного. И, повторяю, Агату увезли для допроса, скорей всего ее отпустят.

— Ежу понятно, что эта дрянь убила Севочку! — закричала Галина. — На рынке одни преступники торгуют!

— Там и честных людей много, — возразила невестке Екатерина Федоровна. — А куда работать идти? Птицеферму закрыли, цех по выпуску картонных коробок тоже. Спасибо рынку, он многих от голодной смерти спас.

Галина обхватила голову руками, начала раскачиваться и на манер восточной плакальщицы завела речитативом:

— Севочка, дорогой ты наш... Вон как получилось! Горе, горе! Вся твоя жизнь сплошная мука! Всех потерял! Анечку родную, жену любимую... Что мы без тебя делать будем, как нам жить?

Причитания превратились в безумный вой. Иван взял ее за локти, встряхнул и скомандовал:

— Очнись!

Но Галя продолжала выть на одной ноте, ее глаза расширились и остекленели, тело напряглось, выгнулось назад. Мне показалось, что она впала в транс. Офелия начала судорожно всхлипывать, Пенелопа зашмыгала носом, Лида затряслась. Анатоль поморщился и приложил ладонь к шее. Психотерапевт размахнулся и отвесил Галине пару звонких пощечин. Она замерла, затем из ее груди вырвался судорожный вздох, на лицо вернулось осмысленное выражение, тело обмякло.

— Тебе надо успокоиться, — тихо сказал доктор.

Галина медленно побрела к креслу и буквально упала в него. Анатоль скрестил руки на груди, поднял голову и свысока окинул присутствующих взглядом.

Несмотря на все, что случилось сегодня, мне вдруг стало смешно. Ну просто Наполеон! Авдеев ощущает себя императором, а его ближайшее окружение старательно подыгрывает ему в этом. Почему родственники и друзья так поступают? Они на самом деле преклоняются перед стариком или им что-то от него нужно?

— Я решил, — громко объявил Анатоль. — Торжественный прием Виолы. Сегодня. Вечером.

— Нет! — неожиданно снова истерично взвизгнула Галя. — Почему ей такая честь сразу? Я ждала не один год! Это несправедливо! Нет, нет, нет!

Она разрыдалась. Иван многозначительно посмотрел на жену, и Лида бросилась к Галине, обняла ее, начала шептать ей что-то на ухо. Екатерина Федоровна подошла ко мне.

— Галя не понимает, что несет. Мы все очень рады. Спасибо вам за то, что нашли убийцу Севы.

— Мы вас любим! — хором пропели Офелия с Пенелопой.

Я почувствовала себя героиней бездарной пьесы, смутилась и промямлила нечто маловразумительное.

— Вечером! — тоном Игоря Кириллова[1] повторил Анатоль и величаво выплыл в коридор.

За ним, словно катера за ледоколом, потянулись все присутствующие. Мы с Тонечкой остались в столовой одни.

---

[1] Игорь Кириллов — диктор Центрального телевидения СССР, вел программу «Время».

— Что тут сейчас было? — в полной растерянности спросила я. — Какой торжественный прием? Еще медальон этот... Понимаю, он копеечный, но Анатоль так его преподнес, словно одарил меня сокровищами махараджей. Как-то мне некомфортно стало... Да, я уверена, Агата наняла киллера, который убил Севу, но у нас нет доказательств ее вины.

Тоня покосилась на арку, ведущую в глубь дома.

— Анатоль любит повторять: «Родственниками не рождаются, ими становятся по жизни. Брат с сестрой, мать с сыном могут ненавидеть друг друга, несмотря на кровные узы. Родню надо выбирать самому».

— Интересная мысль, — улыбнулась я.

— Дед живет как хочет и с кем хочет, — добавила Антонина. — Мне с раннего детства твердили: хочешь стать настоящей внучкой великого человека, заслужи эту честь. Знаешь, как я старалась? Мечтала диплом получить.

— Какой диплом? — не сообразила я.

— О вступлении в семью, — хмыкнула Тоня. — Разве не видела? Он в моей спаленке в правом углу, как икона, до сих пор висит.

Мне показалось, что не расслышала.

— Диплом о вступлении в семью?

Антонина встала.

— Пошли. Лучше один раз увидеть, чем сто раз услышать.

Мы бодрой рысцой добежали до крохотной комнатушки, и Тонечка показала пальцем на небольшой постер в бежево-золотистой рамке.

— Читай.

— Я думала, тут какой-то орнамент, — пробормотала я, уткнувшись носом в стекло, — а оказывается, буквы. Написано красиво, с завитушками, и украшено мелкими рисунками.

— Работа Пенелопы, — пояснила подруга. — Она училась каллиграфии, и у нее талант художника. Ну же, огласи текст вслух.

Глава 10

Я откашлялась и прочла.

«Диплом. Выдан за особые заслуги Антонине. Отныне она является членом семьи. Диплом может быть отобран, если Антонина совершит неподобающий поступок».

Далее шла витиеватая подпись и стояла дата.

— Это шутка? — с надеждой спросила я.

— Нет, все очень серьезно, — вздохнула Тоня. — Я, еще будучи первокурсницей, обмирала от ужаса при любой неприятности. Получу двойку на экзамене и рыдаю — вдруг дед сочтет «неуд» неподобающим поступком и объявит, что я изгнана «из рая»?

— Бред какой-то, — пробормотала я.

— Потом сообразила, — не обращая внимания на мои слова, продолжала она, — Анатоль никогда не станет в институт звонить и об успехах внучки осведомляться, можно деду ничего про пересдачу не сообщать. И вообще, я в его доме постоянно не живу, а когда в гости приезжаю, лучше о своих делах помалкивать. Ну а затем мне смешно стало, я перестала испытывать благоговейный трепет перед дедом. Наверное, потому, что вовремя покинула Ковалев.

— Просто ты повзрослела, — улыбнулась я. — Такой диплом может иметь значение лишь для ребенка.

— Ошибаешься, — возразила Антонина. — Знаешь, какие страсти бушуют в семье Анатоля? Уж не помню когда — Анечка еще жива была, Федя только родился, — Офелия неожиданно отмочила номер. В Ковалев тогда приехала съемочная группа, в городке вели натурные съемки. Режиссер фильма случайно встретил в магазине Офи и пришел в восторг — она идеально подходила ему на роль женщины, которая оставляет главного героя в своем доме на ночь. Крохотный, но значимый для сюжета эпизод: из-за доброты той бабы героя не убивают. Не стану сюжет пересказывать, он не интересен, важно другое. Офи неожиданно согласилась, а за ужином рассказала о полученном предложении. Была непривычно возбуждена, счастлива. Пени накинулась на сестру с упреками, завопила: «Как ты могла подписать договор, не посоветовавшись с Анатолем? И с нами не поговорила! Мы одна семья, так не поступают...»

Авдеев-старший остановил сестру с милой улыбкой: «Офи вольна поступать, как пожелает. Никто не имеет права диктовать ей условия». Ясное дело, Пенелопа заткнулась, остальные промолчали. А я поняла: дед затаился, он отомстит сестрице по полной программе. И что? Съемки завершились, фильм показали по телику, Офелия появилась на экране на пять минут, сказала десять слов, но почувствовала себя звездой. У нее взяли интервью две местные газеты. В общем, слава полилась водопадом. А через пару месяцев Анатоль отобрал у Офи диплом.

— За что? — удивилась я.

Тонечка грустно улыбнулась.

— Видишь ли, никто, кроме провинившегося, никогда не знает причины отлучения. Дед произнес стандартную фразу: «За неподобающий поступок». Теледива впала в истерику, плакала, но старший брат не дрогнул, пришлось Офелии целый год ходить в париях. Ее демонстративно не замечали, не поздравили с днем рождения и не звали в гости. Ни Иван с Лидой, ни Екатерина Федоровна с Галей. Пенелопа от сестры шарахалась, Сева ее по широкой дуге обходил. Только Анечка, тогдашняя жена Всеволода, с Офи общалась, а один раз вслух сказала: «Разве можно так родного человека гнобить за то, что ей удача улыбнулась? Это похоже на зависть!» Заявление Аня сделала в тот момент, когда вся семья сидела за праздничным ужином в честь дня ангела Анатоля. Офи не пригласили, она плакала в своей спальне. Вот Анечка и возмутилась, единственная посмела взбунтоваться против хозяина дома. Думаю, дед бы невестку тоже оштрафовал, но он никогда сразу боевой топор в голову врага не швыряет, изображает толерантного человека, лишь спустя пару месяцев опускает карающий меч. Только не удалось ему Аню наказать, она под машину попала.

— Ну и порядки в благородном семействе... — протянула я. — Значит, Иван, Лида, Галя, Петя и остальные родственники имеют дипломы?

— Верно, — подтвердила Тоня.

— За что же им оказана такая честь? — съехидничала я.

Подруга развела руками.

— Это секрет, которым владеет исключительно Анатоль. За особые заслуги. Каждый сделал нечто важное для семьи, то есть для режиссера, оказал ему услугу.

— Странно, однако, — пробормотала я. — Ты недавно говорила, что Анатоль не любил твою маму за ее заурядность, а вот сестер и сына обожал за их таланты. Почему же он так окрысился на Офелию? Нелогично получается, брат должен был ею гордиться.

Антонина отвернулась к окну.

— Никто не имеет права быть умнее, красивее, успешнее царя. Да, дед испытывает удовольствие, когда слышит слова: «Вся семья Авдеевых чрезвычайно талантлива». Но! Талантливее всех именно он. Остальные ему по пояс, нет, по колени. Офелия же расхвасталась журналистам, во всех интервью лишь местоимение «я» повторяла, ни разу о старшем брате не вспомнила, словно его нет.

Я отошла от диплома.

— Понятно. Но потом ей удалось вернуть расположение брата?

— Да, — подтвердила Тоня, — дед снова сестрице диплом выдал. Что уж Офи сделала, дабы умаслить его, понятия не имею, но она опять в семье, и все ее любят. Похоже, ты Анатолю чрезвычайно понравилась, он никому еще так быстро дипломчик не выписывал.

— Как дал, так потом и отнимет, — усмехнулась я. — Для меня эта филькина грамота ни малейшего значения не имеет. И гипнотическая власть Анатоля на меня не распространяется. Если он решил наградить меня бумажкой, возражать не стану, но и переживать, лишившись ее, не буду. Извини, конечно, если скажу бестактность, но странные какие-то здесь отношения. Я бы не назвала их семейными, они больше похожи на узы, которые связывают хозяина с рабами. Значит, все, кто сейчас находится в квартире, имеют сертификат Анатоля?

— Да, — кивнула Тоня. — И очень старались заполучить диплом. Интересно, что деду от тебя-то понадобилось? Похоже, ты ему крайне необходима. Ну да мы это скоро узнаем.

— Анатоль настолько прямолинеен? — поморщилась я. — Принимает в семью и мигом о чем-то просит?

— У него это называется экзаменом на верность фамилии, — неожиданно весело заявила Тонечка.

— А если отказаться от оказанной чести? — хихикнула я. — В вежливой форме, естественно.

Антонина округлила глаза.

— Деду даже в голову не приходит, что кто-то способен на такой поступок. Отвергнуть возможность влиться в число родственников небожителя? Нонсенс! До сих пор все, кого Анатоль одаривал такими почестями, бились в судорогах от счастья. Думаю, столкнувшись с человеком, которому его милость нужна, как рыбе зонтик, наш гениальный режиссер не смутится, но потом отыграется на зависимых от него людях. Очень тебя прошу, возьми чертов диплом, поблагодари его, и точка. Уедем потом в Москву и заживем своей жизнью. Но, если ты демонстративно отвергнешь награду, Анатолий Сергеевич устроит Пенелопе с Офелией ночь длинных ножей. Впрочем, одной ночью дело не обойдется, дед их со свету сживет за то, что стали свидетелями его унижения.

— Чем больше узнаю о нем, тем меньше он мне нравится, — пробормотала я. — Думаю, что лучше встретить Новый год в гордом одиночестве. Почему ты поддерживаешь отношения с Анатолем? Чего ради приехала к нему на праздник?

Тоня ответила:

— Срабатывает давняя привычка: конец декабря, начинаются каникулы, надо ехать к родным. Я уже давно не школьница, не студентка, а стереотип мышления действует. Кроме того, мне жаль Офи и Пени. Они полностью подчинены Анатолем, но, по сути, хорошие тетки, до сих пор сохранили наивность, верят людям, желают всем добра. Если я не появлюсь в доме и не выпью тут под бой курантов бокал шампанского, Анатоль разозлится и вломит сестрам, мол, те плохо организовали праздник. А потом их накажет. Олега отправили в командировку, я, как и ты, осталась одна. Видишь, сколько причин для визита в Ковалев.

— Куприн знаком с режиссером? — только сейчас догадалась спросить я.

Тонечка кивнула.

— Они с Анатолем нашли общий язык. Дед умеет быть душкой, и Олегу понравилось тут на прошлый Новый год. Куприн исполнял в спектакле роль гнома и веселился на всю катушку. Но ему Авдеев-старший диплом не вручил.

— Почему Пенелопа и Офелия боятся гнева брата? — попыталась я до конца разобраться в ситуации. — Он их лишает еды? Бьет?

— Ни в коем случае! — возразила Тоня. — Никаких физических воздействий. Понимаешь, мне трудно это объяснить. На тебя просто прекращают обращать внимание. Ты вроде бы есть, а вроде тебя и нет.

— Не разговаривают? — уточнила я. — Демонстративно игнорируют? Нечто вроде бойкота, как в школе?

— Во сто крат хуже, — поежилась она. — Нет, Анатолий Сергеевич вежлив. Ты ему скажешь: «Здравствуйте», он спокойно ответит: «Добрый день, Антонина». Но его тон, жесты, выражение лица... Прямо кожей ощущаешь холод. С тобой беседуют, но первыми разговор не начинают, отвечают на твои вопросы, своих не задают, ни о чем не просят, даже посуду со стола убрать. Создается ощущение, будто ты очутился в гостях у очень воспитанных людей, которые приехавшего без приглашения еле терпят, но из-за своей врожденной интеллигентности не могут честно сказать: «А не пошел бы ты отсюда вон?» Очень тяжелое чувство. Через несколько месяцев превращаешься в истеричку, начинаешь думать о самоубийстве, кажется, что над головой висит туча, и она давит, мешает дышать, душит. Внешне же, для постороннего взгляда, все прекрасно. Никто еды у отлученного от семьи не отнимает, в рубище он не ходит, может целыми днями делать, что заблагорассудится, в кровати валяться, на работе не появляться, телик с утра до ночи смотреть, и ни одна живая душа замечания ему не сделает, потому что всем он по барабану. Поверь, кто один раз в подобном положении очутился, не захочет в него никого другого ставить. Офелия с Пенелопой уже не молоды, для них любой стресс может закончиться инфарктом-инсультом.

Тихий стук в дверь спальни прервал нашу беседу.

— Входите! — крикнула Тоня.

— Не помешала вам? — спросила Офи, просовывая голову в комнату.

— Конечно нет, — ответила Тоня. — Вилка консультируется со мной в отношении новогодних подарков для членов семьи.

— Ой, только не надо сильно тратиться! — испугалась Офелия. — Мы друг другу преподносим обычно милые сувениры — чашки, фигурки-символы наступающего года, коробочки конфет, елочные игрушки. У нас все просто. Анатоль обожает марципаны, это его любимое лакомство. Если купите упаковку сладостей в виде елочек, не прогадаете. Только не берите в белом шоколаде, брат его на дух не переносит.

— Спасибо за совет, — поблагодарила я, — не рассматривала марципаны в качестве презента.

Офелия начала загибать пальцы.

— Недорого, вкусно и по душе Анатолю.

— Прекрасно, — сказала я, — прямо сейчас направлюсь в лучшую кондитерскую Ковалева.

— Сегодня чудесная погода, не находите? — неожиданно произнесла Офелия.

— Настоящая зима, — поддержала я светскую беседу.

— Давно такой не было, — продолжала сестра хозяина дома.

— Говори, что тебе нужно, — остановила ее Антонина, — не тяни.

— Право, мне неудобно... — смутилась Офи. — Но мы же одна семья, поэтому... ну... э...

— Пожалуйста, не мямли, — попросила Тоня, — выкладывай просьбу побыстрее.

Офи заискивающе заглянула мне в глаза.

— Один из моих бывших учеников... очень хороший человек, просто ему пока не везет... устроился на наш местный телеканал, занимается приглашением гостей на шоу. Оклада Леониду не платят, он на сдельщине. Организовал программу — получил денежки. Не смог созвать народ? Сиди без копейки. Леня очень хотел попасть на ставку. И вот сейчас неожиданно возникла свободная штатная единица. Да только руководство поставило парню условие: чтобы получать ежемесячную фиксированную зарплату, нужно уговорить редкую для Ковалева птицу, писательницу Арину Виолову, поучаствовать в программе, которая готовится к тридцать первому декабря. Если же она не появится на шоу, Леониду нечего рассчитывать на благосклонность начальства. Виола, дорогая, я понимаю наглость своей просьбы, но помогите юноше. У него мать пенсионерка, отца нет, деньги семье необходимы.

— Интересно, откуда телевизионщики узнали о появлении в городе Вилки? — удивленно воскликнула Антонина.

— Слухи птицами летят, — поспешно ответила Офи. — Виола, милая, буду вам очень признательна. От вашего решения зависит судьба Лени. Сейчас ставка есть, но на нее могут взять другого человека. Больная пожилая мать...

— Хорошо, — быстро ответила я. — Когда съемка?

— Через час, — потупилась сестра театрального гения. — Ленечка уже тут, он вас в студию отвезет. Вы правда согласны? Дай вам Бог здоровья и всяческого благополучия! Леня, Леня, иди сюда...

Я поняла, что Офелия была уверена: гостья не откажется, и неожиданно разозлилась. Очень не люблю быть объектом манипуляций, но ничего уже не изменишь.

В комнату вошел мужчина в джинсах и сером пуловере.

— Знакомьтесь, — защебетала Офелия, — Леонид.

— Для меня огромная честь увидеть лучшую писательницу России, — тоном кота Базилио, объясняющего Буратино дорогу в Страну дураков, завел администратор местного телевидения. — Я так обрадовался, когда Офелия Сергеевна позвонила и рассказала о вашем визите. У нас всегда напряженка с интересными гостями, звезды в Ковалев редко наведываются.

Сестрица хозяина дома покраснела.

— Лучше не разговаривать, а ехать на съемку, еще опоздаете.

— Маловероятно, — буркнула Тоня. — Путь в студию недалек, да и машина совершенно не понадобится, телецентр находится через два дома от театра.

Глава 11

Местная студия оказалась уменьшенной копией той, где снимают шоу Балахова. Те же белые диваны для почетных гостей, серые кресла, предназначенные тем, чьи истории будут обсуждать, и скамейки для простой публики. Меня с почетом проводили в гримерку, туда же стремглав прискакал режиссер программы, который с порога зашумел:

— Спасибо, Виола Леонидовна, что пришли.

— Давайте обойдемся без отчества, — предложила я. И мысленно добавила: «Все равно его никто правильно не произносит, ни у кого имя папеньки Ленинид в голове не укладывается».

— Шикарно! — завопил режиссер. — А я Ильяс.

— Ясик, не кричи, пожалуйста, — попросила гримерша, — с утра голова болит.

— Я вовсе не ору, — так же громко, как и раньше, возразил Ильяс, — просто у меня командный голос. Дорогая Виола, у нас сегодня съемки новогодней программы. Она выпадает из общего ряда — гостя с захватывающей личной историей нет. Есть веселье, музыка, песни. Главная мысль шоу: Новый год бывает всего раз в двенадцать месяцев.

— Свежая концепция, — язвительно произнесла женщина, орудовавшая спонжиком.

Но Ильяс, как токующий глухарь, не слышал ничего, кроме собственного голоса.

— Дорогая Виола, сегодня вы основное действующее лицо.

— Что мне надо делать? — встревожилась я. — Петь я не умею, танцую плохо, новогодних стихов не знаю...

— Для развлечения публики есть артисты, — пояснил Ильяс, — а вас я хочу попросить пройтись по студии с талисманом наступающего года и сказать о нем пару слов.

— Он не кусается? — с опаской осведомилась я.

— Ну что вы! — закатил глаза постановщик. — Милейшее, добрейшее, нежнейшее существо с ангельским характером, на сто процентов профессиональное, миллион раз участвовавшее в разных телепроектах, всеобщая любимица!

Я поняла, что мне вручат корзинку с каким-нибудь ужом, и спокойно ответила:

— Нет проблем. Вот только я не очень много знаю о...

Ильяс не дал мне договорить.

— Так на вас наденут «ухо», я подскажу, что надо делать, одну вас не оставлю. Светка, Света, ты где, несчастье наше?

В гримерной появился новый персонаж — девушка в сильно измятом платье.

— Жду, жду, когда меня позовут, — обиженно выпалила она. — Сами ж приказали не лезть без спроса к Виоловой, сказали: «Писатели все с закидоном, не понравится столичной штучке чего, взбрыкнет и свалит, не сложится у нас программа».

Ильяс нервно захихикал, не зная, как отреагировать на выступление девицы. А пожилая гримерша, продолжая возить по моему лицу губкой с тональным кремом, укоризненно произнесла:

— Подведет тебя, Светка, язык под монастырь. Сначала думай, потом говори.

— Че я сделала-то, Роза Михайловна? — заморгала девушка.

— Светлана, — опомнился Ильяс, — опетличь и заушь гостью.

— Русский язык, как больного ребенка, жалко. Надо же такое ляпнуть — «опетличь и заушь»! Пушкин в гробу переворачивается, — вздохнула Роза Михайловна.

— Вечно вы всем недовольны, — ринулась в бой Света, доставая из пакета небольшую черную коробочку с короткой антенной и длинным проводом. На конце шнура виднелся крохотный микрофон на прищепке, который, уж не знаю почему, на телевидении называют «петличкой». — Как сказать-то надо?

Роза Михайловна взяла в руку кисточку.

— «Прикрепите к одежде гостьи петличку и дайте ей микрофон для уха». Примерно так.

— А опетличь и заушь гораздо короче и всем понятно, — уперлась Светлана.

— Эй, челы, где Ильяс? — загудел из коридора чей-то баритон. — Суперский, лайфовый сюжет в новости надыбал. Просто улет. Порвем рейтинг.

Роза Михайловна поморщилась, словно от приступа зубной боли.

— Вот еще один златоуст. Имя ему Игнат. Надо понимать, что он вернулся с интересным репортажем.

— Ваще, блин, бомба! — радовался тем временем невидимый мне Игнат. — Сегодня Пономарев взял за шкирдон Агату, жену трупа Всеволода, сына Анатоля.

— Жена трупа... — тихо повторила гримерша. — Ну и ну.

— Эта новость всем известна, — крикнул в ответ репортеру Ильяс, — она уже прошла в выпуске горячих известий.

— А я закассетил, как ее в машину сажали, — похвастался Игнат, — она на весь мозг отдавленная.

— Машина? У нее «мозг отдавленный»? — уточнила Роза Михайловна — борец за чистоту русского языка. — Вчера я зашла в банк и услышала случайно, как наш Игнат с менеджером беседует. Девушка у него спрашивает: «Кредит оформлен на вас?» А он отвечает: «Нет, на пылесос».

— Подвели Агату к автомобилю, — надрывался в коридоре Игнат, — а она со всей дури как тюкнется физией о дверцу. Полицейские обалдели. Ну, да они у нас ваще тупизна, надо было психованную хватать и держать, да куда там, пасти разинули, буркалы выпучили. А задержанная снова с размаху лицом о стойку — бумс. Затем по двери — трах. Потом хлобысь мордой о край крыши. Кровищи! В разные стороны летит струями. И все молча. Не лицо теперь у красотки, а месиво. Небось нос сломала и зубы повыщелкала.

— И ты снимал? — рассердилась Роза Михайловна.

— Кто ж такой эксклюзивчик прозевает? — захохотал Игнат. — И, конечно, я сопроводил полицаев с бабой в больницу. Меня в кабинет врача не пустили, проявили неуважение к телевидению, так я с улицы к окошку подобрался. Не очень круто по качеству получилось, но понятно, что Агату в палату повели. Ей теперь лечиться и лечиться. Во как некоторые люди при виде камеры истерят!

В гримерку вплыл удушливый запах дешевого мужского парфюма, следом появился тощий черноволосый паренек.

— Из-за нас она уродоваться начала, — весело сообщил он.

— В смысле? — насторожился Ильяс. — Ты что там такого наделал?

— Ничего, — затряс гривой кудрей Игнат, — просто в сторонке маячил.

— Как ты вообще там очутился? — заинтересовался режиссер.

Игнат подпрыгнул.

— Повезло. Шел на рынок снимать сюжет про хреновы новогодние подарки, гляжу — к театру подкатил Пономарев. Да не один, а на полицейской машине, и морда у Григория суровая. Ну я и допер: что-то случилось. Встал неподалеку и жду. Я ж терпеливый. И тут выводят Агату. Вау! Вот это фишка! Ваще, блин! Полицаи бабу к своей машине доставили, и один громко сказал: «Нас снимать сейчас будут, потом на весь мир покажут». И в меня пальцем ткнул. Агатка голову повернула и тут же хлобысь мордой о дверь.

— О темпора! О морэ![1] — воскликнула Роза Михайловна.

— У кого температура? — не понял Игнат. — Кто на море поедет? Короче, разукрасила себя баба, и ее в больницу повезли, я за ними. В приемном покое один полицай мне правду выложил: она мужа убила. Во!

— Ступай в девятую студию, — прошипел Ильяс, — сиди там тихо и молчи. Простите, Виола, Игнат недавно работает, задора у парня через край, а ума не хватает. Если вы готовы, пройдемте в студию. Света, «ухо»! Конечно, вы умеете им пользоваться, Виолочка, да? Вас так часто показывают на экране, что вы давно стали профессионалом.

Я взяла протянутый девушкой светло-бежевый крохотный приборчик, осторожно поместила его в ухо и нажала пальцем. Надеюсь, не вывалится, а то в самый нужный момент я останусь без подсказок режиссера.

— Ох, забыл предупредить! — подскочил Ильяс. — Запись ведем в режиме реального времени, стопиться не будем...

— «Стопиться»! — возмущенно повторила гримерша. — Есть прекрасное слово «останавливаться»!

— Если что не так, потом отрежем, — договорил режиссер, и мы направились в студию.

Далее все покатилось, как обычно. Меня поставили в кулисе, попросили после того, как ведущие представят писательницу, выйти и сесть в свобод-

---

[1] О времена! О нравы! — латынь.

Content

послушно зааплодировала следом. Николай на секунду замер и затараторил дальше:

— Да-да, у нас в гостях Арина-Виолетта Тараканова-Виолова. Друзья зовут ее Виолетта Виолова, а читатели знают, как Таракана Аринову. Псевдоним Виолы Таркан... Что? Опять не так? Кто певец?

Я переступила с ноги на ногу. Сейчас Ильяс пытается вдолбить в голову Николая, как зовут гостью. Хм, вот вам и съемка в реальном времени, без остановок.

— Таркан поет? Он мужчина? — надрывался Коля, глядя в потолок. — Монитор плохо поставили и слишком быстро текст крутят.

— Тишина в студии! — заорали из темноты. — Работаем. Больше никаких сбоев! Мотор!

Ведущие постояли молча, и слово взяла Маша:

— А об этом мы сейчас спросим у нашей гостьи, писательницы, автора детективных романов и сценариев к телефильмам, генерала полиции Арины Виоловой.

Мария весьма удачно справилась с задачей, но повысила мое звание от полковника до генерала. Этак я скоро стану маршалом объединенных мировых полицейских сил. Ладно, после программы попрошу Ильяса вырезать эту глупость, объясню, что никогда не работала в МВД.

— И где же Арина? — завертел в разные стороны головой ведущий. — Маша, ты видишь нашу звезду?

— Нет! — заверещала та. — Наверное, она опаздывает, потому что едет с символом Нового года города Ковалева.

— Но мы не сможем без Арины устроить праздник, — фальшиво расстроился Николай. — Как же быть?

— Давай ее позовем! — предложила Мария. — Ну, раз, два, три. Арина!

— Виолова! — подхватил Николай.

Я стиснула губы. Главное, сейчас не расхохотаться! Тот, кто писал сценарий для шоу, не мудрствуя лукаво, позаимствовал текст детских праздников. Наверное, вы видели такие представления: Дед Мороз, толпа детей, старик с посохом провозглашает: «Что-то моя внучка задерживается, давайте-ка кликнем ее. Снегурочка, выходи!» Кстати, меня давно мучает вопрос, а где жена Дедушки Мороза? И его дочка? Почему он повсюду появляется исключительно с внучкой?

— Помогите нам! — обратилась к публике Маша. — Ну-ка, все вместе!

— Арина, появись, елочка, зажгись! — завопил Николай.

Зрители хором повторили его слова.

— Виола, — шепнул мне в ухо голос Ильяса, — берите символ и шагайте. Не волнуйтесь, я в вашей голове, никуда не денусь, не бойтесь, не оставлю вас никогда.

Я расправила плечи. Пугающее обещание. Что может быть хуже, чем баритон режиссера, навсегда угнездившийся в моем мозгу? Очень надеюсь в ближайшем будущем избавиться от него.

— Идите, идите, — зачастили сзади. — Вот, держите.

Я ощутила, как мне в руку вложили кожаный ремешок; удивилась, потому что ожидала корзинку с ужом, оглянулась и оторопела. Сзади меня стояла довольно крупная, лохматая, с яркой новогодней гирляндой на шее... коза.

Глава 12

— Это кто? — попятилась я.

— Тише, — шикнула женщина, маячившая за животным, — звук идет в студию. Это символ Нового года. Скорее идите.

— Ари-на! Ари-на! — скандировала публика.

Делать нечего, пришлось тянуть парнокопытное за поводок. Коза уперлась, я дернула кожаный ремешок, сначала осторожно, потом более решительно. Животное сделало шажок, взглянуло на меня, и сразу стало понятно: я категорически не нравлюсь козе. Она мне, впрочем, тоже не пришлась по вкусу. Точно, мы не сможем полюбить друг друга. Ну, не пара мы, совсем не пара!

— Вио-ло-ва! Вио-ло-ва! — надрывался зал.

Я посмотрела на рога символа года и вышла в центр съемочной площадки, таща за собой упирающуюся скотину.

— Вот и она! — завопил Николай. — Ой, Арина, а почему вы с козой?

Хороший вопрос! Знать бы на него ответ. Не говорить же: «Я перепутала змею с млекопитающим».

— Ах, Коля, — укоризненно покачала головой Маша, — неужели ты не знаешь? Коза — герб города Ковалева. Правда, Арина?

— Ммм... — протянула я. Ведь хотела сказать: «Коза никак не может быть гербом. Скорее всего, вы имеете в виду ее изображение?» Наверное, меня заразила своим критическим настроением гримерша Роза Михайловна.

— Да? — взвизгнула Мария.

— Да, — на всякий случай ответила я, абсолютно не разбиравшаяся в геральдике.

— И как же зовут милую козочку? — просюсюкал Николай.

— Виола... — прозвучало в ухе.

Я напряглась в ожидании, что сейчас Ильяс сообщит мне кличку рогатой. Но режиссер молчал.

— Кис-кис, какая пусенька, — не по сценарию умилилась Маша. — Можно ее погладить?

Не дожидаясь ответа, ведущая приблизилась к животному. Коза недобро глянула на девушку и задрала верхнюю губу. Показались большие желтые зубы. Маша живо спрятала протянутую было руку за спину и отступила. Четвероногая участница шоу тоже сделала шажок и уперлась в меня боком. Через секунду я учуяла жуткий запах — похоже, коза вспотела от злости.

— Так как же ее величать? — повторил Николай.

— Виола, — снова сказал в мое ухо Ильяс.

Ну и долго он будет привлекать к себе мое внимание? Я его слышу и жду от него помощи.

— Расскажи нам, козочка, как дела, расскажи нам, милая, где была, — пропела Маша.

— Виола! — заорал Коля.

Я улыбнулась.

— Символ Нового года города Ковалев носит имя Виола, — объявил ведущий. — Кстати, многие владельцы домашних питомцев называют их в свою честь. Так, Арина?

— У нашей гостьи, генерала полиции, в паспорте стоит имя Виола Тараканова, — затараторила Маша, — Арина Виолова творческий псевдоним.

Я изо всех сил удерживала на лице угасавшую улыбку. Мерзкая козища моя тезка? Ильяс вовсе не привлекал мое внимание, а повторял то, что должна была произнести вслух я? Потом он, видимо, сообразил, что я не понимаю его, и срочно велел действовать ведущим.

— Виола! — снова громко окликнул Николай.

— Ме-е, — отозвалась коза.

— Вы, конечно, знаете, что в десятом столетии Ковалев славился платками, сплетенными из кожи коз, — завел Николай.

Я не утерпела и поправила:

— Из шерсти.

— Да, верно, — согласился ведущий. — А в одиннадцатом веке пастух Русич спас Ковалев от арабских лезгинов, желавших поработить нашу родину. Увидев армию басурман на верблюдах, он выпустил из загона своих коз. Всадники, никогда ранее не встречавшие этих животных, приняли их за чертей, вышедших из ада, и сбежали.

Я опустилась в кресло. Коза нагло села своим задом прямо на мои лаковые туфли и с возмущением проблеяла:

— Ме-е!

Я попыталась переварить услышанную информацию. Ладно, шали из шерстяных ниток вяжут давным-давно, и допустим, что городок Ковалев старше Москвы. Но кто такие арабские лезгины, где они обитали и каким образом добрались на своих верблюдах до России?

Коза привалилась спиной к моим коленям и начала интенсивно чесаться о них. Отвратительный смрад, исходивший от «герба» города, усилился, я постаралась дышать через раз, радуясь, что парочка Маша — Коля временно забыла про меня. Ведущие занялись тетками с одинаковыми прическами. Те бойко поздравляли зрителей с Новым годом, а я слегка расслабилась, вытащив свои ступни из-под козы.

Голова с рогами повернулась, оценивающе взглянула на меня, потом коза поелозила по полу и снова устроилась на моей обуви. Я решила не сдаваться, пнула обнаглевший «символ» города и живо запихнула ноги под диванчик. Коза встряхнулась — я чуть не умерла от «аромата». Ну почему ее не искупали перед съемкой или хотя бы не облили дезодорантом?

Козочка встала, сделала шажок.

— А теперь рецепт самого вкусного салата от главврача нашей больницы, — объявила Маша. — Слушаем вас, Нина Николаевна!

Одна из дам начала перечислять ингредиенты яства:

— Крутые яйца, отварная говядина...

Козища сгорбилась.

— Морковь, лук, зеленый горошек... — вещала Нина Николаевна.

«Герб» задрал хвост.

— Соленые огурчики, картошка... — мерно перечисляла дама.

Из задницы полорогой градом посыпались темные катышки.

Я чуть не скончалась от вони, потом испугалась. Сейчас все камеры, взгляды зрителей и ведущих направлены на Нину Николаевну, мы с козой вне зоны видимости. Но в ближайшие секунды операторы сменят ракурс, и что попадет в объектив? Хорошенькая иллюстрация к рассказу о салате оливье! Несмотря на запись в режиме нон-стоп, Ильяс будет вынужден прервать съемку, а возобновят ее далеко не сразу, участники просидят в студии долго.

Такая перспектива меня отнюдь не радовала. Надо что-то предпринять...

Я схватила с дивана одну из подушек, бросила ее на какашки, элегантно поставила сверху ногу и через секунду ловко задвинула все сооружение под диванчик. Оглянулась по сторонам и вздохнула с облегчением. Молодец, Вилка! На полу чисто, никто тебя в студии не задержит.

— Прекрасно, очень оригинально, великолепно, — рассыпалась в похвалах рецепту Маша. — А что нальем в бокалы? Шампанское?

— Нет, дорогая! — заголосил Коля. — У всех участников нашего лучшего в мире шоу сегодня есть уникальный шанс! Древние русичи всегда в этот день доили коз, ведь молоко, полученное под Новый год, целебно. И оно исполняет желания!

Я оттолкнула от себя вконец обнаглевшую рогатую тезку, решившую, что она имеет полное право повернуться ко мне бородатой мордой и дышать прямо в мой нос. Надеюсь, после того, как эта программа выйдет в эфир, найдется пара-другая зрителей-умников, которые пришлют Ильясу письма примерно такого содержания: «Дорогое телевидение! Впервые встречать Новый год первого января повелел в 1700 году Петр Первый. Праздник на Руси не раз менял дату, отмечался первого марта и первого сентября. И главным торжеством для россиян вплоть до начала двадцатого века было Рождество, а не Новый год!»

Мария тем временем прикинулась расстроенной:

— Жаль, у нас нет такого молочка...

— Говорят, под Новый год что ни пожелается, все всегда сбывается, — пропел Коля. — Смотри, Машенька, с нами Виола! Сейчас мы запишем наши желания, потом козу подоят, все хлебнут молочка и обретут счастье. Ну, что, дорогие гости, согласны?

— Да! — заорали зрители. — Ура! Супер!

— У меня нет бумаги! — крикнул из зала тоненький голосок.

— И ручки тоже! — добавил тучный мужчина, восседавший в первом ряду.

— Я останусь без исполненной мечты... — захныкала девушка в бархатном платье.

— Спокойно! — крикнул Николай. — Поднимите правую ручку своего кресла и увидите углубление, там специально положены бумага и карандаши. А для вас, наши ВИП-гости, письменные принадлежности на столиках. Начинаем!

— Пишем желание! — захлопала в ладоши Маша. — Вот так, смотрите, как это делаю я...

Ведущая схватила лист, положила его на планшетку, которую держала в левой руке, а правой стала водить по бумаге, приговаривая:

— Хочу шубу из норки, машину новую, жениха богатого.

— Эй, эй! — остановил ее Коля. — Надо писать молча, иначе не исполнится. Вот я, например, никому не сообщу, что попросил у Деда Мороза дом на Бали.

— Ха-ха-ха, — донеслось из служебной части студии.

Зрители радостно заржали.

Мне тоже пришлось взяться за карандаш — я видела, что одна из камер направлена в мою сторону.

— Теперь это надо съесть! — провозгласила Маша.

— Все жуют, — сказали в моем ухе.

Ну уж нет! Я не стану запихивать в рот листок, который невесть кто и незнамо когда положил грязными руками на совсем не стерильный столик. В мои планы не входит подцепить дизентерию или желтуху. Я быстро скомкала бумажку и сделала вид, что сую шарик в рот, а сама бросила его за пазуху. Похоже, Маша и Коля проделали тот же маневр. А вот наивные зрители энергично заработали челюстями.

— Пора доить наш символ! — возвестила Маша.

Коза, словно почуяв недоброе, стала издавать странные звуки.

— Кто хочет первым попробовать волшебное молоко по рецепту древних ковалевцев? — задал вопрос Коля.

Тучный мужчина в первом ряду дернулся, схватился руками за шею и стал медленно сползать с кресла.

— Ой, мамочка, он подавился своими желаниями! — запищал тонкий голосок.

Все камеры одновременно нацелились на ведущих. Когда передача пойдет в эфире, зрители не узнают того, что происходит сейчас в публике. Но я стала свидетельницей этих событий.

Две хрупкие девушки в джинсах и футболках молчаливыми тенями выскользнули из тьмы служебного помещения и кинулись к толстяку.

Маша и Коля тем временем, перебивая друг друга, описывали свои многочисленные желания — Ильяс явно дал парочке приказ тянуть время до тех пор, пока поперхнувшегося зрителя не приведут в порядок. Тетки с одинаковыми начесами замерли с приклеенными к лицам улыбками. Коза тихо икала, распространяя аромат тухлой селедки.

Девушки ухватили мужика под руки, подняли его и сделали несколько шагов по проходу. Потом одна из сотрудниц шоу покачнулась и упала. Толстяк рухнул на несчастную, а на него свалилась вторая сопровождающая. Зрители заржали. Их веселый смех, конечно, не сможет помешать съемкам новогоднего шоу... И вдруг в моем ухе раздался оглушительный рев Ильяса:

— Уберите это безобразие! Срочно!

Режиссер явно обращался не ко мне, однако звук был такой силы, что я на секунду оглохла. Потом потрясла головой и увидела, как на пол спланировало выпавшее «ухо». Быстро оглянувшись по сторонам, я решила поднять его, но меня опередила коза. Тезка живо наклонила морду, подцепила языком небольшой приборчик, отправила добычу в пасть и посмотрела на меня со злорадством.

Коля и Маша продолжали нести глупости о своих заветных мечтаниях — про загородные дома, спортивные машины и шубы, сшитые из шкурок несчастных норок. Из служебных помещений выскочили три парня. Двое подняли так и не пришедшего в себя толстяка и резво унесли прочь, третий кинулся поднимать упавших девушек. Я прекрасно все видела, но меня занимали мысли, не имеющие отношения к происходящему.

Что будет, когда Светлана, ассистент звукооператора, явится «распетливать и разушивать» меня? Сколько стоит «ухо»? Мне придется оплачивать его? Или ответственность ляжет на плечи хозяина козы? Может, противное парнокопытное, в шерсти которого определенно живут откормленные блохи, напоят касторкой, и технический прибамбас счастливо вернется в телестудию города Ковалева? Ох, не хотелось бы мне воспользоваться «ухом» после, так сказать, реинкарнации. И как теперь узнать распоряжения Ильяса? Может, если прислушаться, до меня донесется из козьего желудка голос постановщика?

— Да, Виола? — прогремело над головой.

Я, еще не вынырнув из своих раздумий, непроизвольно ответила:

— Да, конечно.

— Вот какие у нас писатели! — завопил Коля. — Все знают, все умеют!

— Потрясающе! — подхватила Маша. — А я бы никогда не решилась.

Мне стало душно. На что я согласилась? Не слышала вопроса, который задал мне ведущий, машинально среагировала на его «да?» положительно.

— Внимание! — объявил Николай, глядя прямо в камеру. — Эксклюзивно для вас! Только у нас! Бьют барабаны, и трубы звучат, писательница Виолова в Новый год доит козлят! Ну, я не Пушкин, но в рифму сказал.

Я оцепенела. Мне придется добывать из козы молоко?

Ведущий одним прыжком приблизился к моему креслу.

— Арина, дорогая, вот скамеечка, устраивайтесь и начинайте. Мы тут, очень кстати, ведерко припасли. Айн, цвай, посудка, вылетай. Вот!

У моих ног материализовалась емкость, с какими дети охотно возятся в песочнице.

— Коля, помоги Арине, а мы со зрителями поддержим вас, — пообещала Маша. — Ну же, хлопаем, хлопаем...

Студия разразилась бурными аплодисментами. Стоявшие в разных углах елочки заискрились огнями, шоу явно достигло кульминации. Ощущая себя ближайшей сподвижницей Джордано Бруно, — будто меня тоже на костер инквизиции поволокли, — я пересела на низкую скамью и взглянула на Николая. Ведущий наклонился и шепнул:

— Не нервничайте. Пошарьте руками по животу, там есть вымя. Это очень просто. Я видел, как бабушка в деревне доит. Вперед!

Я, стараясь не дышать, повозила ладонями по пузу козы и пробормотала:

— Ничего нет.

— Должно быть, — нервно прошипел Николай, — стопудово оно там.

— Отсутствует, — еле слышно сказала я. — Эта коза не дает молока.

Николай отодвинул меня, ощупал козу и еле слышно бормотнул в микрофон:

— Ильяс! Ты здесь?

— Да! — гаркнуло из уха ведущего. — Чего вы там телитесь?

— У нас форс-мажор: Виола — козел, — еле слышно пробормотал Коля.

Меня совершенно некстати начал душить смех.

— В смысле кто козел? Уточни! — потребовал Ильяс. — В смысле коза? Типа с рогами?

— Она козел, — повторил Коля. — Ваще никак подоить не получится.

— Ты уверен? — спросил Ильяс.

— Ага, — подтвердил ведущий.

— Да чтоб у козла, который нам козла вместо козы привел, все его козлиные зубы повыпадали! — заорал Ильяс. — Я скоро сойду с ума! Так... Молчать и слушать! Эй вы, там, козлы ленивые, живо подайте на площадку молоко козла. От того козла, что на площадке. Вокруг одни козлы! Что непонятно? Виола козел! Да не писательница, а коза. То есть не Тараканова коза, а та коза, которая реально по жизни коза, от козы родилась и козой стала. Вот она, как выяснилось, не коза, а козел. Чтоб вам всем руки и глупые головы оторвало! Молоко в студию! Как так нет? Найти в момент! Сейчас же! Что там у девчонок в пакете? Вылить в ведро, вытащить незаметно!

Вопль внезапно прекратился. Козел шумно рыгнул.

— До-им ко-зу! — декламировал зал, которым дирижировала Маша. — Новый год на носу, мы любим нашу козу!

Сбоку послышалось шуршание. Я осторожно повернула голову. Слева, на четвереньках, чтобы не попасться на глаза зрителям, передвигалась худенькая девушка, в зубах у нее покачивалось темное ведерко.

— Скорей смотрите туда! — закричала Маша, показывая пальцем в потолок. — Видите радугу?

Присутствующие послушно задрали головы. Коля быстро шагнул, схватил пластмассовое ведро и громко сказал:

— Ну, Маша, вечно тебе невероятное чудится. Откуда взяться радуге в помещении?

— Так ведь Новый год! — подхватила ведущая. — Все может произойти!

— Вот и у нас с Виолой случилось чудо, — оповестил Коля, — мы получили ведро волшебного молока. Сейчас всех угостим! Арина, поможете нам?

— С удовольствием, — ответила я, вставая и приближаясь к маленькому столику.

— Вы половничком наливаете в стаканчики молочко, а мы с Николаем раздаем его зрителям, — обрадовалась Маша.

Я зачерпнула ложкой на длинной ручке белую жидкость, принялась осторожно наполнять одноразовые пластиковые емкости и захихикала. Надеюсь, никто из хлопающих сейчас в ладоши людей не задаст вслух вопрос: «Простите, а почему ваша коза доится кефиром?»

Глава 13

Светлана сняла с меня петличку и забыла спросить про «ухо». Ильяс отчаянно ругался с мужчиной, который привел на съемки козла, выдав того за козу. Маша и Коля бодро унеслись в свои гримерки, и я решила быстренько удрать из телецентра. Пошла по извилистому коридору и налетела на Розу Михайловну.

— Уже отснялись? — дружелюбно спросила гримерша.

— Да, да, — подтвердила я, надеясь, что та не станет вести длинную беседу.

Но она внезапно спросила:

— Виола Ленинидовна, а правда, что вы пишете романы, которые основаны на реальных событиях, и к нам приехали, чтобы выяснить, кто в Ковалеве маньяк, убивший Севу?

— Первое соответствует действительности, — подтвердила я, — второе выдумка. Я собралась встретить Новый год в компании с Анатолем и его друзьями. В Ковалеве я появилась, когда Всеволод еще был жив.

— Но это вы помогли поймать Агату? — не успокаивалась собеседница.

— В некотором роде да, — осторожно ответила я. — А откуда вам известны подробности? Неужели местные газеты столь оперативны?

Роза Михайловна похлопала рукой по висящей у нее на боку объемистой сумке.

— В Интернете уже вывесили новость.

— Сама я редко брожу по Сети, вот и забываю о ее потрясающих возможностях, — вздохнула я.

Собеседница исподлобья посмотрела на меня.

— Можете уделить мне пять минут? Хотя вы звезда, навряд ли захотите общаться с рядовой гримершей.

— Что за глупости? Я не делю людей на белых и черных и не причисляю себя к сонму великих, — возмутилась я. — Пожалуйста, давайте поговорим. Только где? В коридоре не совсем удобно.

Роза Михайловна толкнула какую-то дверь.

— Тут никого нет.

— Отлично, — улыбнулась я. — Идите вперед, я за вами.

— Здесь не очень уютно, — извиняющимся тоном произнесла гримерша, оглядывая комнату, — да и грязновато, пол лет сто не мыт.

— Ерунда, — отмахнулась я. — О чем вы хотели побеседовать?

Роза Михайловна прищурилась.

— Агата не виновата. Вы ошиблись. Она не могла убить Севу.

Я опустилась на колченогую табуретку.

— Об этом тоже сообщается в Интернете?

— Нет, — нахмурилась гримерша. — Я прекрасно знаю Хашимову. Агата совсем не пушистый зайчик, подчас бывает жесткой, но жестокой никогда. Понимаете разницу?

— Вы дружите с невесткой Анатоля? — удивилась я.

Роза Михайловна села на продавленный диван и сложила руки на коленях.

— Приехав в Ковалев, Агата сняла у меня комнату. Согласитесь, проживая совместно в тесной двушке, можно хорошо узнать человека. Я с уверенностью могу сказать — это порядочная женщина. С нуля подняла свой бизнес — начинала со жвачки, а теперь ворочает приличными деньгами. Причем в отличие от большинства наших рыночных деятелей ведет дела честно. У нее солидный доход, и она получила российское гражданство.

— Хашимова из другой страны? — уточнила я.

Роза Михайловна кивнула.

— Да, она из Казахстана. В ее семье всегда говорили на русском, мать у нее учительница литературы, отец директор школы. Прекрасные, интеллигентные люди. Но родители Агаты погибли во время пограничного конфликта. Извините, я не знаю подробностей. Агата не из тех, кто станет давить на жалость, говоря о пережитых трудностях. Она лишь сказала, что у семьи был дом в небольшом городке вблизи границы с Китаем. Там что-то случилось, девушка осталась сиротой, не смогла жить на родине, где все напоминало о маме с папой, поэтому решила попытать удачи в России. После нескольких лет скитаний осела в Ковалеве, и здесь ей удалось подняться с коленей. Агата человек несгибаемой силы воли, редкостного упорства и целеустремленности, никогда не свернет с намеченного пути, преодолеет все препятствия и добьется того, чего хочет. А теперь назовите хоть одну причину, почему ей выгодно убить Севу. Хашимова вовсе не дура, она руководствуется не эмоциями, а умом. Я, к сожалению, совсем другая, всегда рыдаю, если сталкиваюсь с неприятностями, или впадаю в панику, когда нарушается привычный ход жизни. Сколько раз я слышала от Агаты: «Роза, надо быть готовой к любым неожиданностям. Зачем спецслужбы постоянно проводят учения? Чтобы в момент настоящей угрозы их действия были отточены до автоматизма. А ты? Упала, разбила коленку и в слезах тонешь, вместо того чтобы искать телефон врача. А лучше, если он будет под рукой. Все должно быть предусмотрено. И не рыдай, когда случается беда. Слышала поговорку: «Слезами горю не поможешь»? Так вот, если произойдет что-то неприятное, то в первую очередь надо сделать глубокий вдох, потом медленный выдох, затем спросить себя: «Это реально настоящее горе? Случилось нечто фатальное, непоправимое? Или бытовая ерунда, испортившая настроение?» Подлинное несчастье с людьми бывает один-два раза за всю жизнь, остальное можно пережить. В любой, на твой взгляд, беде, непременно есть положительные моменты. И всегда найдется как минимум два выхода из ситуации. Ну, например, выяснила, что у мужа появилась любовница. И как поступить в этом случае? Сначала тщательно просчитай все «за» и «против». Варианты своего поведения. Первый. Закатываешь супругу скандал, выгоняешь его из дома или уходишь сама. Минусы такого решения: семья развалилась, дети остаются без отца, возникают финансовые трудности. Плюсы: ты свободна, никто не делает тебе замечаний, хлопоты по домашнему хозяйству уменьшились в разы, отпала необходимость общаться со свекровью. Второй вариант. Закрываешь глаза, делаешь вид, что понятия не имеешь о любовнице, и пытаешься разжечь в муженьке страсть к себе. Минусы здесь такие: приступы ревности, обида, потеря самоуважения, возможный уход супруга к другой бабе. Теперь плюсы: от переживаний ты непременно похудеешь без всякой диеты, чтобы перетянуть супружника на свою сторону, необходимо хорошо выглядеть, значит, ты пойдешь к парикмахеру, поменяешь прическу, цвет волос, сбегаешь в салон на процедуры с лицом, купишь новые наряды и действительно помолодеешь. К тому же изменивший муж очень полезен в домашнем хозяйстве, он будет испытывать чувство вины перед женой и выполнять ее просьбы. Вполне вероятно, что удастся сохранить семью, не лишить детей отца. Вот и думай, что тебе выгоднее».

Роза Михайловна посмотрела мне в глаза.

— Зачем такой длинный рассказ, спросите вы? Чтобы вы поняли: Агата не из тех женщин, кому ревность затмевает глаза. И вновь спрошу, зачем ей убивать Севу?

— Хорошо спокойно рассуждать, когда дело тебя не затрагивает, — парировала я. — Но потом в жизни разумного, хладнокровного человека случается невероятное, и он, забыв о том, как поучал других, чуть ли не теряет рассудок. Думаю, Агате было очень обидно, она ведь вложила в брак со Всеволодом не только душу, но и деньги. А когда поняла, что супруг ей изменяет, завела интрижку с другим. Небось хотела таким образом отомстить неверному или решила почувствовать себя желанной женщиной. Однако незначительное приключение переросло в настоящее сильное чувство, и Агата подумала: «Зачем мне Всеволод?»...

— И в чем проблема? — перебила меня Роза Михайловна. — Дорогая Виола, вы автор детективных романов, часто общаетесь с полицией, сами участвуете в расследованиях, поэтому слово «убийство» не вызывает у вас ужаса, оно вам привычно. Но обычный человек, тем более женщина, никогда не станет решать насущные вопросы, лишая другого жизни.

Я молча слушала гримершу. Хорошо, что она не знает, какое количество милых дам преспокойно пускает в ход яд, чтобы убрать из своей жизни свекровь, постылого супруга, родителей, детей мужа от первого брака или его любовниц. А ведь некоторым мешают даже их собственные отпрыски. Ох, недаром специалисты делят преступления на мужские и женские. И знаете, во многих случаях слабая половина человечества оказывается более жестокой, коварной, злопамятной и изобретательной на ниве криминала, чем сильная. Мужчины хватаются за пистолет или бросаются на врага, размахивая кулаками, они откровенны в своей ярости. А вот мы, милые блондинки и брюнетки...

— Но у Агаты не было любовника, и она бы никогда не убила Севу! — перебила меня Роза Михайловна.

— Вы давно не живете в одной квартире, — возразила я. — Или Агата приходила постоянно к вам в гости, делилась своими проблемами?

Гримерша одернула блузку.

— Хашимова благодарный человек, она меня не забывала. Дарила вещи, вот эту кофточку, например. Зная, что бывшая квартирная хозяйка мало зарабатывает, она приносила мне кофе, чай, шоколадные конфеты. Нет, о личной жизни Агата никогда не рассказывала, но поверьте, она прекрасный человек, совсем не убийца. Сообщите это Григорию Пономареву. Понимаю, он хочет сделать карьеру, получить повышение, перебраться в Москву, поэтому уцепился за свой шанс и арестовал Агату. Надеется, что дело получится громким, сбудутся его амбициозные планы. Но Гриша, как всегда, совершил глупость. Поэтому я сейчас с вами и беседую. Объясните дураку, что он снова попал пальцем в небо. В конце концов выяснится, что за решетку попал невиновный человек, только настоящий преступник успеет за это время замести следы и скрыться. Скорее всего это дело рук маньяка, которого Пономарев поймать не может. Все так считают.

— Вот уж странное предложение, — удивилась я. — Наверное, вы знаете начальника местного отделения лучше, чем я, заезжий человек, так отчего бы вам самой не обратиться к нему и не рассказать то, что сообщили мне?

Роза Михайловна поморщилась.

— Ковалев невелик. Я не беру в расчет гигантский рынок, из-за которого к нам каждый день съезжаются толпы из всех окрестных мест, включая Москву. Базар превратил тихий Ковалев в цыганский табор, здесь полно посторонних, они работают на толкучке, живут неподалеку от нее и портят коренному населению жизнь. Раньше, в дорыночные времена, мы не запирали двери, а...

— Роза Михайловна, — перебила я ее, — будет лучше, если вы прямо объясните, почему сами не желаете идти к Григорию.

Собеседница поправила нитку искусственного жемчуга, обвивавшую ее шею.

— Пономарев родился в неблагополучной семье. Зинка, его мать, алкоголичка и проститутка, обслуживала дальнобойщиков, сама не знала, кто отец мальчика. Слава богу, ее лишили родительских прав, а парнишку определили в детдом, который находился неподалеку от Ковалева, в Муркино. Я там работала воспитателем, училась заочно в педвузе. Было мне, первокурснице, вчерашней школьнице, семнадцать, когда Григорий в интернате появился, а ему десять исполнилось. Вроде сейчас разница в возрасте у нас небольшая, но тогда казалась гигантской. Мне приходилось Пономарева к порядку призывать. А как иначе? Мальчик категорически не желал подчиняться взрослым, грубил, курил, матерился, учился на сплошные двойки, хулиганил. Если бы не Антонина, внучка Анатоля, оказался бы Гришка за решеткой, все к тому шло. Девочка на него благотворно повлияла, благодаря ей Пономарев человеком стал. Он до сих пор Тоне в рот смотрит, совета по каждому поводу спрашивает. Антонина и Григорий на меня обиду затаили, до сих пор сквозь зубы здороваются, не понимают, что я им добра желала, когда наказывала. Ну, может, когда по своему малолетству я палку и перегибала, так не со зла, а из-за отсутствия педагогического опыта. Вы близкая подружка Тони, Григорий к вам стопроцентно прислушается. Агата не могла убить Севу.

Я внимательно посмотрела на собеседницу.

— В отличие от вас я считаю иначе. А утверждение «Агата не могла убить Севу» вполне убедительно звучит для подруг, но для следствия оно пустой звук.

Гримерша резко вздернула подбородок.

— Хорошо, я расскажу вам всю правду. Сева был очень нужен Агате — она его купила.

Глава 14

— Купила? — удивленно повторила я. — Что вы имеете в виду?

Роза Михайловна смутилась.

— Я случайно узнала тайну Агаты, она ее мне не сообщала. Из интерната я, прослужив там немало лет, уволилась, с детьми более иметь дела не хотела и устроилась на телевидение костюмером. Как-то раз Анатоля пригласила в свою студию фотохудожница Екатерина Рождественская, которая делала его портрет для одного из своих проектов, а Ильяс поехал снимать об этом сюжет и прихватил с собой меня. Анатоля стали готовить к съемке, и гримерша Люсенька лицо режиссера буквально изменила. Это было настоящее волшебство! Бац — и нету Анатоля, перед нами сидит царь. Я была потрясена и захотела научиться работать так же... Ну да эти подробности вам не интересны. Так вот, я уже стала гримером, Агата жила у меня. Она к тому времени выбилась из нищеты и открыла свой первый магазин. Короче, в тот день, когда мне случайно открылась ее тайна, у нас отменили съемку, и вместо полуночи я пришла домой в восемь вечера. И сразу рухнула в кровать — голова болела немилосердно.

Роза Михайловна говорила неторопливо, я не перебивала ее и вскоре узнала интригующую информацию...

Гримерша проснулась от звука голосов, села на кровати и поняла, что в соседней комнате вместе с Агатой находится мужчина. Стены в квартире тонкие, Роза прекрасно слышала разговор, явно не предназначенный для ее ушей. Сначала она подумала, что Агата завела любовника, привела его в дом, полагая, что хозяйка на работе, и развлекается в свое удовольствие. Мысль эта смутила Розу Михайловну, и она решила не высовываться из своей спальни, дабы не конфузить жиличку. Но потом ей стало ясно: встреча сугубо деловая.

— Условия таковы, — спокойно говорила Агата, — оформление брака в кратчайший срок, помощь в получении мной российского гражданства.

— О'кей, нет проблем, — ответил мужской голос.

— Проживать будем вместе, — продолжала Хашимова, — прописка в твоей квартире обязательна.

— Ладно, — снова согласился собеседник.

— Если мне понадобится развод, я получаю его без проблем, — перечисляла свои условия Агата.

— Йес, май дарлинг, — засмеялся гость.

— Брак фиктивный, у нас разные комнаты, ты не лезешь ко мне, — предупредила Агата.

— Это вполне меня устраивает, — не стал спорить незнакомец.

— Не надейся, что сможешь наложить лапу на мой бизнес, — предостерегла Агата. — И даже не пытайся в случае нашего разрыва отсудить половину моих денег. У меня прекрасный юрист, он не оставит тебе ни малейшего шанса выиграть это дело.

— Меня вполне устраивает статус женатика, — перебил ее собеседник, — меньше проблем в личной жизни.

— Вот и отлично! — обрадовалась Агата. — Теперь о моих обязательствах. Смотри сюда. Я ежемесячно плачу тебе такую сумму. Видишь?

— Угу, — протянул баритон.

— Покупаю в семью продукты и хозяйственные мелочи, ну там стиральный порошок, туалетную бумагу и прочее. Даю бабло на коммунальные услуги.

— Но только Анатоль и тетки должны думать, что расходы оплачиваю я, — живо вмешался мужчина.

— Пожалуйста, — засмеялась жиличка. — Но ведь они могут спросить, откуда пиастры?

— Я музыку пишу, — быстро нашел ответ мужчина. — Не для спектаклей отца, а пристроился в Останкино, работаю для многих телепроектов. Надоело, что меня в семье считают неудачником.

Роза Михайловна обомлела, поняв, почему красивый баритон показался ей знакомым — в комнате Агаты сидел Всеволод Авдеев!

А парочка тем временем продолжала диалог.

— Что я получу к свадьбе? — деловито осведомился Сева. И тут же ответил сам: — Хочу машину, иномарку. «Мерседес» или «БМВ».

— Слишком жирно будет, — отрезала Агата. — Нет, что-нибудь подешевле. И в самой простой комплектации.

— Не жадничай, дорогуша! — пропел Всеволод. — Я тебе нужен. А ну как откажусь от сделки? Останешься навсегда гастарбайтершей со всеми вытекающими из этого проблемами.

— Ошибаешься, котик, — в тон сыну Анатоля ответила Агата. — Я-то найду другого, а ваша семейка с голоду подохнет. Анатоль делает вид, что богат и знаменит, но все в прошлом, твой папаша нынче просто нищий. Я — ваше спасение.

— А я — твое российское гражданство и положение в обществе, — отбил подачу Всеволод.

— Вот и прекрасно! — воскликнула Агата. — Самый крепкий брак рождается на фундаменте из оправдавшихся надежд. Пошли к Анатолю, пора ему со мной познакомиться.

— Ох, не уверен я, что отец обрадуется... — протянул Сева.

— Не волнуйся, я сумею договориться даже с медведем гризли, — заверила его Агата. — Ну, совет нам да любовь!

Голоса стихли, послышались шаги, хлопнула входная дверь. Роза Михайловна быстро вскочила с кровати, приблизилась к окну и осторожно приоткрыла занавеску. Стоял июнь, на улице, несмотря на вечер, было светло, и гримерша увидела, как Агата с Севой под ручку вышли из подъезда...

— Хотите сказать, что они заключили фиктивный брак? — пробормотала я.

— Именно так, — кивнула Роза Михайловна. — Поэтому я уверена: Агата не стала бы ревновать мужа к любовнице, а его не возмутило бы наличие у жены другого мужчины. Зачем Хашимовой рубить сук, на котором она сидит? Да, былая слава Анатоля прошла, и денег у него, похоже, маловато. Но полезные связи остались. Агата легко решила кое-какие свои проблемы благодаря родственным отношениям с режиссером. К ней не пристает пожарная инспекция, полиция не проверяет продавцов Хашимовой, управляющий рынком с ней за ручку здоровается, и место для новой точки она недавно самое сладкое получила — прямо у центрального входа, такое далеко не каждому достается. И у нее имелись планы, для осуществления которых Всеволод был ей необходим!

— Например? — поинтересовалась я.

— Неделю назад Агата пришла ко мне в гости, принесла очень красивую банку чая, — пустилась в объяснения гримерша. — Сразу видно, дорогая вещь, поэтому я ей сказала: «Не трать деньги, баловство это». Агата ответила: «Пей, наслаждайся, скоро я притащу тебе целый набор, попробуешь и фруктовый, и с бергамотом, и другие травяные настои. Эта фирма производит чай с конца девятнадцатого века, очень популярна в Европе, называется «Свадебное путешествие», но в России не представлена. Владельцы ее наслышаны, как наши дилеры товар портят — хранят неподобающим образом, продают по истечении срока годности, излишне завышают цену, вот и не хотят терять заработанную честным трудом репутацию. Но мне повезло. У Севы в детстве был приятель Вадик, родители его давно увезли во Францию, и муж потерял с ним связь. А полгода назад пошел на выставку картин, которую привез в Москву один коллекционер из Парижа, и встретил там Вадика. Тот, оказывается, спонсор экспозиции. А женат на дочери владельца чайной фирмы, работает у тестя, является вице-президентом компании. В общем, сейчас они с Севой почти договорились об открытии магазина в Москве. Тьфу, тьфу, чтобы не сглазить... Мне секонд-хенд поперек горла встал, охота заняться красивым бизнесом. Правда, проблем полно! Вадим хочет иметь дело не со мной, а исключительно с Севой, лишь ему доверяет, а муж просит молчать, что я деньги в дело вкладываю».

Роза Михайловна на секунду замолчала, но потом снова заговорила:

— У Агаты были огромные планы. Она собиралась торговать чаем, хотела избавиться от имиджа продавщицы тряпья. Знаете, как ее местный народ прозвал? Королева лохмотьев. Обидно, да? Для нее убить Севу — значит уничтожить свою мечту. Пожалуйста, расскажите Григорию, как обстоит дело, а еще лучше изложите сведения Антонине, та Пономарева по глупой башке стукнет, и Агату отпустят на свободу.

— Ладно, — пробормотала я. — Но Хашимова не в полиции, а в больнице, у нее сильно разбито лицо.

Собеседница прикрыла глаза ладонью.

— Да, я видела сюжет. Игнат его хотел в новости воткнуть, но Ильяс запретил. И правильно поступил, это очень страшное зрелище. Это не Агата!

— Молодая женщина, которую вывели из квартиры Анатоля, посторонний человек? — подпрыгнула я. — Не жена, то есть не вдова Всеволода?

— Она и не она, — всхлипнула Роза Михайловна. — Агата не станет разбивать себе лицо. Зачем ей совершать такой поступок? Хашимова очень разумна, никогда не впадает в панику, сохраняет холодную голову. Вот потребовать адвоката и не отвечать ни на один вопрос до его появления — вполне в духе Агаты. Ее заставили изуродовать себя. Толкнули.

Я сделала стойку.

— Кто-то из полицейских применил к задержанной насилие?

— Нет, нет, — поспешила отмести это предположение гримерша. — В сюжете видно, как она сама... как идет вперед, потом вдруг замирает, вроде приглядывается, приближается к машине — и раз! Ужасное зрелище. Наверное, боль страшная. Кровь в разные стороны так и брызнула. Агата же молчала, ни звука не издала, голову приподняла и снова ударилась об автомобиль. Кто-то бедняжку заставил так поступить. Что-то несчастной сказали, и она разум потеряла. Зачем Агате лицо уродовать? Да ни одна женщина, находясь в здравом уме, так не поступит. Убийцу Севы надо искать среди тех, кому он насолил!

— И много таких людей? — спросила я.

Роза Михайловна скорчила гримасу.

— Донжуанский список Железного Любовника я не вела, баб у него была целая толпа. Вероятно, какая-нибудь мамзель захотела отомстить за свои унижения.

— Например, Валя Михеева, — предположила я.

— Кто? — не поняла гримерша.

— Ближайшая подруга Агаты, — уточнила я.

— Бог мой, конечно нет, — неожиданно засмеялась собеседница. — Сева после смерти несчастной Анечки стал жить по принципу: птичка в своем гнезде не гадит. Местных дамочек он не трогает. Да и Михеева совершенно не подходила Всеволоду, его бедные студентки не привлекали. Случай с Аней научил нашего барчука осторожности. Он думал, ему безобразие, как всегда, с рук сойдет, но Владимир Бегунов, отец Ани, был не промах. Шума он устраивать не стал, пришел к Анатолю и сказал: «Ваш сын совратил несовершеннолетнюю. Аня беременна, аборт ей врач делать запрещает, девочке придется рожать. Либо Всеволод женится на моей дочке, создает семью и воспитывает ребенка, либо отправляется на зону, как растлитель. Предоставляю выбор вам. Лично мне хочется, чтобы парня в бараке придушили, но Анечка это чудовище любит. Ради счастья дочери я готов видеть мерзавца своим зятем». Авдеев-старший, думаю, не на шутку перепугался. Это какой же удар по его репутации! Сын, сидящий в тюрьме как развратник, не самый достойный факт в биографии отца. Я при этом разговоре, конечно, не присутствовала, но полагаю, оно так и было. Ну и сыграли веселую свадьбу. Я тоже на ней шампанское пила. Все понимали, что жених от суда спасается, невеста ему даром не нужна. Отец Ани черный за столом сидел. Потом, когда бедную девочку машина сбила, он Севу в убийстве обвинил. Прибежал на площадь к театру, стал в окна камни швырять, орал: «Знаю, кто шофера нанял! Выходи, Севка! Ты жену жизни лишил!» Потом Григорий прикатил, он тогда еще не начальник был, простой сотрудник, и увез Михеева. Того никак не наказали, наверное, пожалели: несчастный отец от горя с катушек слетел.

Глава 15

Расставшись с Розой Михайловной, я позвонила Тоне и сказала:

— Ты где? Надо поговорить.

— Сижу с Гришей, — ответила подруга, — приходи к нам. Что-то тебя долго на студии задержали.

— Я встретила бывшую квартирную хозяйку Агаты, — пояснила я, — узнала много нового.

— У нас тоже есть информация, — сообщила Тоня, — лети сюда.

— Куда именно? — поинтересовалась я.

— Улица Тараса Шевченко, дом семь, квартира восемьдесят три, — сообщила адрес Антонина. И тут же крикнула в сторону, явно Грише: — Немедленно перестань нюхать пачку! Так курить не бросают, смотреть невозможно.

— Может, купить Пономареву в аптеке никотиновый пластырь или жвачку? — предложила я.

— Силу воли ему приобрести надо! — возмутилась Тоня. — И аккуратность тоже. В квартире такой бардак! Стыдно людей сюда звать.

— Ладно тебе, — загудел голос Григория, — нормально у меня, чисто.

— Чисто у тебя исключительно в холодильнике! — еще больше разозлилась Антонина. — Пустые полки, даже кусочка сыра нет. Вилка, будь добра, купи чего-нибудь поесть.

— Хорошо, — ответила я, — сейчас сяду в машину и поеду в супермаркет.

— Не надо, — остановила меня Тоня, — на улицу Шевченко быстрее пешком добраться через рынок.

— Запутаюсь там, — возразила я, — забреду не туда.

— Слушай меня! — приказала двоюродная сестра. — Иди по центральной аллее, никуда не сворачивая. По дороге будут магазины с харчами, прихвати непременно кофе и печенья какого-нибудь. Пройдешь рынок насквозь, очутишься у северного выхода, посмотришь налево, увидишь блочную пятиэтажку. Тебе туда.

Я положила трубку в карман пуховика, застегнула его на молнию и отправилась на рынок. Скоро Новый год, а на дворе ноябрьская слякоть, сырая промозглость, ни малейшего намека на мороз.

Несмотря на вечерний час, на парковке около
рынка стояла масса машин, в основном с москов-
скими номерами. Понятно, столичные жители ринулись после работы закупать подарки. На ковалевской толкучке цены ниже, чем в крупных торговых центрах мегаполиса, вот народ и едет сюда.

Центральная аллея оказалась хорошо освещена.
Я брела мимо разнокалиберных лавчонок, и в каждой был представлен товар с изображением змей.

— Иди сюда! — крикнул веселый парень, стоявший у входа в какой-то закуток. — Надо красивой
стать, под елкой Снегурочкой сидеть. Стрижем
всех! Дешево! Ну, хоть посмотри, какая цена!

— Не подскажете, где тут аптека? — поинтересовалась я.

— Давай челку подравняю, — предложил юноша, — кривая она у тебя, на глаза, как у собаки, па-
дает. Недорого беру! Вот, глянь...

Я невольно посмотрела, куда указывал палец
цирюльника, и увидела объявление, написанное от
руки: «Парикмахерская «Три слона». Прискурант на
все услуги. Бабья стрижка — 40 руб. Мужская стрижка — 35 руб. Остальных стрижем за 20 руб.».

— Ну, как? Согласна? — засуетился местный Фи-
гаро. — Могу сделать тебе каре, очень подойдет по
овалу головы.

— Спасибо, не сегодня, — вежливо отказалась
я. И, не удержавшись, задала вопрос: — Женщине
постричься у вас стоит чуть дороже, чем мужчине.
А кто такие «остальные»?

— А те, что не мужики и не бабы: дети, пенсионеры, собаки, — охотно пояснил парень.

— Вы и животных стрижете? — развеселилась я.

— Могу и кошку преобразить, мне не в лом, — сказал парикмахер. — Летом персов приносят, жарко им. Аптеку ищешь? А чего тебе там надо? Если презервативы, то у меня взять можно, отдам со скидкой.

— Я хотела приобрести электронную сигарету, — объяснила я.

— Сам не курю, но про такую слышал, — откликнулся молодой человек. — Видишь вон там вывеску «Наука и техника»? Тебе туда. Аптека далеко, и дорого в ней. А тот бутик держит Ли Вань, хорошие вещи предлагает, цену не задирает, гарантию дает. Зачем переплачивать, если то же самое можно дешевле взять?

— Логично. Спасибо за наводку, — поблагодарила я и пошла вперед.

— Эй, скажи Ли Ваню, что тебя стилист Сашка из салона «Три слона» к нему направил, — крикнул мне вдогонку парикмахер.

Магазинчик «Наука и техника» оказался набит народом. Четыре продавщицы-азиатки, достаточно бойко разговаривавшие по-русски, разрывались между покупателями. Я постояла возле стеллажей, заполненных коробками, все надписи на которых были сделаны иероглифами, поняла, что сама никогда не найду нужный товар, и схватила за рукав одну из пробегавших мимо сотрудниц.

— Простите, где у вас электронные сигареты?

Китаянка присела, изобразив нечто вроде книксена.

— Извините, сейчас вас обслужат. Оля, Оля, Оля!

Из-за цветастой занавески выглянула худенькая девочка, тоже азиатка.

— Покупатель! — строго сказала ей продавщица. — Работать!

— Я Оля, — представилась девушка. — Надо что?

— Электронную сигарету, — ответила я.

— Я Оля, — повторила девочка. — Надо что? Медленно говори.

— Элек-трон-ную си-га-ре-ту, — произнесла я. Но Оля опять не поняла.

— Надо что?

Я пустилась в объяснения, пытаясь говорить как можно более просто:

— Дыма нет. Здоровье хорошо.

Оля недоуменно моргала.

— Коробочка. Палочка, — продолжала я, — пых-пых. Хорошо. Никотина нет. Табака нет. Электроника. Врач советует. Мужчина не курит. Женщина не курит. Остальные тоже не курят. Кто курит, умирает. Запах плохой. В легких рак. Курение — смерть! Палочка из коробочки хорошо!

Лицо Оли озарила счастливая улыбка.

— Курилка! — обрадовалась она. — Электроника?

Я ощутила себя путешественником, который в одиночку пересек на плоту Северный Ледовитый океан.

— Правильно!

— Пых-пых супер, — весело щебетала Оля. — Недорого! Скидка на Деда Мороза. Показать?

— Давай, — согласилась я.

Девочка схватила лестницу, со скоростью обезьянки вскарабкалась наверх, добыла небольшую ярко-красную упаковку, спустилась вниз и прочирикала:

— Товар. Демонстрация открытая. Тут. Гляди. Работает пых-пых. Все умерли. Пых-пых жив.

Оля перевесилась через прилавок, вытащила точь-в-точь такую же упаковку, открыла ее и повторила:

— Демонстрация.

Я во все глаза смотрела на девочку. А та вынула трубочку, воткнула в нее темно-коричневую палочку, размером с сигарету, подожгла кончик и протянула мне.

— Нюхай. Электроника. Батарейка не надо.

До сих пор все виденные мною заменители сигарет очень походили на настоящие, только вместо дыма испускали пар. Вариант, предложенный китаянкой Олей, напоминал мундштук, и он по-настоящему дымил. Я втянула в себя носом воздух. Похоже, лаванда, мята, вроде апельсин, корица...

— Китайский секрет, — прищурилась Оля. — Народ придумка, доктор одобрить.

Я с большим уважением отношусь к восточной культуре, знаю, какой огромный опыт накоплен китайской медициной, поэтому сразу воскликнула:

— Беру. Там есть запас палочек?

— Многа штука! — объявила Оля. — Одна в сутки. Хватит надолго. Кончится, приходи. Второй запас скидка. Чек покажи, получи дешевка. Есть подставка, может в ней лежать. Или на блюдечко клади. Разница нет. Хорошо везде пых-пых. Для здоровья супер. Остальные умрут.

— Сколько стоит? — остановила я девочку.

— Семьсот рублей подарка в коробке, с лента и бумажка, — ответила она. — Шестьсот без подарка. Один коробка и наш фирма пакет.

Я вынула кошелек, отсчитала нужную сумму и протянула юной продавщице.

— Сделай праздничную упаковку.

Оля засияла улыбкой.

— Секунд. Быстро.

Она шмыгнула за занавеску, а я осталась стоять у стеллажа. Пока мы с Олей искали общий язык, поток покупателей поредел, и одна из взрослых продавщиц спросила:

— Оля вас обслужила?

— Спасибо, — улыбнулась я, — очень милая девочка.

Торговка расплылась в улыбке.

— Моя племянница. Пока еще учится работать, но очень старательная, в товаре разбирается. К сожалению, у Оли сложности с русским языком.

— Ничего, ее вполне можно понять, — похвалила я девочку.

— Спасибо, очень приятно слышать добрые слова, — обрадовалась продавщица. — Не желаете присесть на диванчик? Вон там, в углу.

Я переместилась в другой конец магазина и стала ждать, поглядывая на цветастую занавеску. Оля не появлялась, зато к шторке иногда подходили люди самой разной, не всегда азиатской внешности. Они быстро шмыгали за портьеру и довольно скоро выходили назад. Представьте мое удивление, когда одной из таких посетительниц оказалась Офелия.

Сестра Анатоля быстрым шагом пересекла торговый зал. Она шла с опущенной головой, явно не желая привлекать к себе внимание. За шторкой Офи пробыла минут пять, а потом так же торопливо удалилась. Мое любопытство зашкалило. Что понадобилось в лавке «Наука и техника» тетке покойного Севы? Может, там, за разноцветной тряпкой, находится туалет? Ну, скажем, Офи бродила по толкучке, выбирая родным подарки, захотела пописать...

В лавке опять забурлили посетители. Один из них отодвинул занавеску. Я встала и пошла за ним.

За портьерой открылся коридор, по бокам которого виднелось несколько дверей. Но незнакомец миновал их и исчез за поворотом. Я прибавила шаг и очутилась в подобии холла, посреди которого громоздился обычный стол. За ним сидел пожилой китаец в синем халате. Мужчина, за которым я следовала, показал ему нечто на ладони. Что это такое, мне издалека рассмотреть не удалось.

Выходец из Поднебесной кивнул, мужик обошел стол слева, толкнул дверь и пропал из вида.

— Добрый вечер, — произнес старик на чистом русском языке. — Кого-то ищете?

— А что там? — бесцеремонно спросила я, показывая на дверцу.

— Ателье, — без признаков волнения ответил китаец. — Подшив брюк, юбок, переделка платья.

— Мне как раз нужно у блузы рукава укоротить, — лихо соврала я. — Разрешите зайти?

— Рабочий день закончен, — участливо произнес пенсионер, — закрываемся на новогодние каникулы. Ступайте в ряд «Д», там вам помогут.

Дверь отворилась, посетитель вышел. Теперь он обошел стол справа и сказал:

— Спасибо. До свидания, господин Ли Вань.

— Рад буду вас снова видеть, — ответил тот. И приподнялся, снова обращаясь ко мне: — Извините, ателье закрылось. Вас проводить?

Делать нечего, пришлось убираться несолоно хлебавши.

Глава 16

Не успела я выйти из-за занавески, как ко мне подбежала Оля и протянула красиво завернутую коробку со словами:

— Пых-пых на здоровье. Дракон подарок. Оля сама сделала. Новый год всегда дракон.

Я посмотрела на красивую фигуру-оригами и пришла в восторг.

— У тебя талант! Очень красиво. Дракон супер.

Девочка зарделась.

— Умею складывать. Животные. Люди. Дома. Интересно. Приходи. Покупка со скидкой. На фирма пакет. Бесплатно.

Я поблагодарила милую девочку, покинула магазин и вернулась к бойкому парикмахеру.

— Стричься надумала? — обрадовался тот. — Каре?

— Нет, но у тебя есть возможность немного заработать, — вкрадчиво сказала я.

— Что от меня требуется? — деловито осведомился Саша.

— Всего-то ответить на пару вопросов, — улыбнулась я.

— Спрашивай, — велел он.

Я приступила к допросу.

— Ты когда-нибудь бывал в «Науке и технике»?

— Конечно, сто раз, — удивился цирюльник. — И Ли Вань у меня стрижется.

Я решила не ходить вокруг да около.

— Что находится в комнате, расположенной за занавеской?

Саша молчал.

— Подпольное казино? — предположила я. — Опиумная курильная? Публичный дом?

Парикмахер наконец очнулся и предложил:

— Давай зайдем в салон, чего-то сыро на улице.

Я не стала возражать. Но очутившись в небольшой комнате, где стояло одно кресло для клиента, спросила:

— Ли Вань пожилой человек?

— Сколько ему лет, не знаю, но много, — на сей раз охотно ответил Саша. — Бизнес у него семейный, в бутике работают одни родственники, с улицы никого не берет.

— Ли Вань сам сидит у входа в таинственное помещение, — отметила я, — значит, там нечто важное для него, приносящее солидный доход.

Саша взял со столика фен.

— Не хочешь стричься, давай хоть укладку сделаю, а то ходишь с вороньим гнездом на башке.

Я поняла, что надо действовать иначе, и жалобно поинтересовалась:

— У тебя мать есть?

— Конечно, — удивился парикмахер. — Она конфетами торгует. Нужно сладкое на Новый год? Иди в девяностый ряд, место десять. Там моя родительница и стоит. У нее товар всегда свежий, она его не у перекупщиков, а прямо с фабрики берет.

— Вероятно, мать о тебе заботится и очень огорчится, если ты что-то нехорошее задумаешь, — продолжала я.

Саша засмеялся.

— Все матери одинаковые. Мою вот на шапке переклинило. Только на улицу соберусь, кричит: «Голову прикрой, а то простудишь, менингит получишь». И зимой, и летом одно твердит. Я уж с ней сто раз ругался, потом перестал. И еще она постоянно дудит: «Сначала на ноги встань, потом детей заводи. Не женись раньше тридцати». Сама-то меня родила, когда ей шестнадцать стукнуло. Во как!

Я набрала полную грудь воздуха и начала фантазировать:

— У меня тоже есть сын. Ванечка хороший мальчик, но в последнее время он какой-то странный, по вечерам куда-то уходит, возвращается вроде расстроенный или усталый. На мои вопросы отвечает: «Все о'кей». Я забеспокоилась, решила узнать, где он все время пропадает, пару раз пыталась за сыном проследить, но теряла его в толпе на рынке. А сегодня увидела, как Ванечка входит в магазин «Наука и техника» да прямиком за цветастую занавеску ныряет. Я подождала, пока он уйдет, мальчик не долго внутри задержался, и попыталась выяснить у старого китайца, который бдительно стерег вход в комнату, что там находится. Старик соврал про ателье, но взять у меня блузку на переделку отказался. Очень тебя прошу, если можешь, хоть намекни, чем люди в лавке Ли Ваня тайком занимаются. Представь, как бы твоя мама испугалась, поняв, что ты попал в дурную историю.

Лицо Саши разгладилось.

— Успокойся, ничего страшного. Ли владелец банка.

В первую секунду я не поняла, о чем речь:

— Китаец торгует консервами? Какими-то редкими продуктами? Мясо животных, занесенных в Красную книгу? Галлюциногенные грибы?

Саша захихикал.

— Ну ты точно как моя мама Ритуля. Та тоже все вверх ногами любит переворачивать. Ли держит обычный банк, с деньгами. На рынке торгует много приезжих — вьетнамцев, китайцев, таджиков. Все они заработанное бабло семьям отправляют, но идти в официальные конторы не хотят, дорого очень, процент большой за услуги берут. Но, главное, там паспорт надо показать и регистрацию, а в Ковалеве полно нелегалов. Вот и бежит человек к Ли. У старика все схвачено. Знаешь, как система работает?

Я отрицательно покачала головой.

— Сейчас объясню! — воодушевился Саша. — Допустим, тебе надо передать сто долларов бабке в Китай. Приходишь к Ли, называешь фамилию, имя и адрес родственницы, а он тебе отвечает: «Хорошо, завтра сделаю». На следующий день Ли берет твои денежки и предлагает: «Звони бабушке». Набираешь старухин номер, а та кричит: «Спасибо, внучек, какой ты заботливый!» А все очень просто: Ли велел своему человеку в Китае принести твоей бабке стольник, а потом забрал твой плюс маленькую наценку за услугу. Старик не жадный, цену не задирает, к нему весь рынок ходит, и местные жители пользуются. У китайца повсюду свои люди есть, даже в Америке. Одна тетка хотела своей дочке в Нью-Йорк деньги отправить. Ли совсем не удивился и вмиг грины через океан перебросил. А еще у него можно ячейку арендовать.

— Ячейку? — переспросила я. — То есть маленький сейф?

— Ага, — подтвердил Саша. — Абонируешь у Ли железный шкафчик, платишь рубли, и пользуйся. В той комнате, перед которой Ли за столом сидит, хранилище. Но есть проблема: свободными отсеки редко бывают. На рынке воруют часто, и где заработанное держать? Народ ломится в банк к китаезе.

У Ли надежнее, чем в Швейцарии. Ты с сыном в большой квартире живешь?

— В однушке, — на всякий случай соврала я. — Ваня на кухне на диванчике спит.

— Так я и думал, — обрадовался Саша. — Успокойся, ничем плохим твой пацан не занимается. Небось он тебе на подарок деньжата копит, на рынке калымит и у Ли кэш прячет. Дома-то ему заначку не заховать, ты ее стопудово найдешь и весь сюрпрайз парню поломаешь. Я сам так поступал, когда маленький был. В восьмом классе прибежал на базар, договорился с теткой, которая собачьим кормом торгует, и ворочал у нее мешки да банки. С работниками хозяева каждый день расплачиваются, вот я и летел к Ли, прятал рублики. У нас с матерью тоже однушка, мама моя Ритулька женщина аккуратная, раз в неделю фатерку убирает, ну точно бы на мою кассу наткнулась. Ну, че, успокоилась?

— Спасибо! — с чувством сказала я. — А то ведь в голову сразу мысли про наркотики лезут.

— Нет, — покачал головой Саша, — у Ли чутье собачье, он торчка за километр вычисляет и ему от ворот поворот дает. Китаец терпеть не может наркош, а те его стороной обходят. На базаре есть люди, которые на дури наживаются, девками торгуют и всякие игры на деньги устраивают. Но Ли к ним отношения не имеет. У него честный бизнес, китайца уважают. И хитрый он, с любым подружится.

Я покинула салон и пошла по центральной аллее, отыскивая продовольственный магазин и размышляя на ходу. Значит, Офелия пользуется ячейкой в подпольном банке? Хм, странно.

Понятно, почему в хранилище ходят работники рынка. Люди живут не в самых лучших условиях, могут в любую минуту стать объектом внимания воров и уличных грабителей. Нелегалы не имеют возможности обратиться в законный банк, там потребуют паспорт, регистрацию и приличную сумму за услуги. Кроме того, простые люди не доверяют банкирам, считают их обманщиками. И куда пойти, если, например, денежный перевод пропадет? Придется общаться с менеджером в костюме с галстуком, видеть в глазах клерка скрытое за официальной улыбкой презрение к бедному человеку, копеечному вкладчику. Вот Ли совсем другое дело, он свой, сумеет защитить, с ним легко и просто иметь дело.

Но Офелии-то зачем обращаться к старику? У нее документы в полном порядке, и она не живет в одной комнате с двадцатью таджиками. Есть лишь один ответ на этот вопрос: у милейшей Офи имеется нечто, о чем она не собирается никому рассказывать, и дама боится, как бы это не попалось на глаза членам ее семьи. Банк Ли ей очень подходит. А теперь вопрос дня: что прячет директриса гимназии?

Войдя в квартиру Григория, я первым делом споткнулась о сандалии, лежащие у порога.

— Сто раз человеку говорила, что летнюю обувь в конце осени необходимо помыть-почистить, уложить в мешок и отправить на антресоли! — возмутилась Тонечка, забирая у меня пакет с продуктами.

— Экие вы бабы зануды! — закричал из комнаты Пономарев, услышав ее слова. — Я сандалетами пользуюсь!

— Зимой? — хихикнула я, снимая пуховик.

— А что такого? — ответил полицейский. — Когда мусор выбросить надо, впихну живенько ноги в сандалеты, и вперед.

— Вот здорово! — рассердилась Антонина. — Наверное, удобно в декабре по грязи к бачку в открытой обуви топать. Тепло, уютно, сухо. Гриша, ты идиот!

— Лучше воспользоваться ботинками на толстой подошве, — посоветовала я, — сандалии оставь на жаркую погоду.

— Не, штиблеты завязывать надо, а шлепки легко надеть, наклоняться не требуется, — объяснил Пономарев.

— Шикарный аргумент! — воскликнула Тоня. — Теперь понятно, почему ты кружку никогда не моешь. Чего стараться, если в нее опять чай наливать?

— А ты на ночь раздеваешься? — добавила я, как-то незаметно перейдя со следователем на «ты». — Или укладываешься под одеяло в брюках и сапогах? Все равно ведь утром одеваться надо.

— Да отстаньте вы от меня, — заныл Пономарев. — Идите на кухню, вода уже кипит, сейчас налью вам...

— Ну уж нет, — перебила его Тоня, — сначала мы с Вилкой сами себе посуду помоем. С содой!

Во время чаепития я рассказала Антонине и Пономареву все, что узнала от Розы Михайловны, и описала свою встречу с Офелией на рынке.

— Про то, чем занимается китаец, я знаю, — кивнул Григорий, — но делаю вид, что про его бизнес не слышал. Ли Вань хороший человек, и если я его задержу, то на защиту банкира не только китайская, но и другие диаспоры встанут. И никто, ни один человек, против старика показаний не даст, все скажут: «Ничего не видел, не слышал, свои деньги под матрасом держу. Какие переводы? Какие ячейки? А что это вообще такое?»

— А насчет Агаты... — сменила тему Антонина. — Хашимова Агата Ильдаровна никогда не жила в Казахстане. Вернее, она там родилась и умерла спустя месяц. Родители ее были вовсе не педагогами, отец работал на местного бая, мать возилась с детьми, их в семье на момент трагедии было семеро.

— Кто-то поджег селение, — перебил ее Пономарев. — Похоже, один бай с другим чего-то не поделил. Дело темное, произошло не вчера, кто прав, кто виноват, не разбирались. Несчастный случай. Вспыхнуло ночью, было много жертв, Хашимовы погибли в полном составе, включая крохотную Агату.

— Странное имя для девочки из казахской глубинки, — только и сумела пробормотать я.

— Верно, — согласилась Тоня. — Ее родители были большими оригиналами, всех детей назвали необычно — Ричард, Леопольд, Карл, Мэрион, Люси, Беатриса и Агата.

— А спустя год после пожара в Россию въехала Агата Ильдаровна Хашимова, — продолжал Григорий. — Девушка имела паспорт гражданки Казахстана, не скрывалась, никаких претензий к ней со стороны правоохранительных органов не было. Затем Агата вышла замуж за Всеволода, получила российское гражданство, зарегистрировала бизнес, является индивидуальным частным предпринимателем с идеальной налоговой и кредитной историей.

— Секонд-хенд Хашимова открыла еще до заключения брака, — уточнила я.

— Охотно верю, — ухмыльнулся Пономарев. — Но по документам торговля лохмотьями ранее принадлежала некоей Зинаиде Филимоновой, восьмидесяти двух лет, Агата служила у нее простым продавцом. Хашимова получила от старушки бизнес в подарок, уже став россиянкой. Все чин чинарем оформлено, бумаги в полном порядке. Агата о бабке заботилась, сделала в ее избе ремонт, продукты ей притаскивала, лекарства. Филимонова год назад мирно скончалась от старости.

— Похоже, вдова Севы неплохой человек, — пробормотала я. — Розу Михайловну, свою бывшую квартирную хозяйку, она тоже без внимания не оставляет.

— Мне Агата нравилась, — призналась Тоня. — Но теперь появилось сомнение: мы понятия не имеем, откуда она взялась, какое ее настоящее имя и почему ей пришлось жить по поддельным документам.

Я пришла в изумление.

— Правда выползла на свет только сейчас? Неужели, когда Хашимова получала российское гражданство, ее документы не проверили тщательнейшим образом?

Пономарев крякнул.

— Не хочу никого обвинять, но порой чиновники, которые обязаны проявить бдительность, делаются временно слепоглухонемыми. А потом у них появляется новенький автомобиль. Хотя, полагаю, Агате сильно тратиться на взятку не пришлось. Она официально вышла замуж за человека из уважаемой семьи, за сына режиссера, имела полное право стать россиянкой. В ее случае, чтобы ускорить процесс, хватило бы умеренной суммы.

— А как вы докопались до истины? — не успокаивалась я.

Антонина опустила в кипяток новый пакетик с чаем.

— Подключила к работе Гену, гениального компьютерщика из бригады Куприна. Ты его прекрасно знаешь. Генаша и раскопал секрет.

— Он выяснил все детали, — забубнил Пономарев. — Селение, где жили настоящие Хашимовы, находится почти на границе с Китаем. Основной бизнес тамошнего бая состоял в нелегальном переводе людей в Поднебесную и наоборот.

— Еще незаконный ввоз товаров, наркотики, малолетние проститутки, — перечислила Тоня. — Одним словом, полный набор криминальных услуг. А переходили границу люди, которым по разным причинам приходилось покинуть Китай. Например, супружеские пары, ожидающие второго ребенка, преступники, прячущиеся от власти, как диссиденты, так и уголовники.

— Хочешь сказать, Агата одна из них? — усомнилась я. — У Хашимовой другое строение лица и фигуры, она не похожа на китаянку.

— На таджичку тоже, — возразила Тоня. — Но в ней точно течет восточная кровь.

Григорий открыл ноутбук.

— В Китае живут не только китайцы, там много разных национальностей. Это государство граничит с Кореей, Монголией, Россией, Казахстаном, Киргизстаном, Таджикистаном, Афганистаном, Пакистаном, Непалом, Бирмой, Бутаном, Индией, имеет морские границы с Японией, Филиппинами, Малайзией, Брунеем и Индонезией. Представляете, какое количество разных индивидуумов может тайно очутиться в Поднебесной, а потом перебраться в Россию?

Мы с Тоней переглянулись. Я подняла руку.

— Новый вопрос. Как Генка узнал о смерти малышки Агаты Хашимовой? Сомневаюсь, что в местном морге, куда свезли останки, найденные после пожара, был компьютер, где регистрировали погибших.

— Ну, тут нам в некотором роде повезло, — буркнул Гриша. — В день, когда случилась трагедия, в городке неподалеку от деревеньки находилась съемочная группа CNN, которая снимала сюжет о жизни людей в Казахстане. Узнав о пожаре, журналисты ринулись на место происшествия и сняли репортаж. В частности, в нем говорилось, что выжившим не оказывают ни достойную медицинскую, ни моральную помощь. Поднялся большой шум. Из Астаны моментально прислали санавиацию и увезли тех, чье состояние оказалось самым тяжелым. Среди них были старшая Хашимова с Агатой. Женщина и девочка скончались спустя неделю в ожоговом центре, а вот там есть компьютеры, налажен учет пациентов. Гена по нашей просьбе порылся в местных базах и получил информацию из той столичной клиники. Но Вилка права, имя, данное родителями несчастному младенцу, как и другим детишкам, совершенно не характерно ни для казахов, ни для таджиков. Другой Агаты, по сведениям, полученным из загсов, в этой стране нет. Агата Хашимова была одна-единственная, и она давно покойница, умерла, не успев пожить. Сама знаешь, что те, кто изготавливает фальшивые документы, любят выписывать паспорта на имена реально существовавших, но скончавшихся людей. Тогда при поверхностной проверке личности никаких вопросов не возникает.

Глава 17

По кухне полетели разноголосые мелодии — у Гриши и Тони одновременно зазвонили мобильные. Антонина закончила беседу первой и повернулась ко мне.

— У Анатоля повысилось давление. Пени сообщает, что ему сделали укол и дед спит. Репетиция спектакля и вручение тебе почетного диплома отложены на завтра.

— Плохо, что режиссер заболел, но хорошо, что мероприятие не состоится, а то я еще не купила ни одного подарка. Ой, кстати! — воскликнула я, сбегала в прихожую и притащила пакет, оставленный у вешалки.

— Что это? — не поняла Тоня.

— С Новым годом! — пропела я, протягивая презент Грише. — Открывай.

— Незачем было деньги тратить, — укорил следователь, разрывая бумагу, — теперь от меня отдарок требуется. А чего это?

— Электронная сигарета, — пояснила я. — На мой взгляд, самый лучший вариант — не с паром, а с настоящим дымом, но он не вредный. Давай, попробуй.

— И как эта фиговина работает? — без особой радости поинтересовался полицейский. — А зачем пластиковая рогулька прилагается?

— В нее надо класть сигаретку, когда в руке держать не хочешь, — уточнила я.

Григорий зажег палочку и затянулся.

— Ну, как? Опиши свои ощущения, — потребовала я.

— В детстве я с пацанами сено курил, — заявил Пономарев, — так очень похоже.

— Мундштук электронный, — начала я нахваливать свое приобретение, — когда запас коричневых палочек закончится, его в лавке «Наука и техника» со скидкой пополнят. Здорово?

— Клево, — мрачно сказал Григорий, — но лучше я обычные сигареты понюхаю.

Тоня сцапала со стола пачку, смяла ее и швырнула в открытую форточку.

— Все. Улетела. Пользуйся сувениром от Вилки и отвыкнешь от вредной привычки.

— Разве можно в окошко мусор выбрасывать? — сделал замечание Григорий.

— Я человеку жизнь спасаю, а он меня ерундой попрекает, — взвилась Тоня. — Хорошо, когда пойду домой, подберу и отнесу пачку на помойку. Но ты с этого момента держишь в руках только прекрасный подарок Вилки. Понял? Чтобы я тебя без него не видела!

— Скоро навсегда расхочешь курить, — пообещала я.

Антонина встала, уперла руки в боки, подошла к сидевшему на табуретке Грише и почти нависла над ним.

— Дай честное слово! Повторяй: хожу с электронной сигаретой до тех пор, пока не отвыкну от табака.

Пономарев затравленно поглядел на подругу и повторил клятву. Я поняла, что Роза Михайловна права: бравый начальник полиции Ковалева до сих пор побаивается бывшей одноклассницы.

— Отлично! — обрадовалась Тоня. — Я тебя знаю, ты сдержишь слово. А чего такой кислый? Сигарета на вкус противная?

— Нормальная, — ответил Гриша, — можно вытерпеть. Новость неприятная прилетела: Валентина Михеева убита.

— Не может быть! — ахнула моя двоюродная сестра. — Как? Кем?

— Сначала Сева, теперь Валя... — не могла прийти в себя я. — Это не совпадение. Что произошло с бедняжкой?

Григорий изложил подробности.

— Заколота одним точным ударом в спину при помощи очень острого длинного ножа.

— То есть так же, как Сева? — сообразила я.

— Да, — согласился Пономарев.

— Когда она умерла? — не успокаивалась я. — Время назови.

Гриша встал.

— Поеду на место происшествия. Тело еще там, его эксперт осматривает. По его предварительному заключению, Валентина погибла сегодня, около пятнадцати часов, неподалеку от железной дороги. Это рядом с ее домом. Улочка крохотная, ничего интересного на ней нет, народа там практически не бывает. Просто чудо, что труп так быстро нашли, а мог бы и сутки пролежать. Эксперт настроен пессимистично — льет дождь со снегом, улики, если и были, испорчены, вода смывает следы.

Я вскочила.

— Агата к этому не причастна, я ее видела утром. В шестнадцать ее уже доставили в больницу с разбитым лицом. Она никак не могла напасть на девушку. И, если не ошибаюсь, их связывали близкие отношения.

Пономарев, не говоря ни слова, двинулся в прихожую. Я побежала за следователем.

— Подумай, способ убийства такой же, как в случае с Всеволодом, Агата вне подозрений.

— Ты мастер по принятию скорых решений, — пропыхтел Григорий, завязывая шнурки. — То кричала: «Знаю, знаю, Хашимова убила мужа, потому что хотела счастливо жить с любовником». А теперь голосишь: «Знаю, знаю, Агата невиновна».

— А ты арестовал женщину, опираясь лишь на мои слова! Не имея доказательств ее вины! — возмутилась я. — Так не поступают.

Пономарев резко выпрямился.

— Я с ней всего-то собирался поговорить, а потом отпустить домой. Про арест заголосили Анатоль и его на всю голову больные сестры. Уж не обессудь, Тоня, но шило в мешке не утаишь: твои родственники точно шизанутые.

— Людей для беседы не везут в служебной машине в сопровождении полицейских, — разозлилась я, — их вежливо приглашают, а не тащат, как оголтелых рецидивистов.

— Прекратите, — устало произнесла Тоня. — Мы одна команда, нам хочется узнать, кто убийца. Ссоры не помогут выяснить истину.

Мне тут же стало стыдно.

— Прости, ты права. Гриша, извини! Чувствую свою вину за то, что обвинила Агату на основании подслушанного разговора, вот и налетела на тебя.

— Я сам хорош, — вздохнул Пономарев, поднимаясь. — Сделаем так. Вы идите домой и ложитесь спать. День был тяжелый, надо хорошенько отдохнуть. Утром все расскажу про Михееву.

— Можно нам с тобой поехать? — заканючила я.

— Не стоит, — решительно отрезал Гриша. — Журналисты уже небось прознали про убийство Валентины, прикатили на место преступления с камерами. Не надо вам светиться, иначе появятся заголовки вроде: «Писательница Арина Виолова решила помочь тупой местной полиции». Или: «Блондинки ловят серийного убийцу, спасайтесь, кто может».

— Возьми электронную сигарету, — напомнила ему Тоня. — Помни, ты обещал везде с ней ходить. Ой! Фу! Таракан!

Я взвизгнула и отпрыгнула к стене.

— Где? Вот мерзость!

Григорий схватил тапок.

— Не смей! — в унисон завопили мы с Тонечкой.

Пономарев опешил.

— Почему? Терпеть не могу прусаков. Использовал мелки, ловушки, спреи, да только ничего их не берет, живучие, заразы. Тапок самое безотказное средство.

— Завтра куплю тебе на рынке специальную жидкость, — пообещала я, — все мои приятельницы ею пользовались и тараканов вывели.

Пономарев засмеялся.

— Истинный образчик женской логики. Мгновенно пристукнуть насекомое нельзя, ему будет больно, пусть лучше медленно погибает от яда. Главное — не на наших глазах. Я вами восхищаюсь.

Мы с Тоней, взявшись под руки, вышли из подъезда и побрели по улице.

— Пономарев был женат? — спросила я.

— Не-а. Он застенчивый, неуверенный в себе, да и времени нет невесту искать.

— Плохо одному, — пожалела я следователя. — В квартире у парня бардак, еды нет, тараканы стаями ходят, никто после работы его не встречает. Хоть бы собаку завел.

— Она у него с голода умрет. Или ее тараканы съедят. — Антонина хмыкнула и тут же заговорила о деле: — Агата не убивала Севу. И уж точно не трогала Валю. У Хашимовой стопроцентное алиби — она в клинике с изуродованным лицом.

— Интересно, кто она такая? — поежилась я. — Вдруг преступница, сбежавшая из Казахстана или из какой-нибудь китайской тюрьмы.

— Не думаю, но это нужно проверить, — оживилась Тоня. — Попрошу Генку еще поискать, пусть пошурует по своим каналам. Может, обнаружится похожая на Агату девушка, сбежавшая из мест заключения.

— Отправь ему фото Хашимовой, — посоветовала я, — наверняка оно есть в семейном альбоме.

— Спрошу у Пени, — пообещала Тоня и поежилась. — Ветер холодный. Хорошо, нам идти недалеко. Зря я короткую куртенку надела, следовало длинный зеленый пуховик натянуть.

Я остановилась и задумчиво повторила:

— Зеленый пуховик... Ну, я совсем мышей ловить перестала! Только сейчас сообразила, в стеганую зеленую куртку был одет Азамат, тот парень, с которым нежничала Агата.

— Пошли быстрее, сыро, — дернула меня за руку Тоня, не понимая, к чему я вспомнила о цвете одежды.

Я почти побежала по дороге.

— Мы забыли про Азамата. С ним надо поговорить прямо завтра, с утра. Художника связывают с Хашимовой близкие отношения. Он может знать про нее правду. Сразу после завтрака отправлюсь в сувенирную лавку и поговорю с парнем. Попроси Генку узнать и о нем хоть что-нибудь, пусть поищет по разным базам.

Но Антонина не разделяла моего энтузиазма.

— Дохлый номер. Мы не знаем ни его фамилии, ни отчества.

Но я не собиралась сдаваться.

— Завтра выясню у владелицы магазина его паспортные данные.

— Спать хочу, просто веки слипаются, — пожаловалась подруга, безостановочно зевая.

— Еще чуть-чуть, и ты ляжешь, — приободрила я ее.

Мы теснее прижались друг к другу и быстро дошли до театра.

— Ура! — обрадовалась я. — Еще секунда, и здравствуй, постель!

— Придется пить чай и разговаривать с членами семьи, — простонала Тоня. — Нас же так просто спать не отпустят.

— У Анатоля повысилось давление, — напомнила я, — он отменил репетицию, отправился отдыхать.

Антонина показала на машины, припаркованные вдоль тротуара.

— Зато остальная шобла тут. Готова спорить: сидят все в столовой и едят приготовленный Екатериной Федоровной капустный кекс.

— Такой бывает? — удивилась я.

Тоня молча кивнула и потянула на себя тяжелую входную дверь.

Глава 18

Тонечка ошиблась лишь в одном. На столе перед дружной компанией красовался не кекс, а большой прямоугольный торт темно-коричневого цвета.

— Где вас носит? — вместо приветствия спросила Офи. — Холод на дворе, я включила в спальнях батареи.

— Неслыханная роскошь, — бормотнула себе под нос Тоня, — можно спать не в свитере.

— Ждали, ждали вас, не утерпели и медовичок разрезали, — виновато произнесла Пени. — Попробуйте! Волшебный вкус.

— Мед с Алтая, — уточнила Екатерина Федоровна, — у меня там знакомая живет, всегда присылает баночку с собственной пасеки.

— Скорее давайте чашки, — засуетилась Галина, — праздник у нас.

Я, успев устроиться за столом, уронила ложку. Праздник? Наверное, я ослышалась. Тело Всеволода в морге, впереди похороны, поминки... Может, Галя от горя лишилась ума?

— Радость великая, — продолжала как ни в чем не бывало она, наливая Тоне чай. — Правда, Петя?

Юноша, до сих пор отвечавший на все вопросы матери короткой фразой: «Да, мама», разразился целой речью:

— Я получил первое место на олимпиаде математиков, которая проходила в США. Мне одному удалось решить все восемь задач и двенадцать примеров.

— Поздравляю, — сказала я.

— Это еще не все, — ажитировался Петя. — Победу мне присудили в ноябре, а сегодня американцы прислали билет. Я улетаю одиннадцатого января на учебу в университет Святого Якова, мне, как победителю, дали стипендию. Я обошел всех! Лучше меня математиков нет! Дайте торт, пожалуйста. И чаю с молоком. А можно бутербродов? С сыром. Очень есть хочется... Я получу хорошее образование в США. У меня прекрасный английский язык. Защищу там докторскую диссертацию, куплю домик с участком, буду сажать розы, они вырастут лучше, чем у Карабаса в саду. Правда, я их не люблю, все пальцы, когда подрезал, исколол... Заработаю много-много денег! Стану великим!

— Прекрасный план, дорогой, — остановила внука Екатерина Федоровна. — Чудесно, когда у человека есть четкая цель, которую он стремится осуществить.

— Ты непременно добьешься успеха! — воскликнула Галина. — На радость мне станешь великим ученым с мировым именем. Я буду сидеть в зале, когда король вручит Петеньке Нобелевскую премию. Я всегда буду рядом!

Лицо Пети на секунду исказилось, радостная улыбка погасла. Мне даже показалось, что я услышала щелчок. Такой звук издает раковина, когда моллюск, почуяв опасность, захлопывает свой домик.

— Галя, тебе уже говорили, что математики шведскую премию не получают, — напомнила Екатерина Федоровна, — Нобель не внес их в список ученых, которым положены от него награды.

— Какая разница! — отмахнулась невестка. — Главное, у Пети будет много денег, причем в валюте.

— Все ученые нищие, — заявила Лида. — У Вани есть знакомый философ, так он бы с голоду помер, если б не жена. Она его кормит.

— Ну и кому нужна в наше время философия? — спросила Офелия. — Современные дети и не знают, что это такое. Сейчас молодежь хочет заниматься компьютерами.

— Гадость! — скривилась Галина. — Лично я всегда запрещала Петеньке прикасаться к ужасному агрегату. Если бы не Екатерина Федоровна, которая купила ему...

Она вдруг нахмурилась и замолчала.

— Нельзя остановить научно-технический прогресс, — вступил в беседу Иван. — Сто лет назад находились люди, считавшие электричество изобретением дьявола, а еще раньше рабочие громили на мануфактурах машины, потому что механизмы лучше и быстрее, чем они, ткали ткань.

Екатерина Федоровна взяла чайник и пошла на кухню, говоря на ходу:

— Сейчас, чтобы хорошо учиться, нужен Интернет.

— Там порнография! — взвилась Галина. — Ужас, мерзость! Наркотики!

— Волков бояться — в лес не ходить. И свинья везде грязи найдет, — неожиданно сказала Пени.

Галина осеклась и уставилась на нее.

— Каждый видит лишь то, что хочет видеть, — продолжала Пенелопа. — Те, кто во весь голос кричит о порнографии в Интернете, сами по ночам рассматривают пикантные снимки. В Сети есть масса полезного: сайты музеев, продажа интересных книг, можно общаться с друзьями, читать газеты-журналы. А свинья, недаром говорят, везде грязь найдет, — повторила она. — Зайди на наш рынок, там много проституток и уголовников, но основная масса народа идет в торговые ряды за продуктами и прочими товарами.

— Боже! — ахнула Галя. — Какие слова ты про рынок сказала! Такие приличные женщины не произносят! Да еще при моем ребенке! Петенька, не слушай никого, пойдем, деточка, домой, тебе спать пора. Уже поздно, завтра на занятия рано вставать.

— Сейчас каникулы, — коротко обронил сын.

— Вы отпустите своего ребеночка одного в Америку? — запоздало удивился Иван.

Галя, прикрыв рукой глаза, начала всхлипывать.

— Матери Петра американцы не дали визу, — с плохо скрытым злорадством объяснила Екатерина Федоровна. — А я ее без проблем быстро получила, аж на три года. Петя улетит в начале января, ему дорогу оплачивает фонд, который устраивает олимпиады. Мне, естественно, придется отправиться за океан за свой счет. Но, увы, у меня билет только на первое февраля, я же не могла его купить заранее, пока не пришло официальное подтверждение, что Петя стал стипендиатом американского колледжа. Я, как это узнала, сразу бросилась по Интернету шарить. Кстати, вот вам еще один плюс Сети — не надо по кассам мотаться. Но, увы, дешевые билеты расхватывают сразу. Бизнес-класс в наличии, но он мне не по карману. Ладно хоть на первое февраля экономвариант нашла.

— Странно, что Петра пригласили в начале года, а не в сентябре, — удивилась Тоня.

— Петяша иностранец, ему положено сначала пройти обучение на курсах английского языка, — пояснила Екатерина Федоровна. — Галя, не скули. Я присмотрю за мальчиком.

— Лучше бы он остался в России и сидел дома, — заныла мать. — В США опасно, там... там...

— Волки ходят, — не утерпела Тонечка. — С огромными клыками! Прямо по Нью-Йорку разгуливают, как в Москве медведи.

Галина расплакалась.

— Слышали про ураган в Кении? — перевел беседу на другую тему Иван. — Ветер поднял слона, перенес его за пару километров и аккуратно опустил. Тот небось и не понял, что с ним стряслось.

— Хорошо, что мы не в Африке живем, — засмеялась Офелия, — никто на голову с неба не упадет.

— Хочется побывать в Кении, — оживилась Лидочка, — посмотреть на зверушек.

— Обожаю обезьянок! — воскликнула Офи.

— Они милые, — крикнула из кухни Екатерина Федоровна.

— А вы в Интернете на них полюбуйтесь, — сердито заявила, вытирая слезы, Галина. — Там все покажут, и как они срут, как блох ищут, как спариваются. Сплошное наслаждение!

Тоня встала.

— Спасибо за ужин, я пойду спать.

Я последовала ее примеру.

— Медовик потрясающий, никогда не ела ничего подобного. С вашего позволения, отправляюсь на боковую.

— Мы тоже поедем баиньки, — заявил Иван. — Погода меняется, похоже, холода идут, вот в сон и клонит.

Продолжения разговора я не слышала, потому что быстренько выскочила в коридор, поспешила в отведенную мне комнату и заползла под одеяло.

Кажется, в семье Анатоля не все гладко. Когда хозяин сидел во главе стола, присутствующие прикидывались ванильными пряниками в шоколадной глазури. Но в отсутствие царя ведут себя иначе. Даже Петя разговорился, поделился своей мечтой — уехать учиться за границу и сделать там научную карьеру. Совсем не плохо, если молодой человек ясно понимает, чего хочет в жизни. Вот только в прекрасном особняке, который собирается возвести Петенька, не нашлось места для его мамы и бабушки. Сообщая о своих планах, он не упоминал о них, жить в уютном коттедже с садом и разводить розы он явно хочет один.

Дверь приоткрылась.

— Эй, ты еще не спишь? — прошептала Тонечка.

— Просто лежу и думаю, — ответила я.

Подруга вошла в комнату.

— Ну, и как тебе семейный уют в отсутствие императора и бога?

— В общем, все вели себя нормально. Хотя очень странно, что они были в прекрасном расположении духа, — пробормотала я. — Никто ни разу не вспомнил о Севе. А Петя так прямо ликовал. Приглашение в Америку для него, как живая вода, парень разговорился, и мне стало понятно, что у него весьма непростые отношения с матерью.

Тоня села на край кровати.

— Знаешь, кем работает Галина? Плакальщицей на похоронах. Вообще-то она актриса в театре Анатоля, а стенания у чужих гробов сначала были ее хобби, но постепенно это переросло в профессию. Галя реально толпу заводит — как завоет, запричитает, никто равнодушным не останется. Вспомни, как она попыталась по Севе плач устроить, да ей не дали, слава богу. Полнейшая истеричка и чрезмерно экзальтированная натура. Анатоль, несмотря на то что Галина имеет диплом члена семьи, главных и даже второстепенных ролей ей не дает. «Кушать подано», «Барыня, к вам пришли» — вот и все ее реплики. А натура рвется наружу, отсюда плач по покойникам. Кстати, Галя вполне прилично за свои рыдания получает. Петя нормальный мальчик, но замкнутый, мать его заботой и вниманием замучила. Муж у Галины был прекрасный человек, доктор наук, Петя от него в наследство получил исключительные математические способности. Но ученый не выдержал истерик жены и сбежал. Честно говоря, осуждать его трудно. На людях Галя еще как-то держит себя в руках, а дома, думаю, она невыносима.

— Вот уж не повезло парнишке, — от души пожалела я Петра.

— Положение уравновешивает Екатерина Федоровна, — пояснила Тоня. — Та по-настоящему любит внука и пытается ему помочь. Пару лет назад случилась дикая история. Галина налетела на базаре на какую-то тетку, повалила ее на землю, ударила. Хорошо, потасовка под Новый год произошла, на бабе была толстая куртка, так что серьезных ушибов она не получила. Галю отвезли в отделение. Туда сразу Екатерина Федоровна прибежала и стала Пономарева упрашивать дело замять. Гриша неплохо к бабушке Пети относится, поэтому сказал ей: «Побеседуйте с потерпевшей, если она заявление писать не станет, я Галину отпущу». Уж не знаю, как старушка москвичку уломала, но та согласилась пойти на мировую. Екатерина Федоровна чуть ли не на коленях Гришку благодарила. Знаешь, что она ему сказала, кроме всего прочего? «У Гали необыкновенное воображение, гигантский нерастраченный творческий потенциал, актерская нереализованность. Ей бы сыграть леди Макбет или Офелию. Невестка постоянно читает пьесы, учит роли, а потом в ее голове действительность с вымыслом мешается и получается как сегодня на базаре. Галя не хотела ту женщину обидеть, она не на нее персонально кинулась, а на злодейку из пьесы».

Я села и завернулась в одеяло.

— По-моему, у матери Пети большие проблемы с психикой.

— Гриша то же самое сказал, — кивнула Тоня, — и порекомендовал ей обратиться к Ивану, тот опытный психотерапевт.

Мне совет Григория не понравился.

— Наверное, врач берет немаленькие деньги за свои сеансы, психотерапия отнюдь не дешевое удовольствие.

— Екатерина Федоровна работает у Ивана секретарем, — напомнила Тоня, — ведет запись клиентов, обзванивает их, напоминает о времени визита, занимается документами и так далее. Она — могила, никогда ни слова не проронила о тех, кто посещает сеансы. Раньше, когда Иван работал в больнице невропатологом, Екатерина Федоровна была при нем медсестрой. Поскольку Галина стала более спокойной, думаю, психотерапевт бесплатно с ней поработал и привел ее в чувство. А еще бабушка поняла, что Петю надо от матери изолировать хоть ненадолго, дать парню отдохнуть от ее истерик, а то он заболеет. И Екатерине Федоровне, уж не знаю как, но удалось уговорить сына на какое-то время взять Петра к себе. Ученый, уйдя от Галины, женился на австралийке. В новой семье у него родились дети, и супруга даже слышать не хотела о ребенке от первого брака. Я помню, как Екатерина Федоровна жаловалась, мол, ей не повезло со второй невесткой. Та велела мужу обрубить все связи с Россией, твердо заявила: «Или мы с дочерьми, или прежняя семья. Выбирай». И он прислал матери письмо, в котором объяснил ситуацию, сообщил, что разрывает отношения с ней и остальными. Кстати, алименты он на Петю тоже не платит.

— Может, хорошо, что у меня нет детей, — пробормотала я, — меньше разочарований в старости будет.

— Но, повторяю, Екатерина Федоровна все же умудрилась уломать сыночка, и тот пригласил Петю в Австралию. Однако недолго он у отца пробыл, — продолжала Тоня, — вернулся спустя три-четыре месяца. Ничего никому о своем пребывании там не рассказал, фотографий не демонстрировал. Похоже, несладко ему в новой семье отца пришлось. Потом Петя экстерном школу в Ковалеве закончил, аттестат получил, поступил в московский институт. Он и правда очень талантливый математик, и я рада, что у него жизнь складывается хорошо.

На меня напала зевота, голос Тони стих, и я закрыла глаза. А когда открыла их, поняла, что настало утро. Ночь пролетела за одну секунду.

Глава 19

Обещанный Иваном мороз так и не пришел в Ковалев. Когда я после завтрака вышла на улицу, с неба падал мелкий снег, растекавшийся на тротуаре в жидкую грязь. Накинув на голову капюшон куртки, я заторопилась к центральным воротам рынка.

Несмотря на утренний час, там было полно народа — сказывалось приближение главного праздника года, люди закупали подарки и продукты.

Сувенирную лавку Маши я нашла довольно быстро — хорошо, что запомнила название булочной «Пироги Собакина», около которой та размещалась. Но сейчас в торговом зале не было ни одного человека, за прилавком с глянцевым журналом в руках сидела сама хозяйка. Услышав звяканье колокольчика на двери, она быстро его отложила.

— Здравствуйте. Ищете презенты?

— Недавно заходила сюда, — улыбнулась я, — мне очень понравилась картина со змеями в лесу. Вы говорили, что художник может сделать надпись на ней. А как насчет несколько другого варианта? Моя свекровь обожает своих кошек, и ей бы очень понравилось полотно с ними. Можно заказать такое? Понимаю, что до праздника совсем ничего осталось, но я заплачу вашему живописцу за скорость. Кажется, его зовут Ахмет?

— Азамат, — после паузы ответила Маша.

— Ох, простите, — еще шире улыбнулась я, — имя непривычное, вот я и перепутала. Позовите, пожалуйста, Азамата, надеюсь, мы с ним договоримся.

Мария встала.

— Неприятно вас расстраивать, но он больше у нас не работает. Заходите после пятнадцатого января, мы непременно найдем другого художника.

— Ой, мне хотелось положить картину под елку... — протянула я. — Очень рассчитывала на Азамата. Ну зачем вы его накануне праздника уволили?

— Никто его не выгонял, — насупилась хозяйка лавки. — Деньги он нормальные получал, мы вроде не конфликтовали, парень просто не явился на службу. Вчера не пришел, сегодня его опять нет. Подвел он нас круто, вы не единственная, кто картину хочет, у меня шесть заказов, и все не выполнены. Теперь деньги людям возвращать придется.

— А Азамат здесь долго работал? — я решила осторожно прощупать обстановку.

— Чуть больше года, — ответила Маша, — я взяла убогого из чистой жалости, но теперь, если появится, выгоню вон.

— Он и раньше вас подводил? — спросила я.

— Вообще-то нет, — неохотно призналась владелица сувенирного магазина. — Правда, всегда являлся на работу не в семь, а в четверть восьмого. Но я разрешила парню опаздывать, потому что его автобус к рынку в семь десять подъезжает.

— Вы знаете, где живет Азамат! — обрадовалась я.

— Вот еще! — фыркнула Маша. — Больно надо мне выяснять, в какой норе таджик ночует.

— Азамат гражданин Таджикистана? Вы, наверное, видели его паспорт, можете назвать фамилию и отчество юноши? — внутренне ликовала я.

Маша удивилась.

— За фигом мне его документы?

Я растерялась.

— Он же у вас работал...

— И чего? — насупилась торговка.

— Вы зарплату художнику выдавали, — зачастила я, — он в ведомости расписывался...

Мария расхохоталась.

— Ну вы приколистка! Спасибо, что рассмешили, настроение слегка повысилось. Зарплата по ведомости... таджику... Да нет же, парень каждый вечер деньги в руки получал. И в документы его я не заглядывала — глупо у гастарбайтера бумаги проверять. Ничего о нем не знаю. Назвался Азаматом, я и стала его так кликать. Нанимался магазин мыть, потом гляжу, он в блокноте рисует, ну и договорились еще об одной услуге. Утром-вечером Азамат бутик мыл, днем по просьбе клиентов картинки малевал. Не Репин он, конечно, но получалось неплохо, на жрачку ему хватало.

— Опасно вот так незнакомого мужчину нанимать, — укорила я ее. — Вдруг он террорист-смертник?

— Таджик? — фыркнула собеседница. — Они все тихие, думают лишь о том, как семью прокормить. Послушайте, чего вам надо-то? Повторяю: художника нет и до середины января не будет. Поищите другой подарок.

— Да я уже растрепала свекрови про сюрприз, — тоскливо заныла я. — Сегодня с утра фотографирую кошек, чтобы художнику их показать, а она неожиданно на кухню входит и говорит: «Рассказывай, чего придумала?» Вот я и не удержалась, ляпнула, что готовлю необыкновенный презент. Может, все же подскажете, где мне Азамата найти?

— Не знаю я ничего, — буркнула хозяйка лавки и демонстративно уставилась в журнал.

— Как думаете, он мог перебраться на работу в другой магазин? — не отставала я. — Очень хочется купить картину.

Мария сделала вид, что не слышит меня. Стало понятно: разузнать что-либо об Азамате у нее не удастся.

— Ладно, до свидания, — грустно произнесла я, поворачиваясь к выходу. — Счастливого Нового года, удачи в бизнесе и личной жизни. Пусть вам повезет, а покупатели толпой штурмуют магазин.

— Эй, погоди! — неожиданно окликнула меня Маша. — В Малинкине он жил.

Я притормозила у самой двери.

— Вспомнили? Вот спасибо! А номер дома и название улицы?

Хозяйка отложила журнал.

— Я вовсе не сволочь, просто зла на Азамата. Чтоб ему упасть и ногу сломать. Парень о себе не рассказывал, просто я догадалась, где он угол снимает. Во-первых, автобус. Их тут много останавливается, но все прикатывают в шесть пятьдесят, а в семь десять один прибывает, он по маршруту «Головино — Яковск — Малинкино — Ковалев» ходит. Первые два городка далеко, и они крупные, там цены за жилье, как у нас, нет смысла по два часа в день в транспорте трястись, за билет платить и столько же, сколько в Ковалеве, за постой отсчитывать. А в Малинкине живут три убогих пенсионера, они за комнату берут недорого. И деревенька совсем рядом, летом туда можно пешком добежать, за проезд копейки отдашь. Однажды осенью Азамат весь в грязи явился и сказал: «Бежал к автобусу через кладбище, поскользнулся на глине и упал. Сейчас отчищусь». Он вообще очень аккуратный, в отличие от остальных гастарбайтеров: одежонка старая, но всегда выстирана, волосы чистые, выбрит тщательно, даже парфюмом пользуется. Есть в нем что-то аристократичное... И парень, похоже, с образованием, речь правильная. А погост где у нас имеется? Только в Малинкине. Улица в деревне одна, избушек раз-два и обчелся, спросишь у местных, они покажут, где таджик устроился.

— Очень вам благодарна, — совершенно искренне сказала я. — А почему вы решили, что Азамат получил образование?

— К нам на днях зашел мужчина и попросил его красиво написать на бумаге фразу. Вот, сейчас покажу, заказчик еще не забрал работу...

Маша наклонилась, вытащила из-под прилавка резную рамку, в которую был вставлен лист формата А4, и прочитала:

— «Нежными словами и добротой можно на волоске вести слона». Клиент велел: «Внизу укажи автора — Сократ».

Хозяйка магазина усмехнулась, на секунду замолчав, а я обратилась в слух. И действительно ситуация, о которой рассказала Мария, оказалась весьма занимательной...

После слов клиента Азамат вдруг возразил:

— Нет, этот афоризм принадлежит Саади, персидскому поэту.

Заказчик стал свое доказывать, дескать, он преподаватель истории, негоже с ним какому-то гастарбайтеру спорить. И тут неожиданно уборщик, парень всегда тихий, ни с кем лишнего слова не скажет, разошелся, целую речь произнес.

— Ну, да, я гастарбайтер, только Саади от Сократа отличить могу. «Самым невежественным является тот, кто считает, что знает все». Это тоже не Сократ сказал, а Маргарита Наваррская. Знаете, кто она такая? Видный политик, писательница. Хотите услышать более детально ее биографию?

Клиент из магазина вон ринулся, а Мария принялась Азамата ругать. Нельзя с покупателем спорить. Попросил человек написать «Сократ»? Работай кистью! Твоя задача выполнить заказ, тебе за это деньги платят, а не за болтовню.

Но через некоторое время тот мужик вернулся и подошел к Азамату.

— Я проверил в Интернете. Прав ты оказался, Саади автор этого высказывания. Откуда так хорошо знаешь его творчество?

Таджик уклончиво ответил:

— Кроссворды разгадывать люблю. Один раз попалась фраза про слона, я запомнил ее вместе с фамилией автора...

Хозяйка магазинчика снова усмехнулась и сказала:

— Но я ему не поверила. Подумала, что не так Азамат прост, каким казаться хочет. Неужели в Малинкино поедешь?

Я решила играть роль любящей невестки до конца.

— Наверное, придется. Свекровь у меня очень добрая. Хочется ей удовольствие доставить.

— Наплюй на Азамата! — воскликнула Маша. — Иди в десятый ряд, место сорок три. Там сидит Юрка. Он тебе со скидкой сделает футболку с фотками кошек. Или, по твоему желанию, халат, скатерть, наволочку, целый комплект постельного белья. Купишь у него, чего понравится, и Юрец на раз-два принт на любой текстиль нанесет. Возьмет недорого. Скажи, я послала, тогда скидку получишь.

Я изобразила восторг.

— Правда? Вот здорово! Уже бегу. Спасибо! Раньше не слышала о таких прибамбасах.

Глава 20

Путь до деревни оказался недолгим. Я свернула с шоссе и увидела железные ворота кладбища, открытые нараспашку. Чуть правее резко вниз шла изрытая ямами и заполненная жидкой грязью колея. Нечего было и думать о том, чтобы проехать по ней на крошечной малолитражке. Те, кто хочет въехать в Малинкино, должны иметь танк. Или, на худой конец, джип.

Заперев «букашку», я еще раз полюбовалась на месиво, покрывавшее дорогу, и решила пройти через погост. Там змеилась узкая, выложенная каменными плитами тропинка. Скорей всего, на противоположном конце кладбища есть калитка. Если же ее не будет, я спокойно перелезу через забор, он низкий и не украшен острыми пиками.

Я медленно пошла вперед. Человек, который убрал с дорожки грязь, не занимался могилами, они были в полном беспорядке. Кое-где в обрезанных пластиковых бутылках стояли засохшие букеты, но в основном захоронения казались заброшенными и бедными. Почти на всех красовались железные кресты или маленькие надгробия с круглыми, сделанными на керамике фотографиями. Мне почему-то стало очень холодно, я прибавила шагу и замерла. Кладбище закончилось, чуть левее виднелась открытая калитка, а справа, на возвышении, стоял памятник из белого мрамора — ангел со свечой в руке. Такой монумент не ожидаешь увидеть в столь заброшенном месте. Но больше всего меня удивила даже не скульптура из дорогого камня. Самым поразительным был огромный куст распустившихся бело-красных роз сбоку от нее.

Сначала я не поверила своим глазам. Цветущие розы в конце декабря? Потом догадалась, что они искусственные, и приблизилась к клумбе. Тут мне стало понятно: роскошный кустарник укрыт стеклянным колпаком, который тщательно протерт до такой степени прозрачности, что совершенно не видим. К тому же оказалось, что он никак не связан с ангелом, скульптура украшает одну могилу, а розы — соседнюю, расположенную почти впритык. К постаменту из мрамора была приделана табличка «Анна Бегунова. От безутешного отца». Дальше шла потертость, и создавалось впечатление, что ранее эпитафия была длиннее, но часть текста удалили. А около роз золотом горел квадрат латуни с черной надписью: «Валентин Борисович Никитин. 1939—2011 гг. От всех благодарных».

— Красота, да? — раздался за моей спиной грубый мужской голос.

От неожиданности я вскрикнула, сделала шаг, попала ногой на край дорожки и пошатнулась. В ту же секунду чьи-то руки ухватили меня за плечи и удержали в вертикальном положении.

— Напугал? — спросил тот же человек. — Простите, не хотел.

Я перевела дыхание и, оглядывая деда в камуфляжной куртке, пролепетала:

— Вы кто?

— Уж не привидение, — ухмыльнулся старик. — Они на свет не показываются, по ночам вылезают. Семеном Кузьмичом меня зовут, слежу за погостом.

— Так это вы могилы в порядок привели? — догадалась я. — Почему только эти?

Служитель показал на скульптуру.

— Володя, Анин отец, мне денег дал, предчувствовал, что скоро на тот свет уйдет, за любимой семьей отправится. Они все тут упокоились — жена, муж и дочка Анечка. Ох, нехорошо, когда дети раньше отцов уходят, неправильно это... Володя памятник скульптору заказал, дорого за него заплатил. А когда его установили, гляжу, кто-то на табличке процарапал «и мужа». Ну, я-то их историю знаю. Взял инструмент да и стер слова. Плохой Севка супруг, никудышный, ни разу к жене не пришел. Зарыл ее и забыл. Да и не нужна она ему была. Володька свадьбу девочке устроил...

— Здесь похоронена Анна, супруга Всеволода, сына Анатоля, — пробормотала я.

— Вам уже кто-то рассказал? — огорчился Семен Кузьмич. — Зачем слушали, наврали, поди, лжи беспросветной. Ну, вообще-то вы с Серегой договорились... Деньги привезли? Чего молчите? Вы писательница?

— Да, — кивнула я, не понимая, о чем говорит старик, — верно.

— Внук сказал, что литераторша странная, — вздохнул Семен Кузьмич, — но честная, всем за кладбищенские истории без обмана платит. А я ему ответил: «Кто мертвецами интересуется, люди оригинальные, я сам такой». Я вас давно жду, еще с начала осени. Серега пообещал: «Приедет она, дед, обязательно. Вот допишет книгу про Львовский погост и прямо к тебе прирулит». Я приготовился. Только думал, от автобуса пойдете снизу, моя сторожка там расположена. Сверху-то редко кто ходит, оттуда раньше гробы привозили, и считается, та дорога беду приносит. Наши, кто сюда к родителям заглядывает, от остановки шагают, хорошо, маршрут еще не отменили. Да вы вся трясетесь! Пошли, напою чаем. Мой Серега...

Я поспешила за смотрителем, который говорил без остановки, и довольно быстро сообразила: он перепутал меня с другой женщиной. У Семена Кузьмича есть любимый внук Сережа, он учится на археолога в московском институте, где среди преподавателей есть дама, пишущая книги про кладбища. Составительница мартирологов описывает надгробия и приводит всяческие местные легенды. Сергей решил, что деду не грех заработать, поэтому пообещал профессорше, что если она посетит Малинкино, то услышит увлекательнейший рассказ и увидит редкой красоты памятники. Было ясно, что студент слегка приукрасил действительность, среди примечательных надгробий здесь лишь ангел и куст искусственных роз. Наверное, надо сообщить Семену Кузьмичу о его ошибке? Но я замерзла так, что свело желудок. Если дед угостит меня чаем, с удовольствием заплачу ему за гостеприимство и оттаю у теплой печки.

— Что, зуб на зуб не попадает? — спросил смотритель кладбища, когда мы подошли к завалившейся на бок избенке. — На погостах всегда так. От мертвых холодом тянет. Клава, воткни самовар! Приехала к нам писательница. Не подвел Сергунька.

— Пусть ботинки скинет, — звонко ответили изнутри. — Кругом грязь по колено, не пущу в дом в уличной обуви.

— Жена моя, хозяйка лучше всех, Клавдия Петровна, — гордо сказал Семен Кузьмич, — чистота в доме скрипучая. А уж как готовит... В городе так вкусно не поешь. Но строга! Боюсь я ее, хоть сорок пять лет вместе живем.

— Не болтай! — приказал женский голос. — Пусть гостья сюда идет, а сам за водой сбегай.

— Хозяйка! — вздохнул Семен Кузьмич и вышел из сеней во двор.

Я раздвинула занавеску, заменявшую дверь, очутилась в маленькой кухоньке и увидела крохотную старушку в цигейковой телогрейке, надетой поверх темно-коричневого платья. Взгляд у бабки был суровый.

Я выставила вперед ногу.

— Вот. Сняла сапоги.

Старушка сдвинула брови.

— Дед мой слишком говорлив, его хлебом не корми, дай пообщаться. Летом на кладбище хоть какой народ ходит, а зимой пустыня, вот Сеня и рад любой возможности языком почесать. Если ему волю дать, все бесплатно изложит. Сколько вы ему заплатите?

Мне стало жаль пожилую пару. Невесело доживать век на копеечную пенсию в домике без удобств.

— Тысяч пять дадите? — назвала свою цену Клавдия Петровна.

— Хорошо, — сразу согласилась я. Не обеднею от такой суммы, буду считать, что оказала помощь старикам.

Лицо старушки подобрело.

— Вот и славно. Деньги вперед!

Я достала из сумки кошелек. Клавдия Петровна сделала быстрое движение рукой, и купюра словно растаяла в воздухе.

Из сеней послышался грохот.

— Воду не разлей! — всполошилась хозяйка. — Вот варяг неуклюжий! Учу, учу, а толку нет.

Следующие десять минут у стариков ушли на хозяйственные хлопоты. В конце концов меня торжественно усадили за стол, налили литровую кружку светло-желтой заварки, придвинули вазочку с вареньем и нарезали серую буханку.

— Как вас величать? — спохватился дед.

— Виола, — представилась я. — Можно без отчества.

Семен Кузьмич наморщил лоб.

— Хм, как-то по-другому Сергунька профессорше называл...

Жена толкнула его локтем.

— У тебя память дырявая, сказанное сквозь дырки вываливается. Дай гостье вопрос задать.

Муж покорно притих.

— Много сейчас народа в Малинкине живет? — поинтересовалась я. — Наверное, местное население комнаты торговцам с базара сдает.

— Нет, — улыбнулась Клавдия Петровна, — нас тут осталось трое. Мы с дедом да Зинаида Павишна. Зинка сумасшедшая от годов стала, а мы...

— Вам ангел понравился, — перебил супругу Семен Кузьмич, — давайте про Аню расскажу. История интересная, народ зарыдает, когда ее прочитает.

От горячего чая, сильно отдающего веником, мне стало жарко. На стене мерно тикали старинные ходики в виде кошки, в избе приятно пахло травой и почему-то ванилью. Выходить на улицу, снова топать по грязи до машины не хотелось. Я проглотила зевок. Послушаю немного дедушку, потом спрошу про Азамата.

— Хорошая девочка была, убил ее Сева, — вздохнула Клавдия Петровна.

Я встрепенулась.

— Вы знакомы с сыном Анатоля?

Старики переглянулись.

— Кто ж его, ирода, не знает, — сердито ответил Семен Кузьмич. — Чванный, нос вечно задирает. Но он сюда редко наезжал, Офелия же с Пенелопой много лет дачку у Звонаревых снимали. А Севка и молодой противный был, все за девчонками бегал.

— Все думали, он остепенится, — вмешалась Клавдия Петровна, — но куда там. Когда Анечка забеременела, мы Володе сказали: «Увези дочку из Ковалева, не устраивай ей свадьбу, добром это не закончится». Да разве он послушает... Скандал затеял! Кто и не ведал, что Аня ребенка ждет, об этом узнали.

— Володя хотел дочь от позора спасти, — заступился за отца девушки Семен Кузьмич. — Если замуж ее выдать, никто дурного слова не скажет. Фата грех прикрывает.

— И чего получилось? — рассердилась Клавдия Петровна. — Аня в могиле, Вовка за ней ушел, а Севка жирует не на свои денежки. Миллионы в месяц имеет, поганец.

Я поняла, что живущие на отшибе старики ничего не слышали о гибели Всеволода, и спросила:

— О каких капиталах речь? Насколько мне известно, Всеволод неудачливый композитор.

— Зато удачливый мерзавец! — гневно произнесла старушка. — Убийца! Живет распрекрасненько, полагает, никто о его тайне не знает. Вдвоем с Офелией они дельце провернули.

— Замолчи-ка лучше, — велел дед. — Меня болтуном обзываешь, а сама... Та история не про кладбище.

— А куда тело дели? — не послушалась и перешла в верхний регистр бабулька. — Запихнули в Анину могилку! Точно рассчитали, что там искать не станут. Еще моя мама-покойница говорила: «Хочешь спрятать пуговицу, сунь ее к пуговкам». Так и с мертвецом — надо труп укрыть, тащи его на кладбище, закапывай в чужую могилу.

С меня слетели остатки сна.

— Секундочку! Вы хотите сказать, что Всеволод и Офелия кого-то лишили жизни, а потом скрыли убитого в чужом захоронении?

— Давайте еще пять тысяч, — решительно заявила Клавдия Петровна, — все, как перед батюшкой на исповеди, выложим.

— Ой, не надо! — испугался Семен Кузьмич. — Не дай бог, Севка узнает! Он нашу избу поджечь велит.

Я вынула кошелек, отсчитала купюры, протянула Клавдии Петровне и сказала:

— Всеволод вам навредить не может, его позавчера убили.

Глава 21

— Да что ты говоришь! — подпрыгнул старик. — Кто ж пакостника жизни лишил?

— Слава богу, — перекрестилась бабуля. — Есть справедливость на свете! Долго боженька выходки Севки терпел, да кончилась терпелка. Ну, слушайте...

— О мертвых дурно не говорят, — попытался остановить ее муж.

— А если хорошего сказать нечего, тогда как? — разозлилась Клавдия Петровна. — И у меня душа за ребятенка изболелась.

— Анатоль... — заикнулся было Семен Кузьмич, но супруга так глянула на него, что он подавился невысказанными словами.

— Честно все расскажу! — торжественно объявила старушка. — Началось все незадолго до смерти Ани. Вовка, отец ее, нам двоюродный племянник. Родня не самая близкая, но мы тесно дружили. Приезжал он сюда частенько вместе с Анютой, всегда гостинцы привозил. Потом Сева над девочкой надругался...

— Ну уж ты сказала! — укорил жену Семен Кузьмич. — Севка не насильничал, она сама согласилась. Когда живот появился, Вовка дочери допрос учинил, та и призналась, что любит Всеволода, хоть он ее старше намного. По доброму согласию девка с мужиком в кровать легла.

Постоянно перебивая друг друга, старики рассказали уже хорошо известную мне историю про бракосочетание Авдеева и рождение мальчика Феди...

После того как дочь вышла замуж, Владимир долго не приезжал в Малинкино к родственникам. Потом на день рождения Клавдии Петровны появился, притащил всякие вкусности и на вопрос Семена Кузьмича, как поживают молодые, отвел глаза в сторону. Дед не смог удержаться от восклицания:

— Мы тебя предупреждали! Не стоило тарарам затевать!

Владимир нехотя объяснил:

— Анечка любит этого урода. А у меня с сердцем плохо, врач сказал, в любую секунду могу на тот свет уйти, надо ложиться на операцию, но ждать ее придется долго, могу в ящик сыграть до встречи с хирургом. Возможен, конечно, платный вариант, да только где денег взять?.. Весь извелся, думая, что

Анюта одна останется. Когда дочка забеременела, я разозлился, а потом сказал себе: рановато ей замуж, девочка еще в школу ходит и выбрала себе подонка. Но он из богатой, уважаемой семьи. Родит Анатолю она внука, режиссер Севку приструнит, велит мирно с юной женой жить. Не останется дочь после моей смерти никому не нужной, голодной, беспомощной. А теперь вижу, нет у нее счастья — супруг никудышный, обращается с ней, как с приблудной кошкой, на сына плевать хотел. Анатоль ни собственного внука, ни невестку в свою душу впускать не собирается. Там одна Офелия приличный человек, она с Анютой дружит, поддерживает ее. Я ей по гроб жизни благодарен буду. Когда учителя, узнав о беременности Ани, попытались ее гнобить, она, директор гимназии, так всех окоротила, что педсостав с перепугу об Ане как о принцессе заботиться стал. Объявила начальница на собрании подчиненным: «Если от кого недоброе слово в адрес Бегуновой услышу или косой взгляд увижу, вылетит сей Макаренко из подведомственной мне гимназии с треском. Да не по собственному желанию, а с позором». Сейчас Офелия единственная, перед кем Анечка душу излить может. Одна она невестку поддерживает, остальные волки. Но теперь конец, Аня может развестись. Я ее заставлю этот брак разорвать.

— Наломал ты дров, — не удержалась от осуждения Клавдия Петровна, — устроил дочери пытку. Толкнул ее к злым людям, и что вышло? Надо было сразу на Севку в милицию заявить, пусть бы его за совращение посадили, а не свадьбу затевать. Мальчонку сам бы спокойно воспитывал. И мы бы помогли, наш дом Феде — как дача...

— Объяснял уже, — оборвал ее Владимир, — я хотел Ане защиту создать. Да и про ее материальное благополучие думал. Анатоль хорошо обеспечен, а у меня пшик в кармане. Но все перевернулось, Федор теперь богатый, Ане нищета не грозит, я заставлю дочь развестись. Какие ее годы, найдет еще себе достойную пару.

— Кто богатый? — засмеялся Семен Кузьмич. — Феденька? И где же он в свои детские годы капитал заработал? Вовка, ты здоров?

Двоюродный племянник смутился.

— Вам правду расскажу, но дайте честное слово, что дальше этой избы мои слова не уйдут.

— С кем же нам болтать? — усмехнулась Клавдия Петровна. — С коровой? Сам знаешь, в селе три убогих калеки остались.

— Семен Кузьмич любит языком почесать, — вздохнул отец Ани.

— Ну, так я пойду на двор, — закряхтел хозяин дома.

— Не обижайся! — испугался Владимир. — Сейчас все узнаете и поймете, почему я вас попросил рот на замке держать. Помните Полину?

— Твою сестру непутевую? — фыркнула старушка. — Ее забудешь... Позорная девка! Со всем Ковалевом переспала, потом у Галки Леонидовой мужа внаглую отбила, а та повесилась с горя, трое детей сиротами остались. Весь Ковалев тогда Полине бойкот объявил, ей даже хлеб в лавке отпускать отказывались. По сию пору твою сестру недобрым словом поминают. Родня Леонидовой по-прежнему в Ковалеве живет, и девчонки ее тоже. Выросли они и Полину ненавидят. Помню, сестрица твоя как раз в день похорон Гали в Москву подалась и там сгинула. Небось померла в какой-нибудь канаве.

— Да нет, — улыбнулся Володя, — жива она была. Замуж вышла за американца и улетела в США. Супруг Полины умер, а она его бизнесом сама занялась, продавала пончики.

— Тьфу, прямо! — рассердился дед. — Не люблю торгашей!

— Дело у Полины хорошо пошло, — не прореагировал на его замечание Владимир. — Мы с ней переписывались, связь поддерживали, но я никому о ее делах не рассказывал. Думаю, не надо объяснять почему. Ты, баба Клава, правильно сказала, Полинку в Ковалеве до сих пор ненавидят.

— А за что ее любить? — зашумел Семен Кузьмич. — Скольким бабам она нервы попортила! Очень уж чужих мужей любила. Галка-то психанула и в петлю полезла, а остальные по ночам в подушку рыдали. Живы они все до сих пор, и не старые совсем, кто твоего возраста, а кто и помоложе будет. Ты своей сестрице напиши, чтоб даже не думала в Ковалев соваться — на куски порвут. У обиженных ею баб сыновья повырастали, придушит кто-нибудь шалаву ночью, и концы в воду.

— Умерла Полина, — тихо сказал Володя. — У нее, оказывается, та же сердечная болезнь была, что и у меня. Ни детей, ни второго супруга она не завела, одна жила. А все свое имущество и магазины сестра Феденьке завещала. Поля с внучатым племянником сама не встречалась, конечно, но хорошо о нем знала, я ей часто фотографии отправлял и о мальчике рассказывал. Адвокат Полины формальности не сразу утряс, но сейчас деньги перешли к Феде.

— Он же маленький, — изумилась Клавдия Петровна. — Разве можно крошке средствами распоряжаться? А большая сумма?

— Несколько миллионов долларов, — обтекаемо ответил Владимир. — И с пончиковых идет прибыль, они вовсю работают. Хватит Феде на всю жизнь и еще его детям останется. Естественно, малышу никто капитал не доверит, им управляет специально нанятый человек, в США в банке открыт счет, за ним следит юрист.

— Ну, ё-мое, кино прям, Санта-Барбара! — почесал в затылке Семен Кузьмич.

— Феде будет раз в месяц переводиться в Россию приличная сумма, — растолковывал Володя. — А когда ему исполнится восемнадцать, он получит возможность сам распоряжаться всеми деньгами и магазинами. Та часть, что ему предназначена сейчас, будет находиться в руках матери. Если Аня скончается, что вообще-то никак не может случиться, то опекуном Феди становлюсь я. Американскому юристу отдано распоряжение — кроме ежемесячной суммы выделить деньги на образование моего внука. Ну, допустим, решим мы парня в Америке обучать, ему колледж оплатят из основного капитала, юрист сам туда доллары переведет. И мы с Анютой можем в США уехать или в какую другую страну. Феденька там в школу пойдет, а мы рядом будем.

— Чего тогда говоришь, что денег на операцию нет? — удивился Семен Кузьмич. — Сколько внуку твоему в месяц положено?

Володя не стал называть цифру, произнес обтекаемо:

— Много. Хватит на жизнь безбедную, и еще немало останется. Но это деньги мальчика, не мои.

Тратить их на себя я не имею права. Никто не станет проверять, куда ежемесячная рента уходит, но я сам никогда детские деньги не трону.

— Не глупи! — воскликнула Клавдия Петровна. — Представь на минуту, что и ты, и Аня покойники, что будет с Федей?

— Анечке жить да жить, она ведь совсем молодая. Но чисто гипотетически... Что ж, найдут другого опекуна, желательно родственника, пусть даже и дальнего, порядочного, честного человека, — пояснил Владимир. — В Америке юристы все предусмотрели, учли любую, даже невероятную случайность вроде смерти Ани...

Клавдия Петровна примолкла, потом горестно добавила:

— Володька так радовался, что Ане состояние привалило. Чуть не плясал тут. И все повторял: «Надеюсь, дочка накушалась жизнью с Севкой, поняла, каков он, перестанет твердить, что любит подонка, и спокойно будет Федю воспитывать. Уедем мы отсюда подальше. Главное, ни ей, ни мальчику нищета больше не грозит. Наконец-то к нам счастье пришло! Вы только никому про капитал от Поли не рассказывайте. Аня специально счет в Москве в банке открыла, а не в Ковалеве, чтобы никто ничего не узнал. Не надо нам сплетен и пересудов. Визу в США сразу не дадут, еще в России пожить придется.

— Может, я и болтун, но язык держать за зубами умею, — перебил сейчас жену Семен Кузьмич, — никто про Вовкины планы не узнал.

— Племянник от нас уехал, а вскоре в газете сообщение появилось... — вздохнула она. — Мы тогда «Новости Ковалева» выписывали.

— И сейчас бы тоже не отказались, да почтальон к нам больше не ходит, — вставил свое словечко старик. — Заведующая почтой сказала: «Вас в Малинкине три калеки осталось, не будем мы туда человека гонять. Если желаете, топайте за прессой в отделение». Вот кошка драная!

— Но тогда еще мы газету получали, — повысила голос Клавдия Петровна. — А в ней обнаружили страшную новость: Аню насмерть сбила машина, водитель с места происшествия уехал. Вовку мы потом всего два раза и видели — когда Аню хоронить привезли и когда памятник на могиле ставили.

— Экую красоту Вовка сделал! — восхитился Семен Кузьмич. — Зашел к нам, денег принес много и говорит: «Уедем мы с Федяшей отсюда. Сначала в Москве квартиру снимем, потом за кордон двинем. Мальчику хорошая школа нужна. Сюда часто заглядывать не могу, так что, дядя Сеня, пригляди за могилкой. Вот тебе на расходы». Я ему: «Забери свои тыщи, глупость придумал». А Володька ни в какую: «Работы много, надгробие надо раз в году особым лаком покрывать». Привез он нам полно материала нужного — в сараюшке до сих пор канистры стоят, никак не израсходуются. Пообещал: «На каждый день рождения Ани непременно прилетать буду». И вдруг добавил: «Если жив останусь». Мы его с женой отругали за черные мысли. Эх...

Дед махнул рукой.

— Умер Володя, — горько произнесла Клавдия Петровна, — через день после того, как тот разговор состоялся. Сердце отказало. Много ему, бедному, досталось: сначала овдовел, потом история с дочкой, а затем и вовсе ее похоронил...

— Два родственника у нас осталось, внук Сережа и Феденька, — подытожил Семен Кузьмич. — Но Федя нас не знает, в Малинкино никогда не наведывался. Севка могилу Ани не посещал, один раз всего сюда заявился, об Анатоле уж молчу. Если б не Василий, мы ничего б не узнали!

— Кто такой Василий? — задала я напрашивающийся вопрос.

— Кот, — пояснила Клавдия Петровна. — Он прямо как собака. Умнее человека, внимательный очень.

— Ты путано объясняешь, дай сам скажу! — засуетился Семен Кузьмич.

Старушка снисходительно глянула на мужа.

— Ну говори, златоуст.

Дед, обрадованный ее милостивым разрешением, зачастил...

У них живет кот самой простой, дворовой породы, названный без особой фантазии Васькой. Он на редкость умен, исправно ловит мышей и не хуже собаки стережет избу. Хозяева не запирают на ночь дверь, потому что знают: Василий, если к избе приблизится посторонний, зашипит, как вода на раскаленной сковородке, и бросится на незваного гостя. А у Семена Кузьмича есть берданка. Ружье старое, досталось ему от отца, но работает исправно.

Четырнадцатого октября у Клавдии Петровны день рождения. В прошлом году Семен Кузьмич решил устроить ей сюрприз: насобирал денег и рано утром повез жену в Ковалев на рынок, купил ей там красивый халат и бисквитный торт, щедро украшенный кремовыми розами. Домой они вернулись, изрядно устав, попили чаю и рано легли спать. Но где-то около полуночи — для стариков это глухая ночь — кот Василий гневно заорал и ринулся во двор.

Дед с бабушкой спят чутко, поэтому, понятное дело, проснулись. Семен Кузьмич схватил берданку и отправился за котом, а Клавдия Петровна немного подзадержалась — ну не могла она, как супруг, рвануть наружу в исподнем, решила накинуть платье. Но старуха тоже не растерялась, взяла с собой кочергу и фонарь.

Когда она очутилась на крыльце, дед нервно сказал:

— Гляди, на тропинке огонек мигает, к кладбищу близится.

— Точно! — согласилась жена.

Ночь была ясной, ярко сияла луна, прекрасно освещая округу. Семен Кузьмич показал на стену сарая.

— А где лопата? Я аккуратный, никогда инструмент не разбрасываю, кладу-ставлю на место.

— Заступ сперли! — всплеснула руками Клавдия Петровна. — Кому он нужен?

— Хулиганам-пацанам, — выдвинул версию муж. — Каникулы у них, делать нечего, вот и решили могилы разворочать. Ну, сейчас им мало не покажется! Жахну солью по задницам, навсегда пакостничать забудут.

— Я с тобой, — заявила Клава.

— Фонарь пока не зажигай, — приказал старик, — захватим гаденышей врасплох. Мы-то их по свету вычислим, а они и не заметят, как подойдем. Я пальну, а ты кричи: «Стойте, паскуды! Сейчас участковый приедет!»

Дорога на кладбище пожилой чете известна до последнего камушка, к тому же напомним, светила луна, старики спокойно добрались до погоста. И увидели около могилы Ани две фигуры, а также мешок на земле. Незнакомцы поставили мощный фонарь к ногам мраморного ангела.

— Это не школьники, — испугалась Клавдия Петровна.

— Тсс, тихо! — шикнул Семен Кузьмич. — Надо понять, чего негодяи замыслили.

Не успел он закончить фразу, как одна из фигур, копошившихся в земле, выпрямилась.

— Ёперный театр! — ахнул дед. — Чего она тут делает? И этот здесь!

— Кто? — не поняла супруга. Ей обзор закрывали ветви куста, за которым они прятались.

Семен Кузьмич слегка раздвинул листья.

— Севка... — пробормотала старуха. — И Офелия... Чего они сюда приехали? Ночью?

— Ямку вроде копают, — ответил муж. Ему было лучше видно. — Сестра Анатоля лопатой машет, а сыночек смотрит. Что нам делать?

— Пошли домой, — прошептала супруга. — Нельзя в Авдеевых солью стрелять. У них есть право на кладбище приходить, Аня им невестка.

— Никогда сюда не совались, а теперь, нате, явились... — пробормотал дед. — Явно что-то нехорошее задумали. Иначе почему за полночь заявились? Надо выйти и спросить.

Клавдия Петровна вцепилась в мужа.

— Не смей, дурень! Они с деньгами и положением, а мы кто? Накостыляют нам по шее. Уходим живо.

— А лопата? — уперся дед. — Инструмент денег стоит.

— Отвертит тебе Севка голову, рубли не понадобятся, — стояла на своем жена.

— Ой, смотри, мать, чего делают! — охнул Семен Кузьмич.

Старики примолкли и во все глаза уставились на парочку.

Офелия немного раскопала землю около постамента, потом сделала несколько странных движений лопатой. Одна из мраморных плит отмостки монумента приподнялась. Директриса гимназии схватилась за нее и откинула, как крышку.

— Гляди, — зашипела Клавдия на ухо мужу, — там места много, мешок они внутрь пихают... Двигаем отсюда живо! Забыл поговорку: с дураком не водись, с богатым не сварись... Севка в могиле жены ковыряется, он в своем праве. Не дай господи, нас приметит, худо нам будет. Давай, давай, уходим!

Семен Кузьмич сплюнул и пошел за супругой в избу.

Наутро лопата оказалась на месте, а на кладбище, если особенно не присматриваться, ничего не изменилось. Но дед сразу разглядел: земля на могиле Ани у подножия памятника перекопана.

Поздней осенью пенсионеры отправились в Ковалев, чтобы закупить кой-чего на долгую зиму, и встретили на рынке Пенелопу в красивом пальто с меховым воротником. Сестра Анатоля прекрасно знает стариков, поэтому остановилась поговорить с ними. И тут же принялась хвастаться, мол, в семье все прекрасно, Анатоль загружен работой, Сева теперь служит на телевидении, получает хорошие деньги за свою музыку, Феденьку он отправил на Мальту, и мальчик не собирается возвращаться в Россию, будет учиться за рубежом.

Глава 22

Когда Пени, закончив рассказ об успехах своей семейки, ушла, Клавдия Петровна твердо заявила:

— Они его убили.

— Кто и кого? — оторопел Семен Кузьмич.

— Авдеевы. Федю.

Муж перекрестился.

— С ума сошла?

Бабка подхватила своего деда под руку и потащила к выходу с рынка.

— Помнишь, мы ночью на кладбище Севку с Офелией видели? Думаешь, что за мешок они в могилу Ани сунули? Почему сейчас Пенелопа про то, как они хорошо с сестрой, братом и племянником живут, пела? Молчишь? А я ответ знаю. Анечка мужу-поганцу про деньги Полины рассказала, и Севка ее под машину толкнул. Ну и кому теперь капиталом Феди распоряжаться? Отцу. Вот почему Всеволод сына к себе забрал, в детдом не сплавил, к Карабасу, как Леночку, не отправил, сумасшедшим не объявил — хотелось мерзавцу заполучить миллионы американские.

— Кто такой Карабас? — перебила я.

Семен Кузьмич недовольно поморщился.

— Хороший человек, доктор замечательный, лечил психов. Не взрослых, детей, они тоже, бывает, с ума сходят. На самом деле его звали Валентин Борисович Никитин. Он из наших, из ковалевских. Никитины в городе всегда жили, я их отлично помню. У них в Малинкине участок...

Я поняла, что сейчас он примется пересказывать в мельчайших подробностях их родословную, и решила вернуть его к более интересной теме.

— А какую Леночку Всеволод поместил в клинику, где работает психиатр?

— Есть тут село Громово, там больничка стоит, — уточнила Клавдия Петровна, — от нас езды минут пять. Туда раньше ребят со всей округи и из разных городов тащили. Одних в палатах держали, другие комнаты снимали и амбулаторно лечились, некоторые у нас в деревне останавливались.

— Больные с виду обычные, а на самом деле с крепким сдвигом, — поежился Семен Кузьмич. Затем показал пальцем на окно: — В соседнем доме раньше жила женщина, Марьей ее звали, так она к себе мать с девчонкой пустила. Мы еще с Клавой удивлялись: милая такая школьница, здоровается, от мамы ни на шаг, днем в больничку на уколы ездит, вечерами книжки читает. Если уж она сумасшедшая, то кто тогда Марьин внук, от которого вся округа стонала?

— А потом у Маньки собака пропала, затем кошка, куры, — перечисляла Клавдия Петровна. — И чего открылось? Та тихушница животных душила! Она, оказывается, у Карабаса от влечения к убийству лечилась.

— Кто такая Лена? — вновь прервала я рассказчиков.

— У Севки дочь была, — поспешила объяснить Клавдия Петровна, — ее какая-то москвичка от него родила. Девочка сначала у матери воспитывалась, а потом вдруг у отца очутилась. Почему да как, мы не знаем. Но Сева ее быстренько к Карабасу отправил, сбагрил в психушку. А вот Федю себе оставил, потому что на деньги его позарились. Только недолго он с мальчишкой жил, убил его и в могилу к матери зарыл.

— Вот чего с людьми телевизор делает, — неодобрительно покачал головой дед. — Клава вечно сериалы смотрит. А на юбилей попросила вон ту штукенцию купить... все забываю, как обзывается, вроде «доведи до».

Семен Кузьмич показал на громоздкий телевизор, праотца современных лазерных панелей, на котором стоял допотопный DVD-проигрыватель.

— Кучу денег супруга на кино спускает, — пожаловался старик, — в особенности осенью и зимой.

— Не ври-ка! — по-детски обиделась Клавдия Петровна и посмотрела мне в глаза. — У нас одна соседка осталась, Зинка, а ее внук на рынке фильмами торгует. Хороший парень. Зарабатывает достаточно, машину имеет, приезжает к бабушке часто. У нас с ним уговор: я Зинке бесплатно яйца, молоко, творог, сметану, масло даю, а он мне фильмы привозит. Деньги я ему всего один раз сунула, когда захотела получить все серии «Тайн следствия». А чего в холода делать? Спать в шесть вечера ложиться?

— Насмотрится про преступников, — зудел Семен Кузьмич, — потом полночи не спит, с боку на бок ворочается, глупости ей в башку лезут.

Клавдия Петровна стукнула маленьким кулачком по столу.

— Точно говорю, убил Севка Федю! Закопали они с Офелией тело в Анину могилу, наврали всем, что мальчонка за границей учится, и теперь живут себе припеваючи на его миллионы.

— Интересная версия, но маловероятная, — возразила я.

— Почему? — насупилась старушка. — Откуда у Пенелопы новое пальто с настоящим мехом? С ее доходов такое не купишь. Анатоль, нам Володька рассказывал, очень прижимистый, ни копейки сестрам не дает, только ругает их. У мужика снега зимой не выпросишь, а свою зарплату Офелия и Пенелопа на хозяйство тратят. Ну и откуда доха? Да такая красивая! Рукава...

Я вполуха слушала, как старуха в ярких красках описывает одеяние Пенелопы, и размышляла.

Кто бы мог подумать, что пожилая жительница практически умершей деревеньки окажется страстной любительницей остросюжетного кино и освоит управление DVD-проигрывателем... Хотя почему нет? Перефразируя классика, можно сказать, что любви к детективам все возрасты покорны. А еще я знаю, что некоторые люди настолько вживаются в придуманные автором приключения, что перестают отличать реальность от вымысла. Откладывают прочитанную книгу, но, образно говоря, остаются в ней. Похоже, Клавдия Петровна из этой породы. Сомнительно, что Сева, каким бы мерзким человеком он ни был, мог лишить жизни собственного сына. И Офелия, директор гимназии, всю жизнь воспитывающая детей, вряд ли пойдет на преступление. Впрочем, видела я кротких женщин, которые оказывались жестокими убийцами... Однако интересно, что Авдеевы захоронили в могиле Ани?

— Всё деньги проклятые! — донеслось до моего слуха восклицание Семена Кузьмича. — Плохо, когда их совсем нет, но хуже, когда очень много. От богатства один вред.

Я сделала глубокий вдох. Зачем Севе и Офелии отправлять ребенка на тот свет? Из-за отписанного ему наследства? Да уж, просмотр сериалов сильно повлиял на старушку, она прямо сценарий очередного придумала. Заявила еще, что именно Всеволод толкнул под машину Аню, чтобы заполучить деньги Феди. Но это неправда, после смерти матери опекуном мальчика стал не отец его, а дед, Владимир Бегунов. Он собирался увезти внука из России, но умер от сердечного приступа. По большому счету патронировать Федю должен был отец, а не дедушка. Только Сева, думаю, не хотел возиться с нежеланным отпрыском, вот и всучил его тестю. А если бы Железный Любовник задумал запустить жадную лапу в счета сына, тогда бы он сам занялся его судьбой. Нет, все было просто и трагично: Анну сбил подлец-шофер, скрывшийся с места происшествия, и Федя оказался у дедушки по материнской линии, а когда тот умер, переехал к отцу. Анатоль же сплавил мальца на Мальту, чтобы не шумел в доме, не отвлекал великого режиссера от творчества.

Кстати, почему туда? Отчего не в Англию, Германию или США? По какой причине он выбрал островное государство? Родители, желающие, чтобы их дети остались на постоянное жительство за рубежом, ищут более престижный вариант, позволяющий потом легко поступить в престижный университет вроде Оксфорда, Гарварда, Кембриджа. Ладно, это к делу не относится. Полагаю, Федор жив-здоров, находится там, куда его отправили добрые родственники, чтобы не путался под ногами. Мальчика, по сути, сдали в интернат, только зарубежный.

Но что Офелия и Сева делали на кладбище? Какую вещь прятали? Судя по всему, нечто, что никогда не должно попасться никому на глаза. Вполне вероятно, она имеет отношение к смерти Всеволода...

Я оперлась руками о стол и поднялась. Клавдия Петровна перестала описывать пальто Пенелопы и сдвинула брови.

— Куда вы?

— У вас есть лопата? — спросила я, заранее зная ответ.

— Как же в деревне без заступа?.. — удивился дед. — А зачем она вам?

— Давайте посмотрим, что спрятано под плитой, — предложила я. — Насколько я понимаю, вы ничего не рассказали полицейским? Пока никому о происшествии на погосте не известно?

— В чужие дела мы не вмешиваемся, — гордо заявил Семен Кузьмич.

— Участковым у нас Мишка Болдин, а он идиот, — фыркнула старушка. — Служить пошел, потому что после армии никуда пристроиться не мог. Жена у Болдина учительница, она у Офелии работает. Ну, разбежимся мы с заявлением, и чего? Мишка своей бабе расскажет, та директрисе донесет, и останутся от нас с дедом рожки да ножки. Убьют ведь, точно.

— Надо тебе перестать детективы смотреть, — возмутился муж. — Сама почти маньячихой стала, по каждому поводу талдычишь про убийства. Нормальные люди по-другому вопросы решают. Анатоль всех в городе знает, попросит кого надо, и нам с тобой электричество отрубят, вот и плачь потом по своим сериалам.

— Севка ненормальный! — топнула ногой старуха. — Он и Лену убил. Вот где девочка-то, а? Куда его психованная дочка подевалась?

— Тьфу, прямо! — в сердцах воскликнул супруг. — Тебе надо самой таблетки пить. Эдак договоришься, что я тебя придушить хочу.

— Давайте все же посмотрим, что спрятали Авдеевы, — повторила я.

— Нельзя, — испугался Семен Кузьмич.

— Почему? — возразила я.

— Чужие могилы трогать запрещено, — нашел аргумент дед.

— Аня вам не посторонняя, хоть дальняя, но родственница, — напомнила я. — Вы следите за ее захоронением, моете памятник, сажаете цветы. И мы же не будем безобразничать, аккуратно поднимем камень, а потом восстановим порядок.

— Там Федин трупик, — прошептала Клавдия Петровна, — я твердо знаю.

Я посмотрела на нее в упор.

— Тем более необходимо это проверить. Вы опасаетесь, что Офелия отомстит вам за то, что вы разболтали о том, как она закапывала мешок? Можете не ходить со мной, дайте только лопату. Я-то не боюсь сестры Анатоля, мне она навредить не осмелится.

— Ну уж нет, пойдем все, — решила старушка.

Семен Кузьмич открыл было рот, но жена так зыркнула на него, что он поперхнулся и молча направился на двор.

Мы с Клавдией Петровной последовали за ним. А потом тесной компанией направились к могиле Ани.

Дед аккуратно вырыл ямку, потом испуганно произнес:

— Камень в землю вдавлен, небось надо лопатой под него подсунуться и вверх толкнуть. Вот так!

Старик крякнул, серо-белая плита приподнялась. Отбросив заступ, Семен Кузьмич руками откинул камень и ахнул:

— Мешок... Не погнил совсем...

Я подошла к углублению и увидела темно-зеленую ткань с надписью красными буквами «театр».

— Как новый... — продолжал удивляться Семен Кузьмич. — Даже молния не заржавела...

Я села на корточки.

— Похоже на кофр для костюмов. Он сделан из какой-то синтетики, молния не металлическая, а из пластика, такая пролежит столетия и останется целехонькой. Семен Кузьмич, можете открыть мешок?

Клавдия Петровна принялась быстро-быстро креститься. Ее супруг, кряхтя, нагнулся, дернул за замок, потянул... Края кофра разошлись в разные стороны.

— Матерь Божья! — закричала старушка. — Леночка! Лежит, как живая!

Дед, как испуганный заяц, отпрыгнул в сторону, схватился за березу и выдохнул:

— Ёперный театр... И правда...

А я лишилась дара речи. Из полуоткрытого мешка для костюмов выглядывало детское личико с широко распахнутыми, окруженными густыми ресницами, ярко-голубыми глазами. Белокурые вьющиеся волосы водопадом струились вдоль круглых тугих щек и исчезали под тканью, пухлый рот чуть изгибался в улыбке.

Клавдия Петровна осела на землю.

— Леночка! Они и ее убили!

Глава 23

Я наконец стряхнула с себя ужас, еще раз посмотрела на лицо «покойницы» и громко заявила:

— Это кукла. Пожалуйста, успокойтесь, перед вами игрушка.

— Правда? — прошептала бабка.

— Конечно, — кивнула я, стараясь сдержать рвущийся наружу то ли смех, то ли плач. — Кто-то сделал манекен, очень напоминающий живую девочку. В первую минуту, когда Семен Кузьмич расстегнул молнию, мне и самой показалось, что я вижу человеческое лицо. Но подумайте сами, Офелия и Сева хоронили мешок год назад, а ребенок словно живой. Тело не сохранится так долго в нетленном виде. Пожалуйста, успокойтесь.

Я наклонилась и потрогала лоб куклы — пальцы ощутили пластиковую поверхность. И когда я склонилась совсем близко над игрушкой, стало ясно: локоны искусственные, голубые глаза — стекляшки, кое-где со щек сползла краска.

Стараясь унять дрожь в руках, я расстегнула молнию до конца. Показалось ярко-розовое платье из материала, напоминающего парчу. На шее куклы висел медальон — большой, смахивающий на золотой, но на самом деле тоже пластиковый, на нем я прочла слово «Суок». Наряд был покрыт плесенью, он испортился от сырости.

— Суок! — сказала я. — Это кукла наследника Тутти.

— Чего? — не понял Семен Кузьмич.

Я осторожно застегнула кофр и выпрямилась.

— Писатель Юрий Олеша придумал сказку про трех толстяков и их наследника, маленького мальчика, жившего во дворце и не имевшего никаких друзей, кроме куклы по имени Суок, которую сделали по образу и подобию живой девочки. Повесть Олеши до сих пор любят дети, по ней был снят фильм, и на многих сценах страны идут спектакли про трех толстяков.

— Что я тебе толковал? — налетел Семен Кузьмич на жену. — А ты — «убили Федю, убили Федю...» Курица! Выкину твой доведикинотеатр! Совсем от сериалов ошизела!

— А зачем они ночью ее сюда положили? — принялась оправдываться Клавдия Петровна. — Скрытно закопали! Сами в земле ковырялись, Офелия лопатой орудовала, а с непривычки это занятие тяжелое. Могли ведь тебя попросить. Надо же, а правда похожа эта Суок на Леночку...

Семен Кузьмич опять оперся о березу рукой.

— Куклу тут оставим? Может, ее вытащить и где-нибудь в другом месте спрятать?

— Не тобой положено, не тебе и вырывать! — отрезала жена.

Дед взглянул на меня.

— Наверное, лучше послушать Клавдию Петровну, — протянула я.

Старик стал опускать камень, ворча:

— Чего только люди не придумают.

Я, если честно, тоже терялась в догадках. Зачем потребовалось хоронить красивую дорогую игрушку? И Клавдия Петровна права: зачем проделывать это ночью, тайком? Какой секрет таит Суок, и не связан ли он с убийством Севы?

— И что нам теперь делать? — спросила старушка, когда мы вернулись в избу.

— Давайте поступим так. Вы пока никому не рассказывайте о находке, а я узнаю, как себя чувствует на Мальте Федя, и расскажу вам про мальчика, — предложила я. — Заодно попытаюсь таким странным образом выяснить, зачем Офелия избавилась от куклы.

— А вы прямо так у директрисы и спросите: «Какого рожна в могилу к Ане пластмассовую дрянь захоронили? Может, с ума сдвинулись и вам пора в дурку ложиться? В больничку к Карабасу?» — посоветовал Семен Кузьмич.

— Там взрослых не лечат, только детей, — подала голос его супруга.

— И судя по роскошному букету искусственных роз на могиле, доктор Карабас умер, — подхватила я.

— Точно, — кивнул дед. — Хороший человек был, многим помог. Цветы ему один бизнесмен из Москвы поставил — ему Карабас сына вылечил. Мужчина своего мастера привез, мне вазу с букетом вмуровать не доверил. Велел мыть стеклянный колпак, денег заплатил за уход.

— Да, Сеня у меня обязательный, если обещает, непременно сделает, и полученные деньги по полной отработает, не сфилонит, — в кои-то веки похвалила жена Кузьмича.

— Говорите, врач много добра людям сделал? Почему же тогда его Карабасом прозвали? — с запозданием удивилась я.

— Валентин Борисович был огромного роста, живот неохватный, и борода лопатой, — улыбнулась Клавдия Петровна, — вот кто-то из пациентов и приклеил к нему эту кличку Карабас за внешнее сходство. Больница по-прежнему работает, но, говорят, народу там нынче поубавилось, пациентов в основном к Никитину везли.

— Все-то ты знаешь... — покритиковал супругу дед. — Из деревни редко выезжаешь, а в курсе?

Бабулька поджала губы.

— В отличие от тебя двигаться не боюсь, хожу в магазин на станции, а там народ толчется, о разном болтает.

— И последний вопрос, — я вспомнила, ради чего явилась в Малинкино. — Вы жильцов держите?

— Нет, — в один голос ответили старики.

Потом Клавдия Петровна прибавила:

— От них один убыток. Ходят, шумят, курят, баней пользуются, а потом уедут и не заплатят. Мы с дедом распрекрасно вдвоем живем.

— Встречаются среди арендаторов и приличные люди, — кашлянул Семен Кузьмич. — Азаматка, например.

Я безмерно обрадовалась.

— Азамат? Черноволосый юноша восточной внешности? Художник? Он в Малинкине поселился?

— В доме Нины Егоровны, — ответила старушка.

— Вы же говорили, что в деревне никого, кроме вас и совсем выжившей из ума Зинаиды, нет, — укорила я ее.

Бабуля прищурилась.

— Врать я не приучена. Нина Егоровна в Ковалеве жирует, там у нее квартира богатая, а в Малинкине старая изба. Она раньше на лето приезжала, потом перестала.

— Мы ее давно не встречали, — не выдержал долгого молчания Семен Кузьмич, — решили, что умерла Нинка. А тут, ба! Прикатила! Да не одна, а с парнем. Зашла к нам и говорит: «Познакомьтесь, соседи разлюбезные, с Азаматом. Он мне родственник, поселится в моем доме. Не волнуйтесь, компании водить, пить-буянить не будет. Азамат художник, ему тишина требуется. Если вам помощь понадобится, только кликните его, сразу придет. И у него мобильный есть, вдруг позвонить захотите, он разрешит трубкой воспользоваться». Но мы сразу поняли: Нина сдала избу гастарбайтеру с рынка. Хотя паренек хороший, приветливый, нам с работы вечно гостинцы носит.

— Он не арбайтер, — возразила супруга. — Образованный человек, книги все время читает, по истории, на разных языках. И в бога верит, молится на коврике. Разговаривает культурно, по имени-отчеству нас величает. Но о себе правду рассказывать не хочет. Дед к нему примотался: «Доложи, Азамат, откуда ты в Ковалев приехал». А парень ему в ответ: «Из Казахстана я, из многодетной семьи, папа умер, пришлось мне в Россию на заработки подаваться. Образования не имею, раньше канавы рыл, теперь в лавке работаю, убираю там да еще картины рисую, с детства у меня это хорошо получалось». Потом Семен попросил его с могилкой помочь. В Малинкине больше не хоронят, только если к родственнику, ну и приехали одни с разрешением, а у деда артрит разыгрался.

— Ерунда, — перебил ее старик, — просто руки чуток скрючило, некстати совсем. Я к Азамату, мол, сделай милость, поработай лопатой. Он не отказался, взялся за черенок и давай землю ковырять. А я на него смотрю и думаю: э, парень, землекоп из тебя, как из меня балерина, никогда ты канавы не рыл.

— Я потом к его рукам присмотрелась, — добавила Клавдия Петровна. — Ну не рабочие они!

Кость тонкая, пальцы, как у девушки, ровные, гладкие, ни мозолей, ни шрамов. Не такие бывают у тех, кто лопатой машет. Соврал Азаматка. Но мы не в обиде, хороший он человек.

— Покажите, пожалуйста, избу, где устроился Азамат, — попросила я.

Семен Кузьмич встал.

— Пошли. А зачем он вам?

— Небось Азамат на работе, он поздно приходит, — сказала Петровна, тоже поднимаясь из-за стола.

Я поспешила в сени, сделав вид, что не слышала вопроса деда.

Идти оказалось совсем недалеко, не прошло и трех минут, как мы очутились около небольшого домика с крышей, покрытой шифером.

— Ну, что я говорила? — подбоченилась старушка. — Света нет. Точно, на рынке парень.

Я поднялась по расшатанным ступенькам и постучала в дверь. Створка неожиданно отворилась, изнутри пахнуло странным ароматом — смесью специй и какой-то кашей.

— Плов парень готовил! — воскликнул Семен Кузьмич. — Ох, вкусно у него выходит. Клава пыталась сделать такой, гадость вышла.

— Азамат! — крикнула я. — Можно войти?

Из темного дома не донеслось ни звука.

— Может, случилось чего плохое? — забеспокоилась Клавдия Петровна.

— Ага, — фыркнул муж, — убили его. Ну прямо опять сериал! Лучше молчи, уже один раз на кладбище опозорилась.

— Азамат никогда дверь открытой не оставляет, — уперлась старуха, — всегда запирает. Надо внутрь заглянуть.

Не успела я сообразить, что к чему, как бабулька живо скинула с ног незашнурованные ботинки и ринулась внутрь избы.

— Вот что с ней поделать? — возмутился Семен Кузьмич. — Пропеллер, а не женщина.

В избе вспыхнул свет, я сняла ботильоны и последовала за старушкой.

— Нет Азамата, — с обидой в голосе заявила Клавдия Петровна, — уехал, с нами не простился. Вещи собрал, и тю-тю.

Я посмотрела на трехстворчатый гардероб с распахнутыми настежь дверцами и пустыми вешалками.

— И книги забрал, — продолжала бабуля. — У него их тут с десяток было, все толстые, в старых переплетах.

Дед махнул рукой в сторону:

— Одну забыл.

Я подошла к комоду и взяла небольшой, сильно зачитанный том под названием «Сказки ланки».

— Спешил, видно, — грустно сказала Клавдия Петровна, успевшая уйти на кухню.

Я, держа книгу, последовала за ней.

— Мусор не вынес, чашку не помыл, хлеб на столе бросил. Второпях убегал, — подытожила старушка. — Азамат аккуратнее многих женщин, к нему как ни зайдешь — порядок и чистота, никогда такого раскардаша не наблюдалось. Надо Нинке сказать, что квартирант утек.

— Она без тебя знает, — отмахнулся Семен Кузьмич.

— А вдруг нет? — сказала жена.

— Скатайся к ней да сообщи, что убили Азамата, — не удержался от ехидства дед.

Клавдия Петровна растерялась:

— Так у меня адреса ее нет. И телефон я не знаю.

— А если б номер был, как бы ты звякнула? — хмыкнул муж.

— На станции автомат стоит, — оживилась Петровна.

— Он вечно сломан, — буркнул Семен Кузьмич. — Да ладно, все равно номер не знаем. Не получит Нинка от постояльца денег, сама сюда в момент прискачет, тогда и доложишь ей о своих мыслях.

— Злой ты к старости стал. Как Полкан цепной, и равнодушный, — обиделась жена.

— Уж не всполошенная курица, как некоторые, — огрызнулся супруг.

Я сообразила, что сейчас окажусь в центре семейного скандала, и попыталась загасить его.

— Скажите мне фамилию соседки, имя с отчеством... помню, вы называли... Установлю, где она живет, и предупрежу ее об отъезде Азамата. Заодно могу ей забытую им книгу передать. Возможно, юноша поддерживает с квартирной хозяйкой связь, — предложила я.

— Нина Егоровна Сонькина, — назвала Клавдия Петровна. — Лет ей где-то шестьдесят пять, служила бухгалтером в больнице, где Карабас работал. Сейчас, наверное, на пенсии. Вы уж будьте добры, потом выберите время, загляните к нам. Очень интересно, чего про куклу разузнаете. И как с Ниной поговорите, ну, про Азамата, тоже.

— Непременно, — пообещала я.

— Ох, мало я про погост-то рассказал! — опомнился дед. — Деньги взял, а не отработал! Понесло нас про Севку болтать... Теперь вот зачем-то в чужую избу поперлись...

— Обязательно вернусь, — улыбнулась я, — тогда и выслушаю вас.

Глава 24

Григорий не отвечал на вызов, зато Тоня отозвалась сразу.

— Свяжись с Геной, — попросила я, — пусть подскажет, где проживает Нина Егоровна Сонькина, сейчас пенсионерка, ранее бухгалтер.

— Зачем тебе она? — тут же спросила подруга.

— Буду в Ковалеве через десять минут, скоро увидимся, тогда и поговорим, — не стала я вдаваться в подробности. — Ты где?

— Пока дома. Проголодалась и хотела пойти слопать хачапури у Резо, — ответила Антонина. — Но если дело срочное, готова никуда не ходить.

У меня тут же разыгрался аппетит.

— Поговорить можно и за обедом. У этого Резо вкусные хачапури?

— Лучше нет! — воскликнула Тоня. — Подкатывай к рынку. Четырнадцатый ряд, место двести десять. Если заплутаешь, спроси у продавцов, где Резо, вмиг покажут. Его все знают.

— Ты не в курсе, куда подевался Григорий? — спросила я, выруливая на шоссе.

— Небось в отделении. Представляешь, от Пономарева прусаки убегать стали! Прямо шеренгами из квартиры поползли! — засмеялась Тонечка. —

Ладно, хватит болтать, за рулем опасно мобильным пользоваться.

— У меня хэндс-фри, — напомнила я.

— Ну и что? — не сдалась Антонина. — Руки на руле, зато мыслями далеко от дороги. Короче, жду тебя. Кстати, лучше подъехать не к тому входу, что неподалеку от театра, а с противоположной стороны. Найдешь?

— Постараюсь, — без особой уверенности ответила я.

Антонина отсоединилась, и я покрепче вцепилась в руль.

Машиной я обзавелась не вчера и водительское удостоверение получила самым честным образом — вызубрила правила и училась водить с инструктором. Но, несмотря на пройденный курс, до сих пор не очень уверенно чувствую себя на дороге. Мне приходится сильно вытягивать шею, чтобы разглядеть пространство перед капотом, и я неадекватно оцениваю ширину своей «букашки», мне она кажется громоздкой, как танк, поэтому часто захватываю два парковочных места, а, учитывая количество автомобилей в столице, это просто неприлично. Но самую большую сложность для меня представляет поездка по неизвестному маршруту. Дорога от дома до издательства изучена вдоль и поперек, я там мчусь с закрытыми глазами, не испытывая ни малейшего стресса. И к своему зубному врачу Аркадию Темкину доберусь без проблем. Так же быстро я окажусь у Ники Германовны Рыбинской и Адели Зауровны Рустам-Заде, замечательных докторов. Но вот если понадобится отправиться в незнакомую местность... Тут возникают огромные трудности.

Я въехала в Ковалев и замерла у светофора. Так, и куда повернуть, когда вспыхнет зеленый свет? Указателей два. На правом написано «Рынок», на левом то же самое. Сзади нервно забибикали, я крутанула руль, очутилась на не очень широкой улочке, проехала по ней до конца и увидела глухой забор, около которого стояла женщина с сумкой на колесах. Я опустила стекло, высунулась и спросила:

— Не подскажете, где вход на базар? Только не тот, что рядом с театром, а с противоположной стороны.

— Ой, боюсь, вы не поймете, — затараторила незнакомка, — заплутать легко. Семь раз влево, потом вправо и по кругу. Ага?

Вероятно, на моем лице появилось выражение растерянности, потому что прохожая засмеялась.

— Попробую еще раз. Катите до Свободной улицы, берете налево семь раз, затем пересекаете Свободную там, где она переходит в Широкую, и...

— Извините, — перебила я, — со Свободной я уже уехала и многократно поворачивала. Как же снова на ней оказаться?

— Потому что на проспекте ремонт, — кивнула женщина. — Его объехать надо, у вас же не вертолет. Круги нарежете, чтобы очутиться на Ленинградской, вот по какой причине столько вертеться надо.

Я совсем запуталась.

— Вы сказали, что, проделав некий путь, я снова окажусь на Свободной. Откуда взялась Ленинградская?

— Так после светофора ее переименовали, — захихикала тетка. — Свободная перетекает в Минскую, вам туда.

— На Ленинградскую, — поправила я.

— Нет! — невесть чему обрадовалась незнакомка. — Ленинградская всего сто метров длиной, за ней потянется Минская.

— Зачем давать название улице, если по ней можно сделать всего два шага? — поразилась я.

— Вы, наверное, не местная? — спросила собеседница.

Однако она очень сообразительна, если только сейчас догадалась, что перед ней не аборигенка.

— Ленинградская до того, как мэром стал Сергей Львович, тянулась далеко, но новый глава города велел разбить парк, — начала объяснять местная жительница, — поэтому от улицы огрызок остался. Там дом номер пятьдесят два стоит, он один, но снести его невозможно, поэтому Ленинградской немного. Минская свильнет направо, вы туда же. Увидите Киевскую, вот по ней ни в коем случае не надо ехать, потому как очутитесь на Свободной в том месте, откуда начали путь, заново по нему ехать придется. Вам нужна Рязанская, она будет за Новгородской. Очутитесь на Псковской...

— А Рязанская куда денется? — пискнула в изумлении я.

— Закончится, — удивилась добрая советчица, — вы ее проскочите. Новгородскую тоже промахиваете, доберетесь до Рижской, с нее на Тамбовскую и на Свободную.

— Я была там, — огорчилась я. — Семь раз налево повернула.

— Нет, это другая Свободная, — возразила аборигенка Ковалева, — полное ее название «улица Свободной России», а раньше была Коммунистической. Если услышите от кого «Коммунистическая», значит, человек про «Свободную Россию» толкует. Просто все название говорить долго, вот и получается «Свободная». Но это не та Свободная, которая всегда Свободная, а новая Свободная. У нас многие улицы переименовывали. Вот, например, Ленинская. Сначала ее переделали в Перестроечную, затем в Уральскую, теперь она Рязанская. Эстонскую велено нынче называть Казахской. А главная беда случилась с Псковской. Ее наш прежний мэр, большой подхалим, переделал в Котовскую. А того съели. Ха-ха!

— Кого съели? — ощущая легкую тошноту, поинтересовалась я.

— Гришку! — радостно возвестила незнакомка. — Марк Ильич полагал, что Григорий Котовский у нас навечно, а владельца рынка олигарх Борисов сожрал. Прямо с сапогами!

Я выхватила из держателя бутылку и начала жадно пить воду. Конечно, дама с торбой сейчас имела в виду не революционера Григория Котовского, тот давно умер, речь идет о хозяине рынка, его тезке.

— Тогда мэр Марк Ильич живехонько Котовскую в Борисовскую переделал, — смеялась собеседница. — Да только олигарх, который толкучку у Гришки перекупил, вскоре на махинациях с налогами попался и в Англию удрал. Угадайте, кто оптушку захапал? Олег Рязанский! Понимаете юмор?

— Не очень, — прошептала я, борясь с головокружением.

Тетка весело захохотала.

— Так Рязанский проезд в городе уже есть! Ну и как мэру Олегу Рязанскому кой-чего лизнуть? Наверное, наш Марк Ильич весь мозг себе сломал, но додумался: Борисовская стала Ивановской, а на Рязанской повесили табличку «Магистраль названа в честь бизнесмена и мецената Олега Рязанского». Не успели ее приколотить — бумс! Случилась хохма. Покупаю на вокзале «Желтуху», и там написано: «Глава города Ковалева решил увековечить Олега Хорькова, вора в законе по кличке Рязанский, ныне бизнесмена, владельца крупного рынка». Сообразили? Не доложили Марку Ильичу, что «Рязанский» — это кликуха, а не фамилия по паспорту. И началось! Табличку свинтили, Рязанскую от греха подальше переименовали в Солнечную, сейчас ее вообще нет...

— Стойте! — воскликнула я. — Насколько помню, мне надо по этой улице ехать, чтобы достичь Псковской.

Бабенка подбоченилась.

— Кто вам такую глупость сказал? Какой идиот?

— Ну... услышала где-то, — пробормотала я, не решаясь ответить на только что заданный вопрос: «Вы пару минут назад».

— Развелось в Ковалеве чукчей, — неодобрительно загудела прохожая, — сами тут без году неделя, а уже советы раздают. Да, на некоторых домах осталась надпись «Рязанская», потому что ее особой краской сделали и никак отодрать не могут. Но самой Рязанской уже нет, она Питерская.

— То есть Ленинградская? — еле выдавила из себя я.

— Нет, конечно, — махнула рукой тетка, — та сама по себе. И Ленинград с Питером совсем разные города. Ну, географически-то один населенный пункт, а морально... Ленинградскую с Питерской никто не путает, а вот Псковскую с Песковской частенько. Но вам туда не надо. Рулите в сторону Ягод-

ной и шпарьте по ней, пока не выедете на Писков-
скую.

— Мне же туда не надо, — чуть не разрыдав-
шись, напомнила я.

Дама, прямой потомок Ивана Сусанина, закатила глаза.

— Ой, я вас умоляю! Никогда не слушайте тех,
кто не в курсе. Именно Писковская улица ваша ко-
нечная цель. А, поняла... Ха-ха! Вы ее с Песковской
перепутали. Это разные магистрали. Они находятся
в противоположных концах Ковалева. Не волнуйтесь, неситесь по Писковской, четыре раза налево,
через Свободную, ту, что не Россия, по бывшей Котовского, а ныне не имеющейся Рязанской до Эс-
тонской, два поворота вправо, шесть наоборот, раз-
ворот на площади Дзержинского. Ох, простите, теперь она «Свободная страна» называется. Не Россия!
Не перепутайте! И, опля, восточный вход на рынок.
Понятно?

Я икнула.

— Нет!

Женщина поджала губы.

— Ладно. Попробую еще раз...

— На каком автобусе можно доехать до рынка? — перебила я даму.

— У вас же машина, — удивилась она.

— Предположим, в ней закончился бензин, —
придушенно прошептала я. — Лучше я на город-
ском транспорте доберусь.

Аборигенка снисходительно улыбнулась.

— Зачем деньги на маршрутку тратить? Оставь-
те автомобиль тут. Его не тронут, в этот тупик вообще редко кто заходит. Видите заборчик?

— Конечно, — кивнула я, — он прямо за вашей спиной.

Тетка сделала шаг назад и отодвинула одну доску.

— Лезьте сюда, сразу окажетесь у входа. Вон он, ворота прекрасно видно.

Меня охватило негодование.

— Зачем же столько времени вы рассказывали про длинный маршрут, если можно через секунду очутиться у рынка?

— Так вы хотели на машине ехать! — взвизгнула она. — Какой вопрос задали, такой ответ и получили. Если б вы спросили, как пешком дойти, я мигом бы на дырку показала. Ну, народ! Понаехали в город, а ни ума, ни воспитания, ни «спасибо» за помощь.

— Очень вам благодарна, — сказала я, выбираясь из «букашки».

— Нахалка! — воскликнула тетка, схватила тачку за ручку и быстро двинулась по тротуару.

Я безо всяких усилий пролезла в дыру и очутилась на базаре. Теперь надо найти кафе, где некий Резо печет восхитительные хачапури. К моей радости, прямо у входа маячил здоровенный охранник в камуфляже, я приблизилась к нему.

— Не подскажете, где работает Резо?

— Резо, Резо... — забормотал рыночный секьюрити. — Чем он занимается?

— Хачапури делает, — подсказала я.

— Правда! — воскликнул собеседник. — То-то имя знакомое... Шагайте по Северной аллее до южного входа, он там сидит.

— Точно? — усомнилась я. — Мне вроде называли другой адрес.

Охранник стукнул себя кулаком в грудь и гордо заявил:

— Николай никогда не ошибается! Рынок, как свои зубы, знаю, сто лет тут порядок поддерживаю. Так что не сомневайся. Иди, куда сказал, купишь себе собаку.

— Кого? — изумилась я.

— Слушай, зачем тебе Резо? — задал вопрос Николай. — Он дорого берет, и сомнения у меня есть по поводу документов, которые он на эти свои хачапурины выдает. Ну, скажи, может одна хачапурка в год по сто хачапурят рожать? По мне, так нет. И где он щенков берет? Иди лучше к Марьяне, она моя знакомая, у нее без обмана, натуральные хачапури.

— Резо, который сидит у южного входа, торгует щенками? — улыбнулась я.

— Зоолавка у него, — кивнул Николай. — Повторяю, не ходи туда, иди к Марьяшке. Скажешь, что от меня, получишь скидку. У нее классные хачапури — серые, толстые, с голубыми глазами.

— Хаски! — догадалась я.

— Чего? — переспросил охранник. — Каски? Тебе какие нужны, строительные или военные? Их в разных местах дают.

— Порода собак с голубыми глазами именуется хаски, — пояснила я, — а хачапури — это изделие из теста с сыром.

Николай не смутился.

— Перепутал. Так ты обедать собралась?

— Да, — кивнула я.

— И на фиг тебе булка с сыром? — скривился секьюрити. — Проглотишь и не заметишь. Надо есть нормальную еду. Борщ, котлеты с макаронами, кофе с молоком. Иди к Алене. Скажешь, что от меня, получишь скидку. В курсе, где Аленкино кафе?

— Конечно, — соврала я и быстро пошла вперед, на ходу набирая номер Тони. Сейчас она подробно объяснит, в каком направлении надо двигаться. Однако номер Антонины оказался занят.

Я притормозила около тележки, доверху заваленной разноцветными тюками, и обратилась к стоявшему возле нее худому парню в зеленом пуховике с большим капюшоном, который полностью скрывал лицо:

— Простите, вы не знаете, где расположено кафе Резо? Он печет хачапури, это такие пирожки из слоеного теста с сыром.

Грузчик обернулся и поправил съехавший на лоб капюшон.

— Азамат! — воскликнула я. — Ой, как здорово, что я нашла вас!

Художник сгорбился.

— Мы знакомы? Встречались где-то?

— Совсем недавно, в сувенирной лавке, — радостно затараторила я. — Сегодня я зашла туда, а Мария сказала, что вы неожиданно бросили работу.

Парень поежился.

— Она всегда зарплату задерживала, платила неаккуратно, вот я и ушел. Что вы хотите?

— Где-то здесь рядом находится кафе Резо, куда я направляюсь, — объяснила я. — Давайте пойдем туда, я покормлю вас обедом, а заодно и поговорим.

— Сейчас не могу, — ответил Азамат, — надо разгрузить телегу. Если хотите картину заказать, подарок к Новому году, я вынужден отказаться — времени совсем нет.

Из небольшого магазинчика, возле которого мы стояли, высунулся китаец.

— Работать надо, — укоризненно произнес он, — товара давай, народ ждет. Нет работать, нет деньги, пошел вон.

Азамат повернулся ко мне спиной и схватил тюк. А я, вцепившись в куртку парня, спросила:

— Сколько вы получаете за смену?

И услышала в ответ:

— Вам зачем?

— Оплачу вам рабочий день плюс обед, — объяснила я. — Пошли, побеседуем. Картина мне не нужна.

— А что тогда? — заинтересовался Азамат.

— Я пишу книги про Казахстан, — ляпнула я. — Мне подсказали обратиться к вам, говорят, вы можете рассказать интересное об этой стране. Ездила в Малинкино, ваша бывшая соседка баба Клава очень переживает за вас, просила передать забытую вами в избе книгу «Сказки ланка». Она у меня в машине, можем сейчас вернуться к автомобилю, и вы получите ее.

Азамат оставил тюк на тележке.

— Хорошо. Только руки помою перед едой. Вы дадите мне десять тысяч. За меньшую сумму не пойду.

— Согласна! — воскликнула я.

— Сейчас вернусь, — пообещал художник.

Он резко повернулся, сделал шаг, зацепился рукавом пуховика за штырь, торчащий из тележки, и вмиг разорвал его. Это не остановило парня, он нырнул в магазинчик.

Декабрь в нынешнем году выдался экстремально теплым, ни малейшего намека на мороз, но я минут через пять все равно замерзла и принялась подпрыгивать на одном месте. Спустя четверть часа в мою голову стали закрадываться нехорошие подозрения. Я вошла в дверь, за которой скрылся Азамат, и поняла, что это не центральный, а служебный вход. Пройдя несколько шагов, я очутилась в крохотном торговом зале, забитом стойками с одеждой, и спросила у китайца за прилавком:

— Где Азамат?

— Не знать его, — ответил хитрый азиат, — моя бизнес таких нет.

— Грузчик, — уточнила я, — худой, в зеленой куртке, тележку разгружал.

— Дрянь человек, — покачал головой торговец. — Хочешь работа? На работа! Но работай на работа. Побежал сейчас на улицу, как заяц, товар уронил. Нет ему денег. Пусть никогда не приходит.

Глава 25

Хачапури у Резо действительно оказались волшебно вкусными. Я съела четыре штуки, потом воскликнула:

— Если буду уничтожать такое количество еды, то превращусь в слона!

И тут же потянулась за пятой слойкой.

— Прекрати, — велела Тоня.

— Они маленькие, — возразила я, — таких можно десяток слопать. И с какого момента ты начала следить за моей фигурой?

— Ешь хачапури сколько влезет, — усмехнулась подруга, — но перестань пугать себя. До слона тебе ой как далеко.

— Ладно, я не похожа на элефанта, — согласилась я, — являюсь типичной стройной идиоткой. Мне следовало сразу догадаться, что Азамат удерет! Он заломил за беседу со мной слишком большую для простого чернорабочего сумму, потребовал целых десять тысяч. А я, глупая, обрадовалась, даже не подумав торговаться. Лишь спустя время до меня дошло, что парень специально назвал несусветную цифру — хотел понять, насколько важно мне с ним поболтать. Узнав, что я готова расстаться с приличной суммой, он удрал. Какие тайны скрывает художник? Странно, кстати, что он вообще остался на рынке, только ушел из сувенирной лавки. Азамат знает, что Агата в больнице и ее подозревают в убийстве мужа, и явно испугался, но не уехал из Ковалева.

— Значит, его тут держат дела, — вздохнула Тоня. — А на толкучке легко спрятаться, здесь полно укромных местечек, и никто внимания на мужчину азиатской внешности не обратит. Между прочим, я твою просьбу выполнила, Генка нашел Нину Егоровну Сонькину, она живет на Новгородской улице. А зачем она тебе?

Я подробно рассказала о том, что узнала от Клавдии Петровны и Семена Кузьмича.

— Кукла? — не поверила своим ушам подруга.

Я показала фотографию в телефоне.

— Выглядит жутко, — поежилась Антонина. — Слушай, а ведь я знаю, откуда взялась Суок. Анатоль ставил спектакль «Три толстяка», причем действо, по его задумке, должно было начинаться уже в фойе театра. Режиссер хотел, чтобы зрителей встречала Суок, но не актриса, которая будет исполнять роль игрушки на сцене, а искусно сделанный манекен. Авдеев потребовал, чтобы кукла могла открывать глаза и рот, а также ходить. В конце концов двум инженерам из Москвы удалось осуществить его желание, но Суок они сделали ростом с семилетнего ребенка — какие-то технические трудности не позволили поступить иначе. Обозрев готовое изделие, Анатоль устроил скандал, кричал: «Только идиот не сможет отличить живую Суок от куклы. Зритель нам не поверит! Забирайте недомерка!» Инженеры ответили: «Мы исполнили ваши требования, глаза и рот у манекена прекрасно открываются, и он может шагать. Выше ростом куклу сделать нельзя, платите деньги». Анатоль показал им фигу, а парни подали в суд и выиграли дело.

Антонина потянулась за новым хачапури.

— Представь, как взбесился Анатоль! Ему пришлось выплачивать нехилую сумму, плюс моральный ущерб и судебные издержки. Зритель спектакль так и не увидел, куклу запихнули на склад. И если бы у меня спросили, где она, до сегодняшнего дня я бы с уверенностью ответила, что валяется где-то в темном углу. В реквизиторской можно найти кучу всего, я в детстве любила там рыться, пока Офелия не начинала кричать: «Хватит копаться, еще сломаешь что-нибудь!»

— Офелия? — удивилась я. — А какое отношение она имеет к реквизиту?

Антонина начала пальцем подбирать крошки.

— Помнишь, я тебе рассказывала про лучшую подругу Офелии Марию, которая работала заведующей цехом декораций? Разные вещи, исключая костюмы, тоже находились в ее ведении. Ну, допустим, ставится пьеса из жизни французской аристократии восемнадцатого века. На сцене должны находиться соответствующие эпохе мебель, посуда, скатерти, пледы, подушки, прочие мелочи, вроде вазочек. Всем этим занималась Мария. Офелия после работы постоянно ходила к подружке и помогала ей. Так что она отлично знала, где что лежит. Мария умерла в прошлом году, на ее место взяли другую женщину, вполне симпатичную. Но она до сих пор путается на складе и бегает к Офелии с просьбой: «Дорогая, помоги найти необходимое». А у Офи память, как у слона. Ой, кстати! Там в одном отсеке хранится голова — здоровенная, размером с высокий шкаф. В репертуаре был спектакль, где по сюжету к ней подъезжал Илья Муромец и спрашивал, куда враги побежали. Прикольная такая головища, может глазами вращать, рот разевает. Я ее лет до десяти жуть как боялась. Мне нравились плюшевые звери из «Спящей красавицы» — белочки, зайчики, птички, прямо как живые.

— Офелия знала, где хранится Суок... — протянула я. — Она могла ее взять?

— Конечно, — заверила Тоня. — Но зачем? Кукла довольно тяжелая, тащить ее хоронить в Малинкино небольшое удовольствие. Правда, Офи сильная. Она волейболом серьезно занималась и до сих пор с Екатериной Федоровной и Петей в спортивный зал ходит.

Я вспомнила довольно полную фигуру Офелии и не сдержала удивления:

— Сестра Анатоля немолода и совсем не похожа на спортсменку.

Тонечка взяла чайник и наклонила его над пиалой.

— Ну да, в одежде Офи кажется кучей. Она ухитряется покупать себе такие платья, что я диву даюсь. Агата летом принесла несколько сарафанов и попросила ее примерить. Та сначала сопротивлялась, говорила: «Не надену, очень молодежная одежда, руки оголены». Жена Севы чуть ли не силой в прикид ее впихнула, и все ахнули. У Офелии прекрасное тело, сплошные мышцы. В юности она играла в сборной Ковалева, а сейчас выступает в команде любителей, тех, кому за сорок.

— За сорок?! — улыбнулась я.

Тонечка засмеялась.

— Да, они так говорят. Очень сплоченный коллектив. Сражаются с такими же из Москвы. На подаче у ковалевской команды стоит Екатерина Федоровна.

— Бабушка Пети? — уточнила я. — Ей ведь немало лет.

Тоня развеселилась еще больше.

— Офи тоже, но это им не мешает. Кстати, я один раз видела, как свекровь Галины по мячу лупит, и зауважала ее. Удар сильнейший! Похоже, у нее рука железная. Вот тебе наглядное доказательство пользы физических упражнений. Все члены команды отнюдь не юные, но активные, мышцы подтянуты. Екатерина Федоровна и Петю заставляет в волейбол играть, сама два раза в неделю его в зале тренирует. И все повторяет: «В здоровом теле здоровый дух».

Я позавидовала парню.

— Мне бы такую самоотверженную бабушку.

— И я б не отказалась, — хмыкнула Тоня. — О чем мы говорили? Ах да, кукла! В принципе Офелия без проблем могла взять Суок, поместить ее в кофр для одежды — их никто в театре не считает, валяются по всем костюмерным — и отвезти на своей машине на кладбище. А теперь найди хоть одну причину, по которой она бы так странно поступила. В чем смысл?

— Может, ее Аня попросила? Скажем, было у нее такое желание, чтобы после смерти Суок стала ее соседкой, — выдвинула я в общем-то абсурдное предположение. — Ты говорила, Офелия дружила с матерью Феди.

— Офи опекала жену Севки, — кивнула Антонина, — но Аня, несмотря на молодость, не была дурой. К чему ей в могиле кукла? И сомневаюсь, что они с Офелией вообще обсуждали тему похорон. Заканчивая школу, о смерти не думаешь. Анечка погибла внезапно, ее сбила машина.

— Офелия знала, что в основании памятника есть свободное пространство... причем довольно большое... — протянула я. — Его достаточно легко открыть, надо лишь слегка поддеть одну из плит, и та поднимется при помощи очень простого механизма, похожего на доводчик двери. Кстати, кто сделал тайник?

Тонечка налила себе из чайника заварки.

— Напрашивается ответ — Владимир. Не спрашивай зачем, понятия не имею.

Я с грустью посмотрела на пустую тарелку, где ранее лежала горка хачапури.

— Анатоль в курсе, что Федя получил наследство?

Тонечка оперлась локтями о стол.

— Не знаю. Я никогда в доме деда ни о каких деньгах из США не слышала. Ни сам он, ни Севка, ни Офелия с Пени ни разу о состоянии, свалившемся на мальчика, не упоминали.

— Режиссер не особенно щедр по отношению к родственникам, — задумчиво произнесла я, — он не любит маленьких детей, тебя сдали в интернат...

— Мне там было хорошо, — быстро вставила Тонечка.

— Федю услали за границу, — закончила я свою мысль. Вытерла салфеткой жирные от хачапури пальцы и спросила: — А твой детдом работает до сих пор?

— Ага, — кивнула подруга. — Им по сию пору заведует Ксения Евгеньевна, которая еще меня воспитывала.

— Интересно, почему же Федора отправили на Мальту? — воскликнула я. — Приют рядом, причем бесплатный, с директрисой давно налажен контакт, не надо тратиться на дорогу. И почему именно Мальта? Образование на острове дешевле, чем в Англии или в США, но все равно оно отнюдь не копеечное.

— Я как-то не задумывалась об этом, — после паузы ответила Антонина. — Действительно, с чего вдруг Мальта?

— Может, Феди там нет? — тихо произнесла я.

— А где он? — прошептала моя двоюродная сестра.

Мы молча уставились друг на друга. Через пару мгновений Тоня вынула мобильный и начала что-то набирать на экране, пояснив:

— Посылаю Генке эсэмэску, пусть проверит, покидал ли Федя Россию.

— Хорошая идея, — одобрила я. — Переходим к следующей теме. Почему ты мне не сказала, что у Севки была дочь Лена?

Антонина положила трубку на стол и вздохнула:

— Бедная девочка... Потому что она не имеет ни малейшего отношения к происходящему.

Я отодвинула от себя чашку.

— Странное заявление. Севу убили. И если мы хотим выручить Агату, на которую я навлекла подозрение...

— Смерть Валечки доказала, что жена Всеволода ни при чем, — перебила меня Тоня.

У меня внезапно заломило виски.

— Хорошо. Скажу иначе. Если мы намерены найти убийцу Всеволода и Михеевой, а это предположительно один человек, нам нельзя упустить ни малейшей, даже самой крохотной, малозначительной детали. Позволь напомнить: до сих пор мы не знаем мотива преступления. По какой причине композитора лишили жизни? Или, если хочешь, — за что?

— Можно подумать, мы знаем причину убийства Вали, — фыркнула Тоня. — Ее смерть еще более загадочна. В случае с дядей можно хоть подумать об обиженных бабах и обманутых мужьях. А с девушкой-то что? Небогатая студентка-заочница, торговала на рынке подержанной одеждой, ни в чем плохом не замечена. Гришка жизнь Михеевой вдоль и поперек изучил — никакого компромата не нашел. Кому могла помешать эта скромница?

— Убийце Севы, — ответила я. — Вот смотри... Валя сдает сессию, и мы знаем, что в это время она не ходит на работу, не звонит Агате, не прибегает к ней в гости, а упорно учится. Теперь вспомним события того вечера. Сева заявляет, что ему позвонила Михеева и попросила встретить ее у остановки маршрутного такси. Дескать, уже поздно, девушка боится одна идти через площадь. Почему композитор ее звонку и просьбе не удивился?

— Она лучшая подруга Агаты, — после небольшой паузы и как-то неуверенно ответила Тоня.

— Сева не из тех, кто заботится о ближних, — хмыкнула я. — В прошлый раз мы, когда рассматривали эту ситуацию, решили, что он выдумал разговор с Валей, а на самом деле ему звякнула очередная пассия, и Железный Любовник рванул к ней. Мы были уверены, что Михеева не способна нанести Агате травму, то есть никогда бы не легла в постель с ее мужем. Но после проверки телефона Севы выяснилось — он не солгал. Вернее, соврал частично. Ему действительно поступил звонок с мобильного Валентины. Всеволод услышал некую информацию и требование о немедленной встрече. Он растерялся: как уйти поздним вечером из дома? И тогда он ляпнул про просьбу Вали проводить ее от маршрутки.

— Агата даже бровью не повела, когда услышала слова мужа, — вспомнила Тоня.

— А зачем ей дергаться? — удивилась я. — Мы теперь в курсе, что брак у них был фиктивный, значит, ни малейшей ревности она испытывать не могла. Она, наверное, поставила супругу условие: тот сохраняет приличия, открыто со своими обожэ не показывается. Остальное ее не волновало. В тот вечер Агата прекрасно поняла — муженек собрался к своей подружке. И даже подыграла ему, дескать, спасибо, дорогой, помоги Валечке, в Ковалеве орудует маньяк. Потом совершенно неожиданно на пороге квартиры материализуется Михеева и сообщает о пропаже сумки, где остались мобильный, деньги и ключи. А что, если кража была совершена ради сотового? Скажем, тот понадобился, чтобы связаться с Севой? У Авдеева-младшего на экране трубки высветилось «Валентина», он, естественно, ответил, услышал что-то шокирующее и кинулся на улицу.

— Полагаешь, некто вызвал Севу, прикинувшись Валей? А что, похоже на правду, — сказала Антонина. — Преступник хотел выманить Всеволода из дома, и ему это удалось. Потом Валентина стала вычислять, кто мог спереть ее сумку, в конце концов догадалась, кто вор, и решила призвать того к ответу. Результат нам известен. Убийство Михеевой сопутствующее, ее не собирались трогать, девушка осталась бы жива, если бы сама не побежала прямо в лапы преступника. Понимаешь, что это значит? Мерзавец находится в близком окружении Всеволода! Он вовсе не профессиональный киллер. И знал про роман Авдеева с Валей.

— Или в близком окружении Михеевой находился профессиональный киллер, прикидывающийся обычным обывателем, — парировала я. — Валечка, хоть и наивная, поняла, кто увел ее ридикюль, и отправилась к этому человеку, чтобы вернуть свою собственность.

— Может, и так, — согласилась Тоня.

Я поманила официантку, попросила еще хачапури и продолжила:

— Тогда возникают новые вопросы. Например: что такого сказали Всеволоду, раз он очертя голову унесся из дома? И еще. Почему потребовалось вызвать его поздним вечером?

— Утром и днем трудно незаметно убить человека, — сразу ответила на второй вопрос Тоня. — И вспомни, преступник подделывал почерк маньяка, а тот орудовал исключительно в темное время суток. Вот только подражатель не знал про изнасилование.

— Значит, он далек от полиции и читает желтую прессу. Отличный след, — вздохнула я, — таких людей миллионы. Ладно, возвращаемся к мотиву. Зачем лишать жизни Всеволода? Кого он так сильно обидел, унизил, оскорбил, обманул? Ты что-нибудь знаешь о его бабах?

Антонина схватила горячее хачапури из только что поданных на стол.

— Их было много. Первая официальная жена Аня, мать Феди. Про Агату ты знаешь. Среди прочих у Севы была женщина по имени Настя, которая родила от него Елену.

Я слегка воспряла духом.

— Странно, что ты мне до сих пор не говорила о девочке, но давай сейчас исправим твою оплошность. Сколько ей лет? Где живет? Могли ли Анастасия или ее дочь затаить злобу на Всеволода?

— Лена умерла, — мрачно ответила Тоня. — Это печальная история.

— Вот с этого момента поподробнее! — потребовала я.

Глава 26

Железный Любовник не собирался заводить семью и не планировал иметь детей. Композитору не хотелось взваливать на свои плечи ответственность, ему нравились легкие, необременительные отношения, без всяких обязательств. Однажды, выпив водки, что, надо сказать, случалось не часто, Сева неожиданно разоткровенничался с Тоней.

— Бабы — клуши, — заявил он. — У них в голове лишь одно: как мужику на шею поводок нацепить и к себе привязать.

Антонина видела, что дядя сильно подшофе, но не удержалась от возражения:

— Не все такие.

— Нет! — заорал Авдеев-младший. — Все поголовно одинаковые!

Беседа состоялась до того, как в жизни композитора появилась школьница Аня, поэтому Антонина сказала:

— Ну, тебе до сих пор попадаются исключительно неконфликтные особы, ни одна пассия не затащила в загс.

— Просто им это не удается, — заржал Сева. — Но попытки были. Настьку помнишь?

— Извини, нет.

— Певичка из Москвы, — заплетающимся языком произнес Сева. — Ты ее еще тетей-лошадью называла.

— Блондинка с большим бюстом, всегда ходила на высоких каблуках? — сообразила, о ком идет речь, племянница. — Ты ее к Анатолю в театр сватал, а дед отказался на девицу смотреть, сказал, что у нее необходимого образования нет.

— А я знал, что он так ответит, — снова захохотал Сева, — поэтому и пообещал Настьке пристроить ее на роль Джульетты. Понимаешь? Вроде как сам-то я хотел ей помочь, старался, отца просил, а тот отказал. Моей вины в этом нет, одно сплошное доказательство любви к визгливой соловьихе.

— У соловьев поют только мужские особи, — поправила Антонина.

Дядя неожиданно обозлился.

— Вот, точно! Бабье ничего делать не умеет, только хитрить и врать! Настька, прекрасный образчик этой породы, мне тест с двумя полосками под нос сунула и говорит: «У нас будет ребенок. Милый, ты рад?» Ага, конечно, я счастлив до обалдения!

Всеволод схватил бутылку и сделал глоток прямо из горлышка, а Тоня поразилась:

— Погоди, вы же встречались давно. Не помню, сколько лет назад — восемь? девять? И роман был коротким, длился, кажется, пару летних месяцев. Анатоль с театром уехал на гастроли по Украине, Офелия с Пенелопой отправились с ним, ты остался в Ковалеве, и Настя с тобой жила. А в конце августа уехала и больше не появлялась. Вы опять сошлись? Удивительное дело, ты же никогда не возвращался к прежним пассиям.

— Именно, огрызок следует выбросить в мусор, а не хранить под стеклянным колпаком на рояле! — взвился Сева. — Я провокаторше сразу ответил: «Не знаю, кто тебе ребенка сделал, но он точно не мой. Я не дурак, всегда думаю о возможных последствиях. Вали отсюда, тебе не удастся в мою семью обманом пролезть. И денег не дам, со мной такие разводки не работают». Все, выгнал падлу вон.

— А, ты сейчас вспоминаешь старую историю, — поняла наконец Тоня.

Дядя вновь схватился за бутылку.

— Ну да. Историю, которая похоронена и забыта, а теперь из-под земли вытащена. Настька в суд подавать собралась.

Антонина не поверила своим ушам.

— Что?

— А вот то! — заорал Сева. — Утром она приезжала в Ковалев. Да не ко мне пошла, а сразу к Анатолю порулила. Гадина!

Из вконец окосевшего композитора полились ругательства вперемешку с рассказом о произошедшем, но Тоня поняла суть.

...Анастасия таки родила девочку, назвала ее Леной. К Всеволоду дама больше не обращалась, о появлении на свет дочери бывшего любовника не информировала, денег у него не просила — не хотела иметь дело с тем, кто ее обидел. Сама справлялась с трудностями, а их оказалось много.

Елена была проблемным ребенком — с раннего возраста она начала воровать. Малышка не брала деньги или ценные вещи, тащила всякую ерунду, мелочовку. Могла, например, присвоить чью-то расческу или унести из школьной раздевалки чей-то потрепанный ботинок — один. Сначала Лену считали глупой шутницей, затем стало ясно, что та нездорова, страдает клептоманией. Вдобавок к желанию брать без спроса все, что плохо лежит, у девочки проявилась с годами агрессия. Если мать делала дочери замечание или пыталась отобрать добычу, Лена кидалась на нее с кулаками. Дальше — больше: она стала грубить учителям, однажды попыталась ударить классную руководительницу. Директриса вызвала Анастасию и категорично заявила:

— Забирайте дочку из нашей гимназии. Ее следует показать психиатру и лечить. Елена опасна для окружающих.

Некоторое время Анастасия пыталась купировать беду, протащила девочку по разным специалистам. Но в конце концов Елену признали ненормальной, а матери посоветовали определить ее в специнтернат.

— Вам с ней не справиться, — в один голос твердили доктора, — дальше будет только хуже. Придется бросить работу, постоянно сидеть с больной, ведь оставлять ее без присмотра нельзя.

Настя не хотела запирать ребенка в сумасшедшем доме, но мало-помалу ей стало понятно: дочке очень плохо. Тогда она приехала к Анатолю, рассказала режиссеру историю своих взаимоотношений с Севой и потребовала:

— Устройте Леночку в лечебницу в Громово, к доктору Никитину. Говорят, Валентин Борисович творит чудеса с больными, и в его клинике хорошие условия. Я пыталась сама поместить дочку в клинику, но там нет мест, и очередь желающих попасть туда бесконечная. Вы влиятельный в Ковалеве человек, можете все. В общем, так: или помещаете девочку куда я требую, или я пойду в шоу Балахова и на всю страну расскажу, что у вас есть психически больная внучка. Ославлю вашу семейку — ни отец, ни дед не желают заботиться о родном ребенке!

Анатоль редко теряется, но в тот момент он смог лишь воскликнуть:

— Но мы же не знали ничего о ней!

Настя засмеялась.

— Теперь вам известна правда. Представляете, что случится после моего участия в телепрограмме? Вы в курсе, какая кличка у вашего сына? Железный Любовник. В Ковалев после эфира помчатся женщины с детьми, которые будут утверждать, что родили от Всеволода, и я уверена, кое-кто из них не соврет. В ваших же интересах прямо сейчас устроить Лену к Никитину. Да, кстати, вот, полюбуйтесь...

— Что это? — спросил Анатоль.

— Анализ ДНК, подтверждающий отцовство Севы, — мило улыбнулась Анастасия. — Покидая сей негостеприимный дом беременной, я унесла зубную щетку Всеволода. Так, на всякий случай. Знала, что не стану добиваться от него алиментов, но решила подстраховаться и сделала экспертизу. Теперь это пригодилось. Хотя, если желаете, можете отправить сыночка в лабораторию. Балахову это понравится.

Анатоль незамедлительно связался с Карабасом, и для Елены нашли в лечебнице место. Настя сдержала слово, никому не рассказала, от кого родила.

Авдеев-старший был крайне зол на сына. Сева попытался объяснить отцу, что даже не подозревал о существовании дочки, но Анатоль не слушал его.

— Из-за тебя мне пришлось выслушивать гадости и хамские угрозы, а потом кланяться Карабасу и рассказывать ему правду о том, кем мне приходится сумасшедшая девчонка. Уйди с глаз долой и постарайся более никогда не ставить меня в идиотское положение...

— Сева не внял просьбам папочки, — вздохнула я, — спустя пару лет завел роман с несовершеннолетней Аней. Почему Анатоль терпел выходки сына? Отчего не выставил его вон? Сева ведь не раз попадал в пикантные ситуации. Что мешало Анатолю сказать: «Вот бог, а вот порог, катись отсюда»?

Антонина схватила последнее хачапури.

— Ну и куда он делся бы? Квартиры своей нет, да и на его заработки жилплощадь ему не купить. А если бы из театра его турнули, денег и вовсе не стало бы. Шлялся бы по бабам, натворил глупостей, отчет о подвигах Железного Любовника попал бы в газеты... Анатоль считал, что лучше непутевого сынка держать под присмотром. Тот боится папочку, а без грозного отцовского окрика распустится окончательно. Знаешь, когда Владимир заставил Всеволода сыграть свадьбу с Анечкой, мне показалось, что он даже обрадовался, ощутил нечто вроде надежды: ну, теперь-то сынишка образумится — законная семья, ребенок — это такие цепи, которые большинство мужчин крепко связывают. Но режиссер не учел молодости Ани и ее безграничной влюбленности в супруга. Не тот она была человек, чтобы стреножить Железного Любовника. Севка, приобретя штамп в паспорт, продолжал вести прежнюю жизнь.

— От чего умерла Лена? — поинтересовалась я.

— Ужасная история, — неохотно произнесла Тоня. — Карабас был большой оригинал. Он считал, что все проблемы подростков растут из родительских запретов. Предположим, ты говоришь ребенку: «Нельзя брать чужое», — а ему очень хочется взять не свою игрушку. И что в результате? Огромное желание борется со страхом. Малыш не в силах справиться со своими эмоциями, боится расстроить маму, опасается наказания, но очень хочет именно эту машинку или куклу и в какой-то момент ломается. Либо крошка принимается тащить все у всех без разбора, либо впадает в депрессию и в конце концов оказывается в палате у Никитина.

— Миллионы родителей во всем мире наказывают своих детей за проступки, и из тех вполне нормальные люди получаются, — фыркнула я. — Карабас предлагал никогда ничего не запрещать? На мой взгляд, вседозволенность ведет к большим негативным последствиям.

— Я не врач, — возразила Тоня, — психиатрия для меня терра инкогнита. Просто я знаю, что Валентин Борисович добился поразительных успехов. Он отменял детям все ранее назначенные лекарства, проводил некие очистительные процедуры, просил подопечных заниматься спортом, разрешал им играть на компьютере, есть, что хочется...

— Прямо праздник непослушания! — не выдержала я. — Он так со всеми работал?

— Нет, лишь с теми ребятами, которые, по мнению Карабаса, были ложно объявлены невменяемыми, чьи поведенческие проблемы приняли за сумасшествие. Проведя необходимый курс, Никитин отпускал пациента, приказав родителям: «Если ребенок, очутившись в родном доме, опять начнет воровать, лгать, безобразничать, вы улыбайтесь, хвалите его, делайте вид, что все в порядке».

— Похоже, ваш великий Карабас сам был немного ку-ку, — опять не удержалась я от сарказма.

Антонина допила остатки чая из пиалы.

— Может, это звучит абсурдно, но ведь помогало. Отцы и матери потом приезжали в клинику и оставляли открытки с благодарностями на стенде у рецепшен. Традиция в клинике такая была. Сейчас, после кончины доктора, ее больше нет, и в лечебницу народ уже не рвется. Ты не знала Валентина Борисовича. Он был гений, понимал, с кого можно снять запреты, а кому требуются лекарства. Лену Никитин причислил к первой категории.

— Так от чего умерла дочь Севы? — вновь задала я вопрос.

Тоня подперла подбородок кулаком.

— Настя выполнила указание Карабаса и перестала ходить везде вместе с дочерью, разрешила ей одной передвигаться по городу. Девочка отправилась на блошиный рынок, стала там рыться в коробке со старыми брошками и уколола палец. Ну и кто обратит внимание на ерундовую царапину? Лена тоже через минуту забыла о ней, не обработала ранку антисептиком. Вечером она ощутила боль, к утру опухла ладонь, но девочка ничего не сказала маме, отправилась на занятия. Пожаловалась, лишь когда руку разнесло и поднялась температура. Анастасия повела дочку в поликлинику, там прописали мазь...

Тоня откинулась на спинку стула.

— В общем, когда ребенок наконец-то очутился в больнице, у него диагностировали заражение крови. Доктора расспросили Лену, узнали про уколотый палец, но спасти девочку не удалось. Глупая смерть. Настя не захотела после трагедии жить в Москве, ударилась в религию, часто посещала церковь, затем ушла в монастырь. Я понятия не имею, где она сейчас. Но считаю, что Анастасия ни малейшего отношения к убийству Севы не имеет, она стала глубоко верующим человеком.

Тоню прервал звонок, она взяла трубку.

— О, Генаша... Нашел что-то про Федора? Да что ты говоришь! Ага, ага... Ну, спасибо тебе.

— Мальчика нет на Мальте? — встревожилась я, когда Антонина завершила разговор. — Федя исчез, да?

— Ошибаешься, — улыбнулась Тоня, — парень распрекрасно живет на острове, улетел туда 16 октября прошлого года, в Россию более не возвращался.

— Шестнадцатого октября? — переспросила я. — Интересное совпадение. Клавдия Петровна, старушка из деревни Малинкино, прекрасно запомнила дату, когда Офелия и Сева хоронили куклу. Это было в ночь с четырнадцатого на пятнадцатое октября. У бабульки четырнадцатого день рождения, они с мужем съездили на рынок, купили имениннице халат и торт. Конечно, устали от шумного Ковалева, вернулись домой, попили чаю со сладким и улеглись. А ночью их разбудил бдительный кот Василий, старики увидели на кладбище посторонних... Ну да, я тебе рассказывала об этом. Зачем Офи и Сева погребли куклу? Может, узнав ответ на этот вопрос, мы поймем, кто убил композитора. И надо выяснить, зачем в постаменте памятника сделали углубление под плитой. Для нас сейчас важны любые детали.

Тоня поманила официантку и попросила:

— Дайте на вынос десять хачапури.

— Ты не наелась? — удивилась я. — Или хочешь дома ночью под одеялом полакомиться?

— Григорий что-то еще интересное разузнал, — пояснила подруга, — по телефону рассказывать не захотел, попросил к нему домой подойти, вот я и решила ему поесть захватить.

Глава 27

Около подъезда блочного дома, где жил местный главный полицейский, стояло несколько женщин. Одна из них, в черном пальто до пят, размахивала руками и выводила заунывный мотив. Мы с Тонечкой попытались обойти собравшихся, но были остановлены теткой, замотанной в бордовый платок.

— Стойте. Вы куда?

— В парадное, — ответила Тоня.

— Нельзя туда! — категорично заявила бабенка.

— Почему? — удивилась я. — Мы идем в гости.

Женщина скрестила руки на груди.

— Погодите немного, Варвара Андреевна обряд избавления от беды проводит. Уже недолго осталось.

Баба в черном одеянии воздела руки к небу и заорала:

— Изыди, бес! Ступай, куда хочешь!

— Что здесь происходит? — оторопело спросила Антонина.

— Тише, Надька, — крикнули из толпы женщине в платке, — потом поболтаешь, не мешай Варваре Андреевне.

Надежда отошла в сторону и поманила нас за собой.

— В нашем доме тараканов, как грязи. Чем их ни трави — все без толку. Да и как насекомых вывести, если три четверти квартир гастарбайтеры с рынка снимают? Живут в однушках табором, готовят какую-то дрянь, весь подъезд их стряпней пропах. Бабы у них неаккуратные, выставляют ведро с мусором за дверь, и отбросы гниют там сутками. Лично я все уже испробовала, но... Уйдут прусаки на день из кухни, потом снова-здорово. А вчера вечером, ближе к полуночи, я покурить пошла. Дома-то не дымлю, в подъезд выхожу. Короче, зажгла я свет в коридоре, а там... Мама родная! — Женщина передернулась. — Тараканы шеренгой ползут. Из кухни, из ванной, из комнаты. Деловито так вон рысят. Ох, как я перепугалась! Кинулась к бабе Ире, что этажом выше живет, а по лестнице тоже пруса́ки прут на улицу. Ой, беда, ой, горе!

Мне стало смешно.

— Вы переживаете из-за того, что таракашки решили удрать? На мой взгляд, надо ликовать, что избавились, наконец, от противных насекомых.

Надежда подбоченилась.

— Умная ты больно! Неужели примету не знаешь?

— Какую? — заинтересовались мы с Тоней.

Тетка в платке нервно оглянулась и тихо сказала:

— Тараканы зимой никогда по своей воле из тепла на холод не сунутся. Если они в декабре из дома ринулись, значит, несчастье почуяли. Мы вчера с соседками в Интернете прочитали: тараканы покидают жилье к голоду, землетрясению или если в дом пришел Сатана.

Мы с Тоней переглянулись. А Надя частила без остановки:

— Земля в Ковалеве не трясется, с голоду мы точно не помрем. Значит, в наш дом заявится дьявол.

— Мудрый вывод, — не выдержала я. — Хозяин преисподней давно мечтал в Ковалев зарулить, да все дела не пускали.

Тоня наступила мне на ногу, я захлопнула рот и пожалела о сказанном. И правда, не стоило шутить в данных обстоятельствах, похоже, Надежда не способна оценить юмор. Но та и не заметила издевки.

— Верно говоришь! — похвалила меня она. — Много работы у рогатого, но и на нас время нашел. Тараканы к обеду все удрали, значит, Люцифер здесь. Тогда мы, постоянные жильцы, скинулись и позвали Варвару Андреевну. Она экстрасенс, салон на базаре держит, многим помогла. Она сразу беса учуяла и сейчас нам ауру очищает. Не дешево берет, но дело того стоит.

Я попыталась воззвать к ее разуму.

— Вероятно, кто-то из жильцов вызвал санэпидемстанцию, она тщательно обработала его квартиру, и на тараканов напал мор. А оставшиеся в живых решили спастись бегством.

Надежда вплотную приблизилась к нам.

— Да я дезинфекторов сто раз приглашала, толку от них ноль с минусом. Дьявол в доме, его запах! У меня нос чуткий, я сразу поняла: прискакал Анчутка. Страшно-то как! Грешники мы тут все. Что, не верите? Знаете, чем Сатана воняет?

— Никогда его не видела и тем более не обнюхивала, — призналась Тоня, — даже предположений нет.

— Если вспомнить разные литературные источники, — осторожно сказала я, — то при появлении нечистой силы пахнет серой.

— Нет, — с видом знатока заявила Надежда, — все, кто из преисподней, душатся чертополохом, поэтому растение так и называется. А у нас в подъезде им сейчас отовсюду несет.

Я схватила Тоню за руку и потянула к подъезду.

— Спасибо вам, Надя, за интересный рассказ. К сожалению, у нас нет времени ждать, пока завершится обряд.

— Эй, объяснила же, туда нельзя! — заголосила Надежда.

Но мы с подругой уже юркнули за дверь.

— Видела когда-нибудь таких идиоток? — возмутилась Антонина.

Я потянула носом.

— Пахнет каким-то лекарством или травой.

В сумочке Тони зазвонил мобильник. Она достала трубку и сказала:

— Мы на пороге твоей квартиры, открывай.

В прихожей я опять споткнулась о сандалии, но на сей раз не стала критиковать Григория за неаккуратность, а спросила:

— Как тебе электронная сигарета?

— Прикольная штука, — неожиданно радостно отреагировал он. — Сначала поташнивало от нее и голова немного кружилась, но потом я привык. А сегодня утром вообще по кайфу. Сейчас вон в подставочку ее впихнул, пусть тлеет. Чуете, какой приятный запах?

Григорий закрыл глаза и с наслаждением втянул носом воздух.

— Вот чем пахнет в подъезде! — сообразила я. — Надо же, до чего дымок стойкий.

— Хачапури будешь? — деловито спросила Тоня.

— От Резо? — обрадовался Гриша. — Готов слопать сто штук. Голоден, аки волчара. Вчера к ночи аппетит капитально отшибло, с утра на еду смотреть не мог, днем тоже не пообедал, а сейчас вас увидел и понял — жрать хочу.

— Может, ты отравился? — предположила Тоня.

— Не, просто устал, — отмахнулся Пономарев. — Журналисты замучили, завалили вопросами. Кто убил Севу? Почему? Правда ли, что Агату при аресте избили полицейские, изуродовали ей лицо? И так далее, и тому подобное.

Мы сели за стол. Григорий схватил хачапури, а я не стала ждать, пока он завершит трапезу, и задала вопрос:

— Что стряслось на Мальте?

— Рассказывай, — в свою очередь приказала Тоня.

— Может, сначала сами поделитесь информацией? А я пока пожую, — с набитым ртом произнес Пономарев.

— Ну, ладно, — смилостивилась я, — слушай, что я разузнала в Малинкине.

Нервной системе Григория могли позавидовать гранитные валуны. Шокирующие сведения про куклу он выслушал без всяких эмоций, спокойно доел хачапури, запил чаем, с наслаждением затянулся электронной сигаретой и прогудел:

— Мальта! Никогда там не был, но местечко, похоже, райское. Летом не жарче двадцати пяти, зимой температура не опускается ниже плюс четырнадцати. Ни холодного ветра, ни мороза, ни снега. Жители приветливы, основной доход у них туризм, поэтому никакой агрессии к приезжим они не испытывают. Преступность практически отсутствует. Видно, там так здорово жить, что воровать-убивать никому не хочется. Лететь от Москвы относительно недолго, рейсы каждый день, въезд по шенгенской визе, причем открытой в любую страну. В столице, городе Валлетта, тишина, покой, расслабленность. Лучше места для пенсионеров нет, недаром там строят дома многие богатые и знаменитые, например, голливудские актеры, ушедшие на покой. Климат благоприятен для сердечников, астматиков.

— Эй, ты собрался продать нам Мальту? — засмеялась Тоня. — Расхваливаешь ее, как риелтор.

Григорий включил чайник.

— Думаю, на Мальте в тысячу раз лучше, чем в Ковалеве. И Офелия считает так же. За последний год она три раза туда летала. И я узнал зачем.

— Погоди! — воскликнула Тонечка. — Офелия была за границей? Быть того не может!

Пономарев насыпал в кружку заварку и хмыкнул:

— А кто отвозил мальчика за кордон?

Антонина побарабанила пальцами по столу.

— Федю отправляли через агентство, оно единственное имеет лицензию на работу с колледжем, куда взяли ребенка. Помнится, Офи объясняла, что из Москвы улетает группа детей, они маленькие, семи-, восьмилетки, поэтому их будут сопровождать представители столичной фирмы.

— Все верно, — кивнул Григорий. — А Офелия отправилась в Валлетту через месяц. Это совершенно точно, подтверждено пограничной службой — она прошла паспортный контроль и села в самолет. А через неделю вернулась.

— Как же никто в доме не заметил, что Офи отсутствует? — поразилась я.

— Аппендицит! — воскликнула Тоня.

Мы с Пономаревым уставились на нее.

— Рейс у Феди был очень рано, — сказала подруга, — не помню точно когда, но из Ковалева пришлось выехать поздно вечером.

— Самолет с мальчиком улетел в четыре двадцать пять шестнадцатого октября, — уточнил Григорий.

— Вот дата отлично сохранилась у меня в памяти, — чуть повысила голос Тонечка. — Я пятнадцатого спозаранку отправлялась в командировку, в пермский архив, и четырнадцатого приехала к Анатолю на день рождения, подарок привезла. Тогда и узнала от Офи, что Федор отбывает за рубеж. Надолго я в тот день не задержалась, а когда в прихожей пальто надевала, ко мне подошла Офи и попросила: «Тонечка, у нас возникли сложности с отлетом Феденьки на Мальту. Лайнер вылетает в нереальную рань. Нам, чтобы за три часа прибыть в аэропорт, придется уехать из Ковалева в десять вечера. А твоя квартира находится в Химках, от нее до Шереметьева минут пятнадцать езды. Представь, как тяжело маленькому ребенку ночь не спать, потом в самолете маяться и в незнакомом городе в чужой стране одному оказаться. Разреши нам приехать в Химки пятнадцатого октября утром. Феденька днем у тебя поспит, а потом я его до аэропорта быстренько довезу, и мальчик не устанет».

Тоня встала и заходила по кухне.

— Конечно, я разрешила. Оставила ключи у соседки. Вернулась из командировки через месяц, гляжу — на столе коробка дорогих конфет, явно презент от Офи. Я ей позвонила, а мобильный вне зоны доступа. Набрала домашний номер, подходит Пени и давай причитать. «У Офелии вчера приключился приступ аппендицита, она поехала в Москву за какой-то ерундой для гимназии, ей стало плохо в магазине, ее отвезли в больницу и уже прооперировали». Я попыталась выяснить, в какой клинике лежит Офи, но от Пенелопы толку не добилась, не запомнила она номер больницы, который сестра вскользь назвала. Анатоль с Севкой по поводу ее здоровья не переживали, навещать ее не собирались. Офелия дней через шесть-семь вернулась в Ковалев.

— Понятно, — потер руки Пономарев. — Сестра режиссера прекрасно знает своих близких, поэтому рассуждала так. Пенелопа глупая, вечно все путает. Не сомневаюсь, что Офи ей от балды назвала какую-то больницу. Даже если предположить нереальное, что Анатоль решил бы навестить Офи, то он очутился бы невесть где и решил: Пени все переврала. Но это из области фантастики. Офи не сомневалась: ни племянник, ни брат, ни сестра не станут заморачиваться, а Тоня весьма вовремя отбыла в командировку.

— Офелия, оказывается, авантюристка! — воскликнула я.

— Похоже на то, — согласился Григорий. — Кстати, она еще пару раз летала на Мальту.

— Погоди, дай угадаю! — перебила его Тоня. — Одна из поездок состоялась в сентябре этого года?

— Откуда ты знаешь? — прищурился Пономарев.

— Офи ездила на конференцию директоров гимназий в Питер, целых десять дней отсутствовала. Анатоль был жутко недоволен: раньше сестра не покидала Ковалев, а в последний год ее стали приглашать на всяческие съезды, слеты. Дед возражал, а Офелия, всегда такая послушная, вдруг уперлась и сказала брату: «У меня есть шанс стать директором большой частной школы в Москве. Оклад в десять раз больше, чем сейчас. Но владелец гимназии хочет, чтобы кабинет заведующей украшали дипломы об ее участии в разных семинарах. Богатые родители очень ценят такой иконостас». Пришлось Анатолю смириться, его семья в деньгах нуждается.

— Офи очень хитра, — подвел итог Григорий и с наслаждением затянулся электронной сигаретой. — Вместо того чтобы отправиться на шабаш преподавателей, она сгоняла на Мальту. Следующая ее поездка намечена на январь наступающего года. Но вот интересная деталь: она приобрела билет лишь в один конец. И визу ей оформили не на пару недель, как обычно, а на пять лет.

— Офелия не собирается возвращаться в Россию! — хором выкрикнули мы с Тоней.

— И я того же мнения, — согласился Гриша. — Немного странно, да? Сева убит, Валентина тоже заколота ножом, а наша Офи втихую вознамерилась унести ноги на Мальту. Думаю, нам надо поговорить с ней с глазу на глаз. Но тут проблема: к Анатолю мне идти не хочется, в его квартире нормально не побеседуешь. Пригласить директрису гимназии в отделение — значит вызвать новый шквал вопросов журналистов. И как быть?

— Ну, эту проблему ничего не стоит решить, — сказала Тоня и взялась за телефон. — Офи, ты где? Помнишь, ты говорила, что хочешь подарить Анатолю на Новый год нечто сверхоригинальное и желательно не за безумную цену... Я сейчас сижу у своей знакомой. Она уезжает на ПМЖ за границу и распродает свои вещи. Угадай, что я увидела? Подсвечник в виде монаха. Да, да! Именно в пару к тому, что стоит у деда на столе. И совсем недорого. Анатоль придет в восторг. Запоминай адрес.

Тонечка положила сотовый на стол и сказала:

— Уже бежит.

Глава 28

Когда Антонина ввела Офелию в кухню, та в первую секунду безмерно удивилась.

— Виола? Вы тоже здесь? Очень приятно.

— А как насчет меня? — спросил Пономарев, стоявший у стены между холодильником и разделочным столиком. — Я тоже вызываю у вас радость?

У сестры Анатоля, сначала не заметившей следователя, дернулась бровь, но голос не дрогнул:

— Конечно. Добрый вечер, Гриша. Что происходит? Кто продает подсвечник?

— Никто, — ответила я, — нам надо поговорить с вами.

Офелия повернулась к притихшей Тоне.

— Ты меня обманула! Как некрасиво!

— Антонина не обманула, а применила тактическую хитрость, причем по моему настоянию, — бросился на защиту бывшей одноклассницы Григорий.

— Врать отвратительно! — возмутилась Офелия. — Интеллигентный человек никогда...

Не выношу людей, которые разглагольствуют о высоких принципах, о честности, о своей любви ко всему живому, а сами потихоньку топят новорожденных котят, поэтому я не сдержалась:

— Как интеллигентный человек, никогда не кривящий душой, скажите, пожалуйста, вам понравилось на Мальте?

Теперь у Офи дернулось веко.

— Где? — осипшим голосом осведомилась она.

Мне стало совсем противно.

— Давайте сократим вводную часть, — хмуро попросил Григорий. — Могу показать данные о пересечении вами границы. А также о получении шенгенской визы на пять лет. Летите в конце января на Мальту? А когда назад? Обратный билет почему-то не приобрели.

Офелия стиснула губы. Я решила, что настал мой черед.

— Вам привет от Клавдии Петровны и Семена Кузьмича.

Сестра Анатоля перевела дух.

— Я не знакома с этими людьми и не понимаю, по какому праву вы мне тут устроили допрос.

— Ну, что вы, — нежно прокурлыкал Пономарев, — у нас просто дружеская беседа, ни протокола, ни вызова в полицию. У меня возникла пара-тройка вопросов, и мне показалось более предпочтительным задать их вам в приватной обстановке. Но если вы настаиваете, давайте перейдем в служебное помещение. Правда, у отделения дежурят папарацци, они вас заметят и тут же растиражируют новость, причем наврут с три короба.

— Охотно верю, что вы забыли про смотрителя кладбища и его жену, — заявила я. — Однако вы ведь иногда бываете на погосте в Малинкине? Там похоронена Аня, жена Севы.

— Ах, эти, старик со старухой... — процедила Офелия. — Да, я виделась с ними, естественно, имена позабыла.

— А куклу Суок? — спросила я. — Помните ее?

Офелия вцепилась пальцами в край стола.

— Кого?

— Да ладно вам, мы поднимали плиту! — выпалила я. — Прошло чуть больше года со дня похорон игрушки, но она и ее одежда выполнены из какого-то искусственного материала, а синтетика не гниет, не разлагается и представляет большую проблему для человечества, ее крайне трудно утилизировать.

— Чем вам помешал Сева? — спросил Гриша.

Офелия вскочила и снова свалилась на стул.

— Вы полагаете, что я убила племянника? Я? С ума сошли! Я не способна на такое злодейство!

— Только что вы говорили о неприятии лжи, — напомнила я, — а сами беззастенчиво врали. Вы не ездили на конференции, не ложились на операцию по удалению аппендицита, а летали на Мальту. Сева узнал об этом и решил шантажировать вас? Затребовал денег за молчание, и вам пришлось его убить? И зачем вы хоронили куклу?

— Боже мой, конечно нет, — залепетала Офи, отвечая на два первых моих вопроса. — Суок не имеет ни малейшего отношения к трагической кончине Севы. Вообще никакого. Да, я не очень любила племянника, но никогда не желала его смерти. Кукла... Это совсем другая история, поверьте.

— Рассказывайте, — коротко приказал Григорий.

— При всех? — возмутилась Офелия. — Пусть они уйдут!

— Боюсь, у вас нет права диктовать условия, — мрачно заметил Пономарев. — Если будете молчать, придется вас задержать и доставить в отделение, а там, как я уже упоминал, ждут журналисты с камерами. Ахнуть не успеете, как ваше фото появится в ближайшем выпуске новостей. Ваш выбор.

— Хорошо, хорошо, — согласилась Офи, — лучше останемся тут. Но дайте честное слово, что никогда, никому, ни единым словом, ну...

— Если это ваша личная тайна, и она никак не связана с убийством Всеволода, то ни грамм информации не покинет стены моей квартиры, — пообещал следователь. — Так, девочки?

— Да, — в унисон ответили мы с Тоней.

Офелия выпрямилась.

— Ладно. Но придется начать издалека.

— Хоть со времен динозавров, — благодушно разрешил Пономарев, — у нас куча свободного времени.

— Очень надеюсь, что вы меня поймете, — жалобным голосом завела директриса. — Моя жизнь настоящая драма. Я обожала нашу маму, а она, умирая, потребовала от меня и Пени: «Дочери, поклянитесь на иконе, что всегда будете слушать старшего брата. Он умный, гениальный, достиг успеха в жизни, но пойдет дальше. А вы глупенькие, можете попасть в лапы злых мужиков, и я на том свете с ума сойду». Ну и что мне оставалось делать?

Офелия обвела нас пристальным взглядом.

— Анатолю, когда мамочка умерла, исполнилось двадцать шесть лет, он получил высшее образование, играл в театре, снискал первый успех, ему дали квартирку в Ковалеве, маленькую однушку, но со всеми удобствами. А мы с мамой и Пени жили в деревне Аносино. Теперь ее нет, а тогда она была убогим местом. Изба наша развалюха, туалет на огороде, колодец в конце улицы, зимой электричества, считайте, нет, вечно его отключают, о газе мы и не мечтали, готовили в печке. Чтобы помыться, ехали в райцентр, в баню, летом в сараюшке освежались. Когда мама скончалась, мне тринадцать стукнуло, Пени восемь. Разве выживут две девчонки в деревне? Мы от счастья чуть не умерли, когда брат нас к себе взял. Вошли в его квартиру и онемели. Ванная с горячей водой и душем. На кухне газ. Батареи горячие. Телефон. Унитаз! Мы на него сначала садиться боялись, вдруг этакую красоту запачкаем.

Офелия мрачно усмехнулась.

— Рай, да и только. И в школу Анатоль нас прямо рядом с домом определил. Раньше мы с Пени вскакивали в пять утра и через лес шесть километров неслись. Зима, весна, осень — без разницы. А в Ковалеве не жизнь, а малина, раньше семи можно не просыпаться. Мы не верили своему счастью. Со временем понятно стало, какую брат нам роль отвел: мы стали его прислугой. Я готовила, стирала, гладила, Пени за продуктами бегала, квартиру убирала. Спали мы на кухне на полу, на матрасе, а Анатоль жил в комнате. Брат часто компании собирал. Сидят у него приятели, курят, пьют, мы с Пени колбасой вертимся, жратву подаем, тарелки приносим-уносим. Спать лечь нельзя, гости часто часов до трех галдели. А когда уходили, наша задача была в мгновение ока комнату Анатоля проветрить, полы помыть, спать ему постелить. Если что брату не понравится — скажем, невкусный я пирог испекла — или Пени плохо скатерть накрахмалила, — жди беды. Он оплеух надает и заорет: «Бездельницы, дармоедки косорукие! Отправлю-ка я вас в Аносино, не умеете в городе жить!» Ой, как мы боялись снова в убогой избе очутиться... После взбучки готовы были у брата в квартире пыль языком слизывать. А еще Анатоль любил женщин. Подружки менялись часто, кое-кто оставался ночевать, и упаси нас Бог очередной шалаве утром на глаза попасться.

Офи махнула рукой.

— Мы превратились в его рабынь. Ни одного ласкового слова не слышали, только ругань. Справедливости ради надо заметить, что я не очень хорошо училась, но не по лености или скудоумию, а из-за отсутствия нормальной базы знаний. В нашей деревенской школе слабый педсостав был, в Ковалеве учителя на голову выше. Начнут объяснять, я три четверти слов не понимаю. Ну не говорили мне ничего подобного ранее! Пени легче пришлось, она пошла в городе в третий класс, а я в седьмой. Сестра через год всех догнала, а у меня одни двойки да колы. Анатоль как глянет в мой дневник, так за ремень хватается. В конце концов он меня в педучилище определил. Я его окончила, преподавала в младших классах, поступила без отрыва, так сказать, от производства в институт и стала карабкаться по служебной лестнице в гору. А Пени получила диплом библиотечного техникума. Думаете, Анатоль нами был доволен? Как же! Все твердил: «Дуры твердолобые, Аносино вас ждет. Не позорьте меня, я известный человек, а вы мой стыд».

— Вас послушать, так Авдеев просто исчадие ада, — не выдержала я. — Но давайте взглянем на ситуацию в иной плоскости. Молодой неженатый парень забирает в свою крохотную квартирку двух маленьких сестер и воспитывает их, как умеет. Опыта обращения с детьми у него нет, вот он и перегибает палку, лупит девочек за плохие оценки и лень. Может, Анатоль просто пытался вырастить вас хорошими людьми? Он же мог отдать вас в детский дом и жить в свое удовольствие. Вас ведь приходилось одевать, обувать, кормить-поить. Сомневаюсь, что артисту тогда много платили. Но брат не бросил вас. Что же касается гостей и женщин... Так это молодость, когда еще гулять?

— Вот-вот! — горько сказала Офи. — Пенелопа до сих пор так считает, для нее Анатоль святой. Да и я исключительно ради брата жила, ни о ком другом не думала, свою семью не создала, до сих пор ему зарплату отдаю, всю до копеечки, он деньгами распоряжается, да еще недоволен, что мало приволокла. Ну да, брат нас кормил... макаронами с картошкой, а насчет одежды лучше промолчать. Мне обноски от чужих людей доставались, потом они Пени переходили. Первые новые туфли, знаете, когда я получила? В школу работать пошла, коллеги коситься стали, что за оборванка появилась, и на мой счет ехидничать принялись. Ковалев тогда совсем маленьким был, сплетни до Анатоля дошли, а он от чужого мнения очень зависим. Тогда братец свою кубышку слегка тряхнул и меня приодел. Да я до сих пор на рынке шмотки беру, в нормальный магазин не заглядываю. Я раба Анатоля, я его всю жизнь боюсь и мечтаю освободиться!

Офелия закрыла глаза рукой, явно собираясь заплакать, но Григорий не позволил ей зарыдать.

— Мы поняли, что у вас тяжелая жизнь, с юных лет обслуживаете брата. Но, знаете ли, все же хочется узнать правду про похороны куклы. И про Всеволода.

Собеседница резко выпрямилась.

— Сева был отвратительный бабник и врун. Он нас с Пени за людей не считал! Анатоль к своим старшим детям относился плохо. Первую дочь, Светлану, из дома выгнал. Правда, было за что, девица воровка, уголовница. Средняя, Нина, честная, но глупая, сидела в бухгалтерии, ничего в жизни добиваться не хотела, Анатоль ее не замечал. Извини, Тоня, неприятно тебе это слышать, но разговор у нас правдивый. Знаю, тебе тоже досталось, в интернате жить — не мед кушать, но Анатоль маленьких детей на дух не переносит, и пока им шестнадцать не исполнится, он их игнорирует, называет личинками. А вот к Севке он по-особому относился. Иногда мне казалось, что он младшенького ребенка, сыночка, даже любит. Всеволоду от отца больше всех ласки досталось. Наверное, потому, что Анатоль в нем видел себя — сын копия отца, только ленив безмерно.

— Кукла! — напомнил Пономарев.

Офелия закашлялась. Тоня подала ей стакан воды, та сделала пару глотков и, не поблагодарив, вновь заговорила. Я старалась не упустить ни слова из ее рассказа.

...До того момента, как в доме появилась Аня, у Офелии в семье не было близких друзей. Сначала она Анну всерьез не воспринимала, хотя защищала девушку, когда на нее ополчились педагоги в гимназии, которой она руководила. Но потом Анатоль рассердился на сестру за какую-то провинность и лишил ее диплома члена семьи. Вся стая кровных и благоприобретенных родственников режиссера незамедлительно принялась травить опальную, никто не сказал ни слова в ее защиту, кроме... Ани. Юная невестка храбро заявила, что устраивать бойкот человеку нельзя и, что бы он ни совершил, его надо простить.

— Нельзя бесконечно наказывать, — говорила девочка, — это жестоко. Отчитали ее один раз, и хватит. Я не стану от Офелии отворачиваться, ко мне она всегда добра была.

Все испуганно притихли и втянули голову в плечи, но Анатоль сделал вид, будто не заметил демарша, и бунт сошел Анечке с рук.

Поздним вечером Офелия пришла к невестке, у которой с супругом были разные спальни, и сказала:

— Спасибо за поддержку, но в другой раз лучше промолчи, иначе самой достанется.

— Нет, Офи, — возразила Аня, — я не стану под Анатоля прогибаться. И вообще, мы с Севой скоро уедем отсюда. Он нас с Феденькой любит, просто отца боится. Не понимаю, чего вы все перед противным старикашкой на цирлах пляшете? Пошлите его куда подальше и живите нормально.

Офелия и Аня проболтали всю ночь и подружились. С того дня и до смерти девушки Офи изо всех сил старалась ей помочь. Анечка же пыталась перевернуть сознание взрослой подруги, твердила ей о необходимости освобождения от оков брата. Аня обожала своего отца, была страстно влюблена в Севу и очень переживала, что те друг друга на дух не переносят.

— Ничего, — наивно говорила она Офелии, — вот Феденька подрастет, я поступлю в институт, потом найду работу, мы с Севой уедем отсюда, он выйдет из-под влияния Анатоля.

Офи было жаль Аню — юная жена смотрела на своего недостойного мужа сквозь розовые очки, не замечала его недостатков. Офелия понимала, что рано или поздно состояние влюбленности покинет Анечку, и тогда она больно шлепнется с небес на твердую землю, увидит, кем на самом деле является ее муж. Но Аня не дожила до этого момента, погибла под колесами автомобиля.

Глава 29

Офелия тяжело пережила кончину Ани. Теперь из близких ей людей осталась одна Маша, заведующая цехом реквизита в театре. С уходом Ани в жизни Офи не было больше человека, который подталкивал бы ее к бунту против брата. Вместе с Анной из семьи исчез и Феденька, а мальчика Офи просто обожала. Судьба не подарила Офелии собственных детей, и весь нерастраченный запас материнской любви хлынул на него. Да только живой, веселый ребенок мешал Анатолю и раздражал Севу, поэтому Железный Любовник не стал протестовать, когда Владимир Бегунов, отец погибшей Ани, изъявил желание воспитывать внука. Федя уехал к нему.

— Можно мне изредка навещать ребенка? — робко попросила у Владимира Офи. И услышала в ответ:

— Конечно, хоть каждый день. Анечка рассказывала мне, как ты ее поддерживала.

И Офелия стала тайком посещать Бегунова.

Володя был очень рад ее визитам, и в какой-то момент ей показалось, что отец Ани не просто ей рад — она ему нравится как женщина.

Когда Офи в очередной раз заглянула к Бегунову, тот открыл ей тайну, рассказал о наследстве, полученном от сестры Полины, и попросил:

— Если со мной что-то случится, стань опекуном Феденьки. И не рассказывай ни Анатолю, ни Севке про деньги мальчика. Не хочу, чтобы они обокрали ребенка и жили на его капитал. Тебе я доверяю, им — ни на секунду.

— Ой, перестань, — засмеялась Офелия. — Ты молодой, не то что я, старая перечница, еще меня похоронишь.

— Не говори так! — воскликнул Владимир. — Я тебя...

Похоже, он собирался сказать Офи о своих чувствах, но сдержался и после небольшой паузы смущенно договорил:

— Я тебя очень прошу, не бросай моего внука, не отдавай его этим негодяям. Мне очень важно услышать от тебя это обещание.

— Хорошо, — серьезно ответила Офи, — клянусь не оставлять Федю. Никогда.

Бегунов повеселел и изложил свой план. Теперь, когда у них с внуком есть деньги, они переберутся в Москву.

— Жилплощадь в Ковалеве сдам, — говорил Владимир, — пусть небольшой, но доход. В столице пока сниму квартиру. Трехкомнатную. А там, бог даст, мы за рубеж подадимся.

— Зачем тебе трешка? Ищи двушку, — посоветовала Офелия, — дешевле будет, а вам две комнаты выше крыши.

— Вдруг ты к нам приедешь и ночевать останешься? — неожиданно сказал Володя. — Возможно ведь такое?

Офелия безмерно смутилась, но ответила:

— Конечно. Заиграюсь с Феденькой, устану и не смогу сесть за руль.

Слова Бегунова походили на признание в любви. Владимир тоже слегка сконфузился и быстро перевел беседу на другую тему:

— Странно, что Анатоль разрешил тебе купить автомобиль, да еще иномарку.

— Моя машина очень дешевая, — улыбнулась Офелия. — Брат сам не водит, вот я его и вожу, когда требуется. Поэтому автомобиль не российского производства. Анатоль позаботился о своей безопасности, а «Жигули» ненадежны.

— Так ты типа личный шофер гения? — хмыкнул Владимир.

Офи сделала вид, что не услышала ехидного замечания, но в ее душе уже прорастали семена, посеянные Аней. Она медленно освобождалась от цепей, которыми ее сковал старший брат.

В тот день, уехав от Бегунова, она впервые подумала: если Владимир предложит ей перебраться к нему, она тут же схватит чемодан и переселится. Плевать на то, что он моложе ее. И на общественное мнение, на гнев Анатоля Офи тоже наплевать. Имеет же она, в конце концов, право на личное счастье? Своих детей Офелии уже не родить, но у нее с Володей есть Федя.

Через день до Авдеевых дошла весть о смерти Бегунова от сердечного приступа. Первой мыслью Офи в тот момент было: бог не хочет дать ей даже крупицу радости. А второй: что с Феденькой?

Офелия кинулась на квартиру Бегунова, нашла испуганного заплаканного малыша у сердобольной соседки, схватила Феденьку и привезла домой. Это был настоящий подвиг! Она ранее не принимала серьезных решений без одобрения Анатоля.

Увидев сына, Сева задохнулся от возмущения, а глава семьи разозлился и отчитал сестру. И впервые в жизни Офи поспорила с братом, храбро возразила ему:

— Если мы не приголубим ребенка, его передадут в приют. Ты хочешь увидеть в газетах заголовки вроде: «Режиссер Авдеев выгнал вон внука»? Представляешь, как заработают злые языки? Тебя будут все осуждать!

Анатоль всегда был весьма зависим от чужого мнения. Дома тиран, с актерами театра деспот, с журналистами и посторонними людьми режиссер Авдеев изображал совсем другого человека — он белый и пушистый, этакий сладкий пряник со сгущенкой. Слова Офелии показались ему справедливыми, и Анатоль заявил, что отныне Федя будет воспитываться в его семье. Но тут случилась небольшая загвоздка: Сева, родной отец ребенка, совершенно не желал нести за него ответственность и захотел отказаться от родительских прав.

— Содержать мальчишку до восемнадцати лет категорически не желаю! — заявил он Анатолю. — Пусть люди говорят, что хотят, мне этот ребенок не нужен.

Анатоль разозлился, но Сева неожиданно взбунтовался. И тогда Офелия сказала брату:

— Не волнуйся, я знаю, как выйти из этой сложной ситуации. Сева может временно сложить с себя родительские полномочия из-за какой-нибудь болезни. Думаю, нам будет не трудно купить необходимую справку, а я стану опекуном Феди. Вот тогда и злые языки промолчат, и Сева успокоится.

Маленькая деталь: Офелия ни единым словом не обмолвилась о наследстве, полученном Феденькой. Официально оформив опеку, Офи отправила необходимые документы американскому юристу и вскоре стала получать ежемесячную ренту, предназначенную ребенку. Куда она девала их? Относила в банк к Ли Ваню, прятала в арендованной у китайца ячейке. У нее появился план — собрать достаточную сумму, купить квартиру где-нибудь за границей и тайком уехать туда с Феденькой. То есть Офелия решила осуществить мечту Владимира и упорно шла к своей цели, не тратила ни копейки из полученных денег, задумав сбежать от брата и наконец-то стать счастливой.

Федор был здоровый и очень активный мальчик, усидеть на одном месте такому ребенку — мука мученическая. Придя из детсада домой, он принимался носиться по квартире. А еще безостановочно разговаривал, пел песни, приставал к Севе и к Анатолю с разными вопросами.

Офелия изо всех сил пыталась успокоить малыша, объясняла ему:

— Дедушка старенький, папа очень устает на работе, сделай одолжение, не шуми.

— Конечно, тетя Офи, — обещал Федя и целый час вел себя тише воды ниже травы. А потом все начиналось сначала.

В конце концов Анатоль заявил сестре:

— Хватит, мое терпение лопнуло. В доме из-за этого башибузука постоянный шум и гам. У меня каждый день мигрень.

— Не могу работать, — подлил масла в огонь Всеволод, — этот чертенок орет и днем, и вечером, и ранним утром.

— Крайне неспокойный мальчик, — подвякнула Пени.

— Оформи его в интернат, — приказал режиссер. — Туда, где обучалась Антонина.

— А что люди скажут? — привела безотказно срабатывавший ранее аргумент Офелия. — Вспомни, как сплетничал народ, когда твоя внучка жила в приюте. Но тогда желтой прессы в стране еще не было, скандала не случилось, теперь же поднимется громкий ор. Тебе и Тоню припомнят.

Анатоль стукнул кулаком по столу.

— Сказано — делай! Достал меня этот байструк. Впрочем, скандал мне не нужен. Наш, ковалевский, приют плохая идея. Отправим крикуна куда-нибудь подальше. Во Владивосток.

Офи обмерла от ужаса.

— Почему туда?

— Лететь далеко, — пояснил добрый дедушка. — Скажем посторонним, что ребенок болен, ему нужно лечение, поэтому и уехал на край света. Я решу этот вопрос.

Нет слов, чтобы передать, как испугалась Офи.

Большинство людей в момент стресса начисто перестает соображать. Один раз я видела, как мои приятели, прекрасные хирурги, имеющие дома набор необходимых инструментов и лекарств, бестолково заметались по квартире, когда их маленький ребенок стал задыхаться. Оба могли сделать трахеотомию и сто раз проделывали эту операцию со своими больными, но опытные врачи лишь причитали над своим сыном. А потом отец закричал:

— Как звонить в ноль два?

Зачем ему понадобилась полиция? Да просто он забыл от волнения телефон «Скорой помощи». Слава богу, теща треснула его по затылку, а затем приказала зятю собраться и взять в руки скальпель.

Офелия относится к редкой породе людей. Обычно она не отличалась быстротой реакции, не могла немедленно принять решение, должна была подумать, поразмышлять, взвесить все «за» и «против». Но если Офи ощущает опасность, ее мозг превращается в мощный, быстродействующий компьютер и оптимальный вариант поведения выдает за секунду.

— Владивосток? — спокойно переспросила она брата. — На одном билете разориться можно. Есть вариант получше. Мою гимназию недавно включили в благотворительную программу нефтедобывающей фирмы: сто детей из Подмосковья, лишившихся матерей, отправят учиться за границу бесплатно. Я один из координаторов проекта и легко включу в число отъезжающих Федора. Убьем сразу двух зайцев: избавимся от шумного мальчика — мне он тоже основательно надоел — и избежим пересудов. Наоборот, все будут с одобрением говорить: «Ай да Анатоль, не пожалел денег для внука!» Никто не узнает, что Федя отправлен по линии милосердия. Но мне понадобится время для того, чтобы утрясти все формальности.

Чуть ли не впервые в жизни Анатоль похвалил сестру:

— Прекрасная идея.

Офелия без промедления списалась с американским юристом и сообщила ему, что Федора надо отправить в колледж на Мальту. А по условиям завещания сумма на обучение ребенка должна быть выдана из капитала незамедлительно.

Почему Офи выбрала средиземноморское островное государство, а не Америку, США, Германию, считающиеся лидерами в вопросе обучения детей? Ответ крайне прост: женщина знала, что непременно уедет к Федору, и искала страну, где им будет комфортно вдвоем. Америка ее пугала, Офелии казалось, что там она никогда не приживется. Да и лететь уж очень далеко. Англия не подходила по климату — там сыро, постоянные дожди, а ей хотелось побольше солнца. Более или менее Офи устраивала Германия, но там очень дорогие квартиры, придется еще не один год откладывать деньги, и далеко не молодая опекунша может не дожить до осуществления своей мечты. А вот Мальта отвечала всем ее требованиям: прекрасные колледжи и старый университет, чей диплом признан во всем мире, изумительный климат, теплое море, и уже через год Офелия сможет приобрести там даже не квартиру, а домик с участком.

Американский юрист сработал оперативно, быстро перевел необходимую сумму на Мальту и сбросил Офелии на электронную почту копию платежного документа. Дело завертелось. Законник из США в совершенстве владел русским, вся переписка велась на родном для Офи языке. И вот наконец все готово: билеты и паспорт на руках, чемодан собран. Напоследок Офелия намеревалась попросить у внучатой племянницы Тони разрешения провести день перед вылетом в ее химкинской квартире. Оставалось считать не дни, а часы до отъезда.

Четырнадцатого октября Анатоль, как обычно, праздновал свой день рождения, и у Офи была куча хлопот. Встав в шесть утра, она прежде всего пошла в спальню к Феденьке, разбудила его и повела с ним серьезный разговор. Изложила свой план, пообещала, что не пройдет и года, как она тоже приедет на Мальту и останется с ним навсегда. Только это страшный секрет, о котором нельзя рассказывать никому. Ни Анатоль, ни Всеволод не захотят, чтобы Федя прилетал на каникулы, но Офелия постарается навещать своего любимого малыша.

— Хорошо учись и думай о нашем счастливом будущем, — напутствовала его опекунша. — В жизни ничего не дается бесплатно, все надо заслужить.

— Я понял, тетя Офи, — серьезно ответил восьмилетка, умный и развитой мальчик.

— Вот и хорошо, — похвалила его Офелия. — А теперь постарайся не попадаться на глаза ни папе, ни дедушке. День сегодня нервный, к Анатолю придет много гостей, он устанет и будет на нас злиться. Сева же выпьет, а ты знаешь, каким дурным делается твой отец, когда опрокинет рюмочку-другую. Что-то у меня на душе неспокойно, сама не пойму, почему.

Ощущение, будто вот-вот случится некая неприятность, сопровождало ее до пяти часов вечера, когда в квартиру позвонили первые гости. Потом она закрутилась по хозяйству.

Домработницы в доме Анатоля нет, ее роль успешно исполняют его сестры, и у них давно распределены обязанности. Офи возится на кухне, наполняет салатники, режет хлеб, готовит горячее, а Пенелопа подает еду на стол и следит, чтобы она не иссякала. Анатоль, призывавший членов семьи соблюдать режим строжайшей экономии во всем, перестает считать деньги, когда речь идет о приеме гостей. Для них вино должно литься рекой, а стол ломиться от деликатесов.

Квартира режиссера расположена на первом этаже здания театра. Еще в голодные годы перестройки Офелия оборудовала в кухне погреб, где хранила запасы. Но и сейчас, когда в магазинах изобилие продуктов, подпол не пустует, там держат овощи и спиртное. Экономная Офелия договорилась с одним из торговцев на рынке, и он привозит домашнее красное вино в небольших канистрах, а Офи потом разливает его в графины и подает на стол. Чтобы попасть в подпол, нужно поднять довольно тяжелую крышку и спуститься вниз по шаткой лесенке без перил. Потолок там невысокий, приходится стоять, слегка согнувшись.

Около семи вечера в кухню прибежал Феденька и закричал:

— Тетя Офи, дай пирожков с капустой!

Она в тот момент находилась в погребе и как раз отвинтила крышку у одной канистры.

— Есть хочется! — голосил Федя.

Офелия, не закрыв баклажку, поднялась наверх и шикнула на него:

— Что я тебе велела? Сиди тихо в своей комнате, играй на компьютере.

— Я проголодался, — заныл Федя. — И на моем компе бродилка не закачивается, она нового поколения, ей нужен такой ноутбук, как у тебя.

— Хорошо, — быстро согласилась Офелия, — возьми мой. Сейчас положу тебе капустничков, ешь и занимайся своей игрой, не бегай по дому.

— А твой ноут папа Сева забрал и к себе в спальню унес, он свой уронил и разбил, — пожаловался мальчик.

Офелия вздрогнула. У нее на компьютере нет пароля, причем стартовой страницей поставлена почта. Директрисе даже в голову не могло прийти, что кто-то в доме может без спроса покуситься на ее ноутбук. Сейчас он у Всеволода, а ведь там вся переписка по Мальте и документы по наследству Феденьки!

Забыв закрыть погреб, Офелия кинулась к двери, однако — поздно. В кухню пулей влетел племянник с красным злым лицом. Сразу стало понятно, что Сева не только приложился к спиртному, но и прочитал не предназначенную для него переписку.

Глава 30

Слава богу, Пенелопа была занята гостями, а те шумели, и никто, кроме Офи и Феди, не услышал ора разъяренного композитора. Конечно, он узнал об американском наследстве и потерял над собой контроль. Всеволод обозвал тетку воровкой, пообещал прямо сегодня вечером, едва уйдет последний гость, рассказать правду Анатолю и потребовал отменить поездку сына на Мальту.

— Вовсе не благотворительный фонд оплачивает пребывание гаденыша за границей, ты тратишь мои деньги! — вопил Сева.

— Пожалуйста, не кричи, — взмолилась она, — я отдам тебе все мною накопленное, только не препятствуй отлету Феденьки.

— Тобой накопленное? — взвыл Авдеев-младший. — Это мои деньги, тобой украденные! Я отец ребенка, бабки мои! Их должен получать я!

Не в силах справиться с нахлынувшей злобой, племянничек сильно толкнул Офелию, она не устояла на ногах и упала. Федя, до той поры стоявший тихо у стены, кинулся на отца со словами:

— Не бей тетю Офи! Я тебя ненавижу!

Всеволод что есть мочи пнул мальчика, и тот полетел в раскрытый погреб. Раздался глухой звук удара, и воцарилась тишина. Сева замер, Офелия вскочила и бросилась вниз. В первую секунду, очутившись возле ребенка, лежавшего неподвижно на боку, и увидев темно-красную лужу, растекавшуюся из-под его головы, она решила, что Федя погиб. Но, сев на корточки, поняла: нет, мальчик жив, просто задел открытую канистру с вином, та перевернулась, и спиртное разлилось.

— Боже, Федя умер... — прошептал Всеволод, подошедший к открытому люку, — сколько крови... Господи, что мне делать?

В эту секунду Феденька открыл глаза. Офи быстро наклонилась над ним и шепнула ему на ухо:

— Притворись мертвым и улетишь на Мальту.

Как всегда, в момент сильного стресса ей в голову мигом пришла идея, как найти выход из совершенно безвыходного, казалось бы, положения.

Федор послушно замер. Офелия посмотрела вверх.

— Да, умер. Не дышит. Пульса нет. На голове огромная рана, и шея сломана.

Всеволод отступил от края подпола. Офелия тихо сказала своему подопечному:

— Ничего не бойся. Сейчас я опущу крышку, но скоро вернусь за тобой.

Потом она вылезла наружу, закрыла подпол и посмотрела на племянника. Севу трясло крупной дрожью.

— Я не хотел, — клацая зубами, простонал он, — честное слово. Не понимаю, как это вышло. Что теперь будет?

— Приедет полиция, и тебя арестуют, — пообещала Офи. — А в доме полно гостей. Представляю реакцию Анатоля... Не волнуйся, я подтвержу, что ты от злости, без умысла толкнул ребенка. Думаю, более семи лет тебе не дадут.

— Сколько? — ужаснулся ничего не смыслящий в законах Всеволод. — Семь лет? Я умру! Не вынесу! Помоги!

Офи пожала плечами.

— Как ни крути, ты убил сына. Пусть нечаянно, но лишил Федора жизни, за такое по головке не погладят.

— Сделай что-нибудь! — взмолился Сева. — Придумай, как мне выпутаться!

— Есть один вариант... — протянула Офи. — Может сработать, если ты будешь меня беспрекословно слушаться.

— Все, что скажешь, выполню, только спаси, — всхлипнул Сева, мозг которого был к тому же затуманен алкоголем.

Тетка похлопала племянника по спине.

— Рано утром шестнадцатого Федя должен был улететь на Мальту. Поэтому, если мальчик исчезнет из дома, никто не удивится. Мы промолчим о его смерти, о ней не узнает ни одна живая душа, включая американского юриста. Вместо него на Мальту с документами Федора улетит другой ребенок, его одногодок, сирота.

— И наследство достанется хрен знает кому? — вскинулся Всеволод. — Весь капитал? Ведь став совершеннолетним, его получит этот парень!

— Тебе решать, — хмыкнула Офи, — садишься в тюрьму лет на семь-девять или забываешь про денежки. И я хочу вознаграждения за то, что замажу твое преступление: ежемесячный взнос из США мой, и только мой. А насчет основного капитала... Исполнится двойнику восемнадцать лет, мы с ним состояние поделим, каждому часть достанется. Но забесплатно я ничегошеньки делать не стану.

— Пожалуйста, пожалуйста... — в страхе забормотал Сева. — Сюда кто-нибудь войти может. Как убрать тело из погреба? Где его похоронить? Я сейчас с ума сойду...

— Так мы договорились? — перебила племянника Офелия. — Анатоль не узнает про наследство? Если ты будешь болтать про доллары, я расскажу, как ты убил сына. Кстати, полиция может посчитать, что ты сознательно толкнул его. И тогда ты сядешь пожизненно.

— Нет, нет, нет! — зачастил Всеволод.

Офелия вынула из ящика тетрадь, вырвала из нее лист, протянула ему вместе с ручкой и велела:

— Пиши под мою диктовку. Я... фамилия, имя, отчество, год рождения, адрес по прописке... убил четырнадцатого октября своего сына.

— Это зачем? — испугался Сева.

— Это моя охранная грамота, — честно ответила Офи. — Захочешь деньги у меня отнять, я твое признание кому надо отнесу.

— Где гарантия, что ты будешь держать язык за зубами? — вдруг почти трезво спросил композитор.

Его тетка спокойно ответила:

— Я твоя сообщница, значит, тоже могу попасть в тюрьму. И мигом лишусь денег, если правда выплывет наружу. Впрочем, можешь ничего не писать, я тогда тоже ничего делать не стану. И сейчас же позвоню в полицию.

— Нет! — прошептал Сева и написал признание в убийстве сына.

Опекунша Феди взяла документ.

— Теперь ступай к гостям и постарайся вести себя естественно.

— А что с телом делать? — обморочным голосом осведомился «отец-убийца».

— Я уже все продумала, — заявила Офелия. — Но тебе придется помочь мне похоронить мальчика.

— Где? — испугался Всеволод.

— Объясню позднее. Вечеринка, как всегда, завершится в десять, а в пол-одиннадцатого жду тебя в театре, в маленьком холле.

Когда племянник ушел, Офи спустилась в подвал и спросила у Феди:

— Ты как?

— Коленку ушиб, — ответил ребенок.

— Слушай меня внимательно! — приказала она. — На карту поставлено наше будущее, нам нельзя ошибиться.

Квартиру Анатоля и помещение театра соединяет специально сделанный проход, дверь в него расположена в паре шагов от кухни. Офелия быстро увела Феденьку в зал для репетиций, спрятала в укромном месте и, велев тихо ждать ее возвращения, поспешила в цех реквизита.

Долгие годы дружившая с Марией, отвечавшей за вещи, которые используются в спектаклях, она прекрасно знала, где что лежит. Поэтому быстро нашла куклу Суок, которая пылилась без дела не один год, положила ее в кофр для костюмов и в двадцать два тридцать позвонила Севе с вопросом:

— Ты где?

— В маленьком холле, — напряженным голосом ответил тот...

Тут у Офелии снова начался кашель, и она опять схватилась за минералку. Григорий воспользовался моментом, чтобы задать вопрос:

— Зачем вы устроили представление с погребением куклы?

Сестра Анатоля поперхнулась.

— Неужели не понятно? Всеволоду надлежало убедиться: он реальный убийца, а я его покрываю. А для этого требовалось его участие в похоронах. Все ведь логично — мне одной с трупом не справиться. Если б я не кликнула Севку, который на тот момент от принятого спиртного соображал не совсем четко, он бы уже на трезвую голову мог подумать: как это тетка умудрилась в одиночку унести тело. Еще, не дай бог, в его башке зародились бы сомнения, дескать, вдруг мне кто-то помогал. А так все ясно: вместе поехали в Малинкино, мы сообщники, подельники, преступники.

— Кукла-то к чему? — никак не мог успокоиться Пономарев.

Офи неожиданно улыбнулась.

— Хоть Севка и под градусом был, ведь не в лохмотья же пьян, кое-как мозги работали. Где мне останки для погребения взять? Набить мешок тряпьем и бросить туда пару кирпичей для веса? Потащим мы «мальчика» к машине, понесем по погосту, племянничек пощупает кофр и заподозрит неладное. Где руки-ноги? Где голова? Вот я и положила в кофр Суок. Ростом она, как Федя, и конечности есть, а то, что не мягкая, так это понятно — мертвое тело остывает и коченеет.

— Не побоялись, что Сева попросит мешок открыть? — поинтересовалась я. — Отец мог пожелать проститься с сыном.

Тут уж Офелия звонко рассмеялась.

— Ему бы такое точно в голову не взбрело. Родственничек мой человек без сердца и мальчика никогда не любил. Севочка до невозможности испугался, что его в тюрьму посадят, всю дорогу, пока на кладбище ехали, твердил: «Скорей, скорей... вдруг нас поймают...» До могилы мы тюк вдвоем тащили, и Севку будто в лихорадке трясло, а у памятника он совсем сдал, я одна плиту поднимала.

— Откуда вы знали, что там есть пустое место? — удивился Гриша.

Директриса гимназии приподняла брови.

— Так Володя Бегунов рассказал. Он монумент задумал как семейный склеп, на века. Свой прах завещал поместить в урну и зарыть в землю. А вот когда умрут остальные — Федя, его жена, дети, — их пепел просил устроить под камнем. Места там много, хватит на несколько поколений. «Я хочу лежать рядом с Аней, — пояснил Володя, — остальные будут чуть подальше, но все равно мы воссоединимся».

— Чего только люди не придумают! — сердито произнес Пономарев. — Внук еще, можно сказать, под стол пешком ходит, а дедушка уже планирует похороны Федора и погребение его деток.

— Большинство знатных фамилий поступали так же, — вмешалась в беседу Антонина, — родовые склепы не редкость на старых кладбищах.

— А по-моему, это отвратительно, — поморщился Григорий. — Родить ребенка и заранее приготовить ему и его отпрыскам могилки! Фу, прямо!

— Давайте дослушаем Офелию, — прервала я спор. — Как развивались события после похорон Суок?

— Сева окончательно расклеился, его буквально колотило в ознобе, — усмехнулась Офелия. — Я довезла мерзавца до дома, заботливо уложила в постель, одеяльце подоткнула, в лобик поцеловала. Спи, дорогой, забудь, какая ты сволочь. Потом взяла чемодан, забрала Феденьку из театра, и мы уехали с ним в Химки. Денек пересидели на квартире Тони, а рано утром шестнадцатого малыш улетел на Мальту. Я к нему несколько раз приезжала тайком. Купила себе новый ноутбук, запаролила его по полной программе и домой теперь компьютер не приношу, прячу в сейфе в рабочем кабинете. Мы с Федей по скайпу общаемся. В сентябре я купила на Мальте домик, утрясла все формальности, получила как владелица недвижимости пятилетнюю шенгенскую визу и после Нового года собиралась воссоединиться со своим подопечным. Теперь только от вас зависит, окажусь я на острове или нет. Будет мальчик жить со мной, с человеком, который его любит, или станет круглым сиротой.

Офелия резко выпрямилась.

— У Федюши нет никого, кроме меня. Я уже не молода, но ради малыша постараюсь прожить как можно дольше. Занимаюсь спортом, не пью, не курю, ем умеренно, слежу за холестерином, давлением и уровнем сахара в крови, ежегодно прохожу полное медицинское обследование. В последний раз, в октябре, доктор сказал: «Офелия Сергеевна, у вас организм сорокалетней». Я могу долго заботиться о Феденьке. Я никогда не была счастлива, стала рабой брата. И вот теперь хочу немного солнечного света для себя и сироты. Я не убивала Всеволода. Дом куплен, побег из клетки подготовлен... Зачем мне лишать жизни племянника? До свободы осталось совсем чуть-чуть... Ну, пошел бы Сева сейчас к Анатолю, покаялся в том, что столкнул мальчика в подвал, а мой брат обратился бы в полицию. Фантастическое развитие событий, но вдруг так бы случилось! И что? Я признаюсь, что обманула Севу, даю телефон колледжа, включаю скайп, и вот вам ребенок, живой и невредимый. Я являюсь официальным опекуном Феденьки, мне нельзя предъявить претензии, будто я украла чужие деньги, — распоряжаюсь суммами из Америки на законном основании. Что я сделала дурного? Надула племянника? Не захотела сообщить брату о наследстве? Запугала Севку, когда тот собрался отцу про капитал сына объявить? Опять же — ничего страшного. Зато я спасла состояние Феди от алчных лап. Никакого преступления. Нет же статьи Уголовного кодекса, которая запрещает врать родственникам? Повторяю: я не убивала Всеволода, ищите бабу или ревнивого мужа. В Железного Любовника за кобелирование нож воткнули.

— А квартира в Москве? — вдруг спросил Гриша. — Композитор владел лакомой, очень дорогой жилплощадью. Апартаменты отойдут его ближайшим родственникам.

Офелия скривилась.

— Ой, умоляю вас! Сева владелец лишь на бумаге, деньги от жильцов по-прежнему загребает Анатоль. После кончины сына он будет единственным наследником хором, мне они ни при каком раскладе не достанутся. Надеюсь, вы не думаете, что я прирезала племянника за квадратные метры? У меня есть деньги Феденьки, а главное — надежда на счастье. Я не дура, не разрушу свою жизнь из-за московской хаты.

Я опустила голову. Ну почему, разбираясь в этой истории, я ни разу не задала себе вопрос: а кто же теперь несет ответственность за Федю? Дед, Владимир, скончался, Сева отказался от родительских прав, кто же тогда официальный опекун малыша? Хотя чем бы мне помогло, узнай я, что ребенка патронирует Офелия? Я бы все равно подумала, что она лишила жизни Федю. К сожалению, приемные родители и опекуны бывают жестоки по отношению к тем, о ком пообещали заботиться.

Глава 31

Мы с Тоней вернулись в квартиру Анатоля в районе полуночи. Слава богу, и режиссер, и Пенелопа уже крепко спали. Офи любезно предложила нам чаю с бутербродами, но мы в один голос отказались и шмыгнули в свои спаленки. Я рухнула в кровать, закрыла глаза и поняла, что после трудного разговора на кухне у Григория начисто лишилась сна.

Повертевшись с боку на бок, я зажгла ночник, взяла забытую Азаматом книгу сказок и решила углубиться в волшебные истории. Сказки предварялись большим предисловием. Я села, подоткнула подушку под спину и пробежала глазами по строчкам.

«Дорогие читатели! Этот сборник составлен уникальной женщиной Ниной Егоровной Сонькиной. По профессии бухгалтер, она посвятила жизнь сбору фольклора народности ланкшми. Сейчас на земном шаре насчитывается чуть более двухсот настоящих ланкшмийцев, которые верят, что несколько тысячелетий назад страна Ланкшми была огромна и богата. Однако подтверждений существования данного государства нет. Ученые считают, что ланкшмийцы ранее обитали в одном из районов Китая, потом перебрались в Россию, где стали вырождаться из-за того, что старейшины диаспоры разрешали близкородственные браки. Ланкшмийцы принадлежат к азиатской расе, они талантливые художники, поэты, музыканты. Ланкшмийцы называют себя «ланки», и, несмотря на то что государства давно нет, у народа есть король. Власть передается от отца к сыну. Ныне ланкшмийцы расселились на территории России. Основная масса кучно устроилась в городке Павловске, что в Ростовской области. Нина Егоровна Сонькина живет и работает в небольшом подмосковном местечке Ковалев. Собранные ею «Сказки ланки» представляют большой интерес как для ученых, изучающих культуру разных народов, так и для простого читателя. Простые, добрые, веселые сказания учат нас быть стойкими, храбрыми, не бояться трудностей и смело сражаться с врагами. Сборник рекомендован и взрослым, и детям».

Я перевернула страницу и принялась читать «Сказание про богатыря Дауда»...

На следующий день, едва дождавшись десяти утра, я позвонила в дверь квартирной хозяйки Азамата, услышала бдительное, чуть встревоженное «Кто там?» и живо откликнулась:

— Здравствуйте, Нина Егоровна. Я приехала к вам по просьбе Клавдии Петровны и Семена Кузьмича, смотрителей кладбища в деревне Малинкино. Ваша изба не заперта, а жилец Азамат сбежал.

На пороге появилась стройная женщина азиатской внешности.

— Проходите, пожалуйста, — предложила она.

— Уж извините за столь ранний визит, — смущенно произнесла я, — побоялась, что вы на службу уйдете, не застану вас. Домик ваш в деревне открыт, как бы воры туда не залезли. Семен Кузьмич пообещал за ним приглядеть, но ведь у старика не получится день и ночь ваш дом караулить.

— Спасибо за беспокойство, — улыбнулась Сонькина, — но у меня в Малинкине никаких вещей нет. Старая посуда и рваное постельное белье не в счет. Хотите чаю?

Вопрос хозяйка задала исключительно из вежливости, но я тут же согласилась.

— С огромным удовольствием. Сегодня похолодало, я продрогла, пока шла.

— Наконец-то зима наступила, — подхватила Нина Егоровна. — Раздевайтесь, вешайте курточку.

Я сняла верхнюю одежду и устроила ее на крючок рядом с зеленым пуховичком, у которого был разорван рукав.

— Пойдемте на кухню, — предложила хозяйка. — Она у меня крохотная, но уютная. Чай или кофе?

Пару минут мы болтали о всякой ерунде, потом я воскликнула:

— Вот голова садовая, совсем из памяти выпало! — Тут же раскрыла сумку и добавила: — Семен Кузьмич просил передать вам книгу. Она ему показалась дорогой, антикварной.

Нина Егоровна взяла томик.

— Нет, она не старинная, просто старая, выпущена в восемьдесят девятом году. А вот насчет дороговизны он прав. Но только ценность книги не материальная, а моральная. Это единственный сборник сказок моего народа, я его долго составляла. К сожалению, «Сказки ланки» вышли небольшим тиражом один раз и более не издавались, особого успеха у широкого читателя они не имели.

— Вчера вечером я пролистала книжку, — призналась я, — и мне очень понравилось сказание о Дауде.

— Добрая история, — кивнула Нина Егоровна. — Ланкшмийцы рассказывают ее маленьким детям. Я могла вас где-то видеть? Отчего-то лицо ваше мне кажется знакомым.

— Меня иногда показывают по телевизору, — скромно сказала я. — Совсем недавно, например...

— Вспомнила, шоу Балахова! — перебила меня Сонькина. — Очень вы хорошо говорили, все правильно. Вы скрипачка?

— Нет, — засмеялась я, — у меня полное отсутствие музыкальных способностей. Рядом со мной на диване во время шоу сидела дама, вот она играет на альте в оркестре. А я писательница, под псевдонимом Арина Виолова пишу детективные романы, но на самом деле меня зовут Виола Тараканова. Извините, что сразу не представилась.

Лицо хозяйки вытянулось, улыбка стекла с него, но уже через мгновение Сонькина взяла себя в руки и снова мило заулыбалась.

— Как я завидую людям, у которых есть талант.

— Вы тоже творческий человек, — сказала я, — выпустили книгу.

— Всего-то записала чужие рассказы, — отмахнулась Нина Егоровна. — И они по большому счету никому не нужны. Мой сборник почти полностью погребен нераспроданным на складе. Я успела выкупить двести томиков и раздала, кому смогла, а у вас миллионные тиражи. Читателя обмануть трудно, отдавая свои деньги, человек не хочет получить за них ерунду. Ладно, одна книга, ее приобретут из чистого любопытства, но вторую, если первая неудачна, народ не возьмет. Сколько у вас вышло романов?

— Больше десяти, — ответила я.

— Вот видите! Вы талант, — похвалила меня Сонькина.

Я поняла, что Нина Егоровна умеет скрывать свои истинные чувства при встрече с неприятным собеседником, и решила идти напролом.

— Агата и Азамат ланкшмийцы?

Произнесенные имена не смутили Сонькину, лицо ее по-прежнему лучилось светской улыбкой.

— Вы о ком?

— На вешалке у вас висит приметный зеленый пуховичок с разорванным рукавом, — медленно произнесла я, — его носит художник Азамат, парень, что жил в вашей избушке в Малинкине. Думаю, он сейчас здесь, в вашей квартире, сидит тихо в одной из комнат. Агата, вдова Всеволода Авдеева, лежит в больнице с разбитым лицом. То, что они именно ланкшмийцы, я поняла, когда сегодня ночью читала сказки. В сказании о Дауде есть эпизод, где мать воина объясняет сыну: «Ты не должен делиться едой ни с женой, ни с детьми. Ослабеешь от голода и не сможешь защитить свою семью».

— Очень простая, но верная мысль, — попыталась направить разговор в другое русло Сонькина. — Чтобы быть полезным другим людям, порой надо проявлять разумный эгоизм. Сильный дух живет в здоровом теле. Если ты намерен заботиться о своей семье, не забывай о себе, ешь вовремя, мойся тщательно, спи нужное количество часов, тогда проживешь долго, и родня не останется без твоей опеки. Сказки ланки — это свод правил, изложенный в форме занимательных историй. Я подозреваю, что некогда они были составлены одним человеком, а затем передавались из уст в уста, и...

— Я слышала, как Агата почти слово в слово процитировала это сказание, — перебила я хозяйку дома, — а Азамат подтвердил, что знает его. Скорей всего, они провели детство в Павловске, где проживает основная часть диаспоры.

— Может, не совсем скромно это говорить, — потупилась Нина Егоровна, — но вполне вероятно, что молодые люди купили мой сборник, и он им понравился.

— Вы же минуту назад сказали, что весь тираж, за исключением небольшого количества книг, розданных лично вами друзьям, погиб на складе, — напомнила я. — Где бы Азамату и Агате найти книгу, если она не попала в торговлю?

Сонькина не смутилась.

— Кое-что все-таки продали. К тому же я отправила сборники в Павловск, хотела порадовать родню, а также разослала книги по всей России тем ланкшмийцам, которые живут сами по себе. Нас осталось на Земле очень мало, и с каждым годом число истинных ланки, как мы себя сокращенно называем, уменьшается. Еще в начале двадцатого века у нас стали рождаться больные дети, ведь, по сути, все ланкшмийцы родственники. Король Сауд Справедливый, а он был человек умный, догадался, что нездоровое потомство является результатом браков между двоюродными братьями и сестрами и так далее, и приказал ланки искать себе партнеров среди других народов. Вы не представляете, какую он разжег смуту. Ланкшмийцы разделились на два лагеря. Одни, их было больше, громко осуждали Сауда, а меньшинство стало на сторону короля. О генетике тогда никто не слышал, но мудрые старики издавна предупреждали народ ланки об опасности кровосмесительства, да только у нас есть шаманы, а они всегда имели огромное влияние в диаспоре, шаман для ланкшмийцев и врач, и психотерапевт, и судья, до сих пор многие из моих сородичей предпочитают лечиться и просить совета у Амина. Колдуна всегда зовут Амин, это его родовое имя из поколения в поколение, причем никого из своих детей ланкшмийцы этим именем никогда не называют. Так вот Амин был против решения Сауда. И разгорелась настоящая гражданская война, в результате которой Сауд был убит, Амин же объявил себя правителем. Верные соратники Сауда бежали из Павловска и расселились по России. Амин Первый правил довольно долго, скончался глубоким стариком после Второй мировой войны, и на трон сел его внук Амин Второй. В самом конце двадцатого столетия править ланкшмийцами стал Амин Четвертый, человек редкой жестокости.

Нина Егоровна облокотилась о стол локтями.

— Пожалуйста, не думайте, что диаспора сродни секте. Ланкшмийцы живут вполне по-современному, пользуются всеми благами цивилизации, ез-

дят за границу, работают, но у них очень сильны
традиции и — уж не понимаю как, учитывая, какой
негатив льется сейчас на людей из всех СМИ, — им
удается воспитывать детей в почтении к старшим.
Женщины, живущие в Павловске, с удовольствием, подчеркиваю — именно с удовольствием, а не
по принуждению носят национальную одежду и совсем не рвутся получать высшее образование, их
вполне устраивает роль домашней хозяйки. Павловск находится в урожайном крае, там даже брошенный в землю кирпич заколосится, а ланки талантливые огородники, к ним за овощами-фруктами ездит вся округа.

Мне надоело слушать даму, и я остановила ее.

— Нина Егоровна, почему вы не хотите ответить на элементарный вопрос: Агата и Азамат ваши
родственники?

— Какая вам разница? — наконец-то Сонькина
потеряла спартанское спокойствие. — Зачем вы
пришли? Книгу передать? Спасибо за труд. Что еще
вам надо? Извините, я занятой человек, мне пора
уходить.

Я не шевельнулась.

— Где Азамат?

— Понятия не имею, — солгала Сонькина, —
никогда не слышала о таком человеке.

— На вешалке висит его зеленый пуховик, —
напомнила я.

— Это моя одежда, — снова соврала хозяйка.

— Вы носите молодежный — укороченный, до
талии, фасон? — улыбнулась я. — А где рукав разорвали? Видите ли, Азамат при мне задел за штырь,
торчавший из тележки с тюками, и порвал рукав.
И еще. Сейчас на улице валит мокрый снег, кото-

рый идет с ночи, а зеленая куртенка совершенно сухая. Значит, Азамат пришел сюда давно...

Неожиданная мысль заставила меня замолчать. Куртка! Снег! Мокрый искусственный мех! Капельки воды!

— Хватит! — вдруг крикнула Нина Егоровна. — Покиньте мой дом! Вы уже натворили дел, принесли нам страшную беду, можете быть довольны. Убирайтесь!

Я не стала спорить.

— Ладно. Но я далеко не уйду. Встану у вашей двери и позвоню начальнику полиции. Пока Пономарев сюда будет ехать, покараулю на выходе, чтобы Азамат не удрал. Убиты два человека, нам нужно побеседовать с ним. Он любовник Агаты и стопроцентно знает необходимую следствию информацию. С Григорием к вашему дому приедут журналисты, и ваша спокойная жизнь закончится. Вам решать, что лучше: шум-гам вокруг вашей фамилии, снимки Азамата и Агаты в желтой прессе или...

— Проваливайте! — закричала женщина. — Я не из пугливых!

— Не надо, — тихо произнес за спиной знакомый голос, — нам совсем не нужен громкий скандал.

Я обернулась. На пороге кухни стоял одетый в джинсы и свитер Азамат.

Глава 32

— Не надо, Нинуша, — повторил молодой человек, — она не отстанет.

Сонькина упала на стул.

— Ну откуда ты взялась на нашу голову? Сама не понимаешь, что наделала. Им же опять бежать придется!

— Кому? — быстро спросила я. — От кого? Куда?

Азамат подошел к столу и опустился на табуретку.

— Мне придется рассказать правду.

— Никогда! — решительно возразила хозяйка квартиры.

Азамат вздернул подбородок и попросил:

— Свари лучше кофе. — Потом посмотрел на меня. — Вы ошиблись в самом принципиальном моменте: мы с Агатой не любовники и никогда ими не были.

— Я видела вас сидящими на диване на складе, — перебила его я, — слышала ваш разговор. Агата вас целовала!

— Верно. Только поцелуй был в щеку. Не очень сексуально, да? — спросил Азамат.

Мне пришлось кивнуть. Художник взял чашку, поданную ему Сонькиной.

— Странно, что такая умная и образованная женщина, как вы, ведет себя как старая сплетница на лавке у подъезда, — продолжал парень. — Той-то простительна такая реакция, но вам... Мы с Агатой брат и сестра, разговор наш не имел ни малейшего отношения к ее мужу, а касался нашего личного врага Амина и его единственного сына.

— Брат и сестра? — повторила я. — Ну, предположим, я вам поверила. Но тогда у меня возникают вопросы. Вашу сестру зовут Агата Хашимова?

— Конечно, — преспокойно солгал Азамат.

— Она родилась в Казахстане? — не успокаивалась я.

— Верно, — подтвердил молодой человек.

— А как ваша фамилия? — чуть ли не пропела я.

— Понимаю, куда вы клоните, — безо всякого волнения ответил Азамат. — Я Угулбеков. Мать Агаты вышла замуж второй раз, в этом браке на свет появился я. Но это не мешает нам...

— Это не мешает вам безостановочно врать, — не выдержала я. — Агата Хашимова скончалась, едва прожив на свете один месяц, она, ее родители и остальные дети погибли в пожаре. И, чтобы не выслушивать очередную порцию россказней, я скажу: имя Агата не характерно для Казахстана, и другого человека с таковым там нет. Назовите ее настоящее имя. Она тоже Угулбекова?

— Ой, молчи! — испугалась Нина. Потом повернулась ко мне: — Произошла ошибка. Агата жива, но ее папа с мамой утонули.

— Скончались от ожогов, — поправила я.

— Ну да, ну да, — закивала Сонькина, — их нет, а Агату ошибочно сочли мертвой...

Мне стало смешно. Азамат же буркнул:

— Нина, не надо. Хорошо, я расскажу правду.

— Пожалуйста, нет! — взмолилась Нина Егоровна.

— Иного выхода я не вижу, — вздохнул Азамат. И торжественно заявил: — Я настоящий король ланкшмийцев, прямой потомок Сауда Справедливого. Агата моя старшая сестра.

— Доброе утро, ваше величество, — не удержалась я.

Азамат вдруг рассмеялся.

— Обращайтесь ко мне просто «сир»... Как бы вы сейчас ни ехидничали, благородной крови во мне не убавится.

— Послушайте меня, — сказала хозяйка квартиры, — без предвзятости, спокойно, не перебивая.

Я говорила вам, что в конце двадцатого века диаспорой в Павловске стал руководить Амин, которого прозвали Злой.

Я поняла, что мне все же придется выслушать историю народа ланки, а Сонькина продолжала вещать без остановки...

Ланкшмийцы уважительно относятся к своему главе. Естественно, слово «король» сейчас звучит редко, но старейшина обладает почти безграничной властью, ему подчиняются, с ним советуются по разным вопросам и по сию пору лечатся его настойками и другими снадобьями. После памятной войны в начале двадцатого века, той, что расколола народ ланки на две неравные группы и привела на трон Амина Первого, никаких масштабных скандалов в диаспоре не случалось. А с развитием научно-технического прогресса обитатели Павловска мало-помалу начали общаться с разбросанными по всему миру родичами. Вражда, раздутая некогда шаманом, давно сошла на нет. Короля Сауда вспоминали добрым словом, Амина Первого уважали.

Но потом, когда главой общины стал очередной Амин, ситуация сильно изменилась, жители Павловска ахнуть не успели, как оказались в рабах у потомка шамана. Непонятно, как новый руководитель диаспоры стал законным владельцем земельных угодий, на которых ланки не одно столетие выращивали свои овощи-фрукты. И теперь они все не хозяева наделов, а арендаторы, вынужденные платить немалую цену Амину. Местный рынок, куда приезжают покупатели со всей округи, тоже теперь собственность Амина Злого. Главный ланкшмиец тесно дружит с администрацией района, с начальником полиции, депутатами и другими богатыми-знаменитыми людьми. На берегу реки сын Амина построил гостиницу, куда приезжают отдыхать в основном мужчины, к услугам которых предоставлены охота, рыбалка, баня и прочие удовольствия. Ясное дело, с парнями прибывают дамы отнюдь не благородного поведения. Дочь Амина заведует местной школой, и если кто-то из детей ей не нравится, у ребенка нет шансов получить аттестат с хорошими отметками. А мать Амина просто ведьма — она сживает со свету тех, кто, по ее мнению, плохо относится к семье сына.

Ланкшмийцы не конфликтны, за всю свою многовековую историю они устроили всего одну революцию, и им не понравилось быть в состоянии гражданской войны. Кроме того, молодое поколение приучено почитать старших, в особенности — дедов и прадедов, слушаться их. А патриархи постоянно твердили:

— У Амина хорошее образование, он желает нам добра.

Но постепенно даже древним старцам стало понятно, что их нынешний руководитель вор и мошенник, который обогащается за счет простых ланки, человек, не уважающий традиции народа и заботящийся лишь о своей семье. И среди жителей Павловска стали зреть ростки бунтарства. Последней каплей стало решение Амина вырубить участок леса вокруг города. На освободившейся территории началось строительство коттеджного поселка на тысячу домов. Ланкшмийцы не сразу поняли, что после того, как у них под боком окажется большое количество посторонних людей, им придется навсегда забыть о покое. Но потом они прозрели и созвали общее собрание, где попросили главу диаспоры прекратить возведение населенного пункта.

Амин спокойно объяснял людям выгоды, которые принесет им соседство с поселком. По его словам, в Павловске появятся больница, кинотеатр и магазины, местечко перестанет быть убогим захолустьем, превратится в процветающий городок с современным бытом, не будет необходимости с восхода до заката пахать на огородах, ланки найдут себе необременительную работу. Но перспектива превращения Павловска в шумный мегаполис не обрадовала ланкшмийцев, а испугала, они почти единогласно проголосовали против строительства и категорично потребовали уволить рабочих.

Амин разозлился и весьма грубо объяснил людям, что ему плевать на их голосование, потому что земля и лес принадлежат исключительно его семье, право собственности подтверждено надлежащими документами, а значит, всем надо заткнуться.

На следующее утро к Амину явились старики и сказали:

— Ты не имеешь права стоять во главе народа ланки, поскольку являешься потомком шамана, незаконно захватившего власть. Отныне наш король Муса, прямой наследник Сауда Справедливого. Передай ему управление нашими землями.

Конечно, это заявление звучит довольно смешно для современных людей, но для ланкшмийцев все было очень серьезно. Амин понял, что перегнул палку, и дал задний ход...

— Муса мой старший брат, — перебив Сонькину, пояснил Азамат. — Нас у матери четверо: одна дочь и три сына. По законам ланки правителем может стать лишь прямой потомок мужского пола, которому исполнилось двадцать пять лет. А Мусе как раз столько. Так что Амин не зря испугался. Теперь я знаю, что он приватизировал земли незаконно, за взятку, документы оформлены неправильно, и лишить Амина права на собственность вполне возможно. Но когда старейшины объявили Мусу главой диаспоры, я еще ходил в школу.

— Амин пообещал, что прекратит строительство, — продолжала Нина Егоровна, — и рабочие на самом деле ушли. А через неделю Муса утонул.

— Его убил Амин! — воскликнул Азамат. — Это все знают, но доказательств нет. Начальник полиции, друг негодяя, объявил произошедшее несчастным случаем.

— И большинство ланкшмийцев поверило в то, что Муса расшиб голову, нырнув с крутого обрыва в воду, — горько произнесла Сонькина.

— Они такие наивные? — не утерпела я.

Нина Егоровна похлопала ладонью по книге сказок.

— Вы читали легенды и должны были понять — ланки пацифисты, они никогда ни с кем не воевали. Во время единственной гражданской войны никто не погиб. Сауд Справедливый умер от инсульта, у него от стресса подскочило давление. Убить человека, даже заклятого врага, пусть в честном бою, для нас немыслимо, поэтому ланки не сомневались в невиновности Амина.

Я с удивлением посмотрела на хозяйку квартиры.

— Полное ощущение, что я слушаю очередную сказку.

Сонькина зябко поежилась.

— Нас мало на Земле, и мы такие. Правда, те, кто обитает в Павловске, совсем наивны, а живущие вне общины имеют менталитет обычных россиян. Амин же просто выродок. Не прошло и трех дней после смерти Мусы, как все ланкшмийцы получили бумаги от какой-то строительной компании. Там было написано: поскольку возведение коттеджного поселка прервано по желанию жителей Павловска, им надлежит выплатить неустойку — по двадцать миллионов рублей со двора. Ланкшмийцы даже представить не могли, как выглядит такая гора денег, и бросились к Амину. Король изобразил полнейшее удивление и произнес речь. Вкратце ее содержание таково. Народ упрекнул государя в присвоении леса? Амин отказался от владения угодьями, теперь они снова общие. Ланки приняли решение о прекращении строительства, и рабочие со своей техникой убрались восвояси. Но существует контракт, заключенный с фирмой, а в нем есть пункт о неустойке. Раз теперь земля общая, то и платить придется всем. Нет денег? У людей заберут их дома.

— Глупости! — рассердилась я. — Во-первых, существует закон, по которому нельзя лишать людей их единственного жилья. Во-вторых, собственность на землю невозможно переоформить за пару дней. Амин обманул свою паству. Полагаю, что те бумаги фальшивые, он их сам разослал.

Азамат кивнул.

— Примерно то же самое сказал мой средний брат Ильдар. А еще он добавил, что когда станет по законам ланки совершеннолетним, то потребует созвать общее собрание, на котором, как прямой потомок Сауда Справедливого, низложит Амина и отберет у подлеца власть.

— Буря в стакане воды, — вздохнула я. — Бедный наивный мальчик. Полагаю, для него тоже все плохо закончилось?

— Ланки не поверили Ильдару, — грустно сказал Азамат. — Понимаете, мой народ очень хороший, но необразованный и крайне простой. Среди стариков есть неграмотные, а молодые в основном учились в нашей школе. Им привили правильные моральные принципы, обучили чтению и письму, азам пользования компьютером, но обширного образования не дали. Да и зачем оно тем, кто выращивает овощи? На своих полях ланкшмийцы академики, а в жизни предпочитают, чтобы их проблемы решал за них король. Вот члены семьи Амина, а также моей ездили на занятия в Ростов-на-Дону. Я посещал художественную академию, научился рисовать, увлекся поэзией.

Я молча слушала молодого человека. Права была Маша, хозяйка сувенирного салона, когда говорила, что Азамат не так прост, как хочет казаться, вот откуда он знает стихи Саади, цитирует Маргариту Наваррскую и обладает правильной литературной речью. Азамат прикидывается обычным гастарбайтером, но внимательный Семен Кузьмич понял, что жилец Сонькиной никогда не работал землекопом. И все заметили, что брат Агаты очень аккуратен и, даже испытывая материальные трудности, покупает себе парфюм.

Азамат на секунду замолк, потом устало произнес:

— Ланки вечные дети, им нужен отец, добрый, благородный, справедливый, в меру строгий. Но Амин не такой. После неосторожного заявления моего брата он явно перетрусил не на шутку. А через неделю наш дом ночью загорелся. Мы с Агатой успели выскочить, Ильдар же с мамой погибли. Я был еще мал и хотел побежать к Амину, бросить ему в лицо: «Убийца!» Но Агата меня удержала, сказала: «Он нас непременно убьет. Надо спрятаться, подождать, пока тебе исполнится двадцать пять лет, и только тогда возвращаться в Павловск. Кроме того, чтобы победить узурпатора Амина, потребуется поддержка всех ланки. Я буду готовить восстание, а ты учись». И мы ушли. Пешком, без копейки в кармане. Несколько дней не ели, зайцами добрались до Ростова, пришли к одному лакшмийцу, который жил неподалеку от города. Думали, тот нас приютит, но...

Лицо молодого человека потемнело.

— Родственник отказался, — сказала я. — Он уже знал, что случилось в Павловске, и побоялся связываться с Амином.

— Вы проницательны, — усмехнулся Азамат. — Тот человек только дал нам денег и посоветовал уехать подальше. Не стану рассказывать, где нам пришлось скитаться и как на нас несколько раз пытались напасть подосланные Амином убийцы. Незаконный правитель лакшмийцев опасается, что я, достигнув двадцатипятилетия, непременно вернусь и сброшу его с трона. И правильно опасается! Я непременно это сделаю. Ждать осталось недолго, всего до весны.

Глава 33

Я постаралась скрыть изумление. В двадцать первом веке есть столь наивные люди? Отсутствие образования, страх простого человека перед богатым начальником, неспособность самостоятельно мыслить... Просто бред! Хотя, если порыться в Интернете, там легко можно найти рассказы о том, как некий глава города запугал всех жителей, бесчинствует, преспокойно отправляет на тот свет тех, кто пытается с ним бороться, и при этом чувствует полнейшую безнаказанность.

— Я король, — торжественно произнес Азамат. — Но пока в изгнании. Случается такое с монаршими особами, однако вот-вот все изменится. Мы уже подготовили бескровное восстание, нас поддерживают ланкшмийцы, разбросанные по всей России.

— Вы нам здорово жизнь испортили! — сердито заявила Сонькина, в упор глядя на меня. — Азамату с Агатой пришлось долго скитаться, они были вынуждены изменить имена, купить себе паспорта, прикинуться выходцами из Казахстана, чтобы их не нашел Амин. Агата оформила фиктивный брак с Севой, получила российское гражданство, запутала следы, а еще торговала на рынке, создала свой бизнес, чтобы заработать денег. Ведь понадобятся немалые средства на адвокатов и взятки чиновникам. Девушка проделала гигантскую работу, наняла прекрасных юристов, которые могут вернуть ланки их земли. Все готово, мы ждем лишь двадцатипятилетия единственного прямого потомка Сауда Справедливого. Он станет законным королем, и обманутые негодяем Амином ланкшмийцы обретут счастье и веру в справедливость.

Я молчала. А что можно сказать? Я совершенно неправильно поняла случайно подслушанный разговор Азамата и Агаты. Они вовсе не любовники, а близкие родственники. И говорили не о Севе, полгода им надо ждать не того, чтобы вдове вступить в права наследства, а совершеннолетия Азамата по законам ланки. «Получить все» означало не завладеть квартирой в центре Москвы — брат с сестрой собирались вернуть роду власть, восстановить справедливость.

— Нас зовут не Азамат и Агата, — вдруг уточнил молодой человек.

— Да я уж поняла, — вздохнула я, чувствуя себя так, будто очутилась среди персонажей мультфильма про злого волшебника и добрых принца с принцессой.

— Но лучше вам не знать наши подлинные имена, — продолжал Азамат. — Уверен, из меня выйдет неплохой король. Я много испытал, научился распознавать ложь и хитрость и всегда буду справедливым.

Я опустила глаза. Дорогой Азамат, выяснить, кто ты есть на самом деле, очень легко, компьютерщик Гена мигом назовет мне твои настоящие имя и фамилию. Собственно, мне неважно, как тебя назвали родители. Я вижу, что ты хороший человек. Вот только Амин без боя не отдаст лакомый кусок пирога.

— В тот день Агата сообщила мне о смерти сына Амина, — рассказывал Азамат дальше. — Тот погиб в автокатастрофе. Амин остался один, дочь не в счет, женщина никогда не станет во главе ланки.

Самозванец понимает, что времени у него мало. Он сейчас ослеплен горем, злобой и с утроенным тщанием ищет меня, чтобы успеть убить, пока я не получил права на трон.

Я сцепила пальцы в замок. Слова Агаты про черную душу, ушедшую в ад, относились не к Севе, а к сыну Амина. Я фатально ошиблась... Внезапно пришедшая на ум мысль заставила меня ахнуть:

— Так вот почему Агата разбила себе лицо! Когда полицейские вывели ее из квартиры Анатоля, один из сопровождающих увидел корреспондента местного телевидения с камерой, показал на него коллеге и радостно воскликнул: «Нас сейчас прославят на весь мир, покажут в новостях на многих каналах». За точность цитаты не ручаюсь, но смысл передаю верно. Агата испугалась, что ее лицо появится на экране и кто-нибудь из приспешников Амина, узнав вашу сестру, доложит хозяину, где прячется наследник престола. Поэтому сразу изуродовала себя. Вот бедняжка!

— Я не разговаривал с сестрой после того, как ее огульно обвинили в убийстве мужа, — делано спокойно произнес Азамат, — но думаю, вы правы. Агата не могла поставить под удар дело нашей жизни, возвращение власти потомку Сауда Справедливого. И она бы скорей дала себя сжечь, чем рассказала про то, кем является на самом деле. Агата понимает: судьба народа ланки зависит от меня, нужно сохранить тайну. Моя сестра необыкновенный человек! Я вот не смог добиться успеха в жизни, а она занялась бизнесом и преуспела, а деньги вкладывала в подготовку свержения Амина. Представляете, как ей было трудно? Воспитанной для другой жизни, обладающей тонкой натурой, ей пришлось торговать на рынке, общаться с грубыми людьми, освоить их жаргон. Я слышал, как сестра говорит со служащими, и меня коробило от слэнга, которым она пользовалась, но ведь иначе никак нельзя. Агата играла роль оборотистой хабалки, любительницы крепких словечек, пронырливой бизнесвумен. Самое интересное, что девушка из провинциального Павловска сумела пробиться, много зарабатывала, содержала себя, меня, семью Всеволода, собиралась открыть второе дело — торговлю чаем. Я ею восхищаюсь. То, что Амин скоро будет низложен, во многом ее заслуга. Знаете, почему сестра так рьяно тащила в гору свой бизнес? Нам требуются немалые средства, революцию с пустыми руками не совершишь. Это, кстати, слова Агаты.

— Понятно, — пробормотала я. — Вот почему вы не уехали из Ковалева — не хотели бросать сестру. Просто ушли от Маши, переместились в другой квадрат рынка. Ну да, он огромен, найти человека там труднее, чем зерно в амбаре, а у простого грузчика никто документов не спрашивает, он может назваться любым именем. Однако не очень благоразумно вам жить сейчас у Сонькиной. Судя по вашему рассказу, Амин совсем не глуп. Лишившись наследника, он непременно разошлет своих клевретов проверить, не пригрел ли кто из российских ланки претендента на его должность. Странно, что он не делал этого раньше.

— Делал, делал! — сказала Нина Егоровна. — Полгода назад ко мне неожиданно напросилась в гости одна родственница, которую я с юности не видела. Наплела сказочку, будто хочет переселиться в Подмосковье, дескать, цены здесь ниже, воздух чище. Все расспрашивала, как да что в Ковалеве, по квартире моей ходила, не постеснялась шкафы открыть, на одежду полюбовалась. Я сразу поняла, от кого она, сделала вид, будто рада встрече, и не противилась наглому любопытству. Шпионка убедилась, что в моей квартире нет ни малейшего следа беглецов, и умотала.

Я молча слушала Сонькину, с запозданием понимая, почему Агата влетела в комнату, где мы сидели с Тоней и Григорием, с воплем: «Хочу знать правду про смерть Севки!» Меня еще покоробила уничижительная форма имени ее погибшего мужа — вдове не следовало так говорить. Тогда я сочла поведение Агаты признаком ее виновности и ринулась в бой с шашкой наголо. Но сейчас мне ясно: молодая женщина, наверное, решила, что Всеволода убили люди Амина, и потеряла голову от страха за брата.

— Я тут не живу, — улыбнулся Азамат, — пришел поздно вечером помыться и заснул от усталости.

— А мне не хотелось его будить, — вздохнула Нина Егоровна. — Бедняга вымотался, я решила, пусть покемарит до утра. И тут вы, как снег на голову, свалились.

Я повернулась к претенденту на лакшмийский трон.

— Агата во время нашей с ней беседы в доме Анатоля тайком включила мобильный, а когда Григорий сообразил, что она набрала чей-то номер, вдребезги разбила аппарат. Полагаю, таким образом сестра предупредила вас о происходящем?

— Верное предположение, — подтвердил потомок Сауда Справедливого, — я понял, что мне надо спрятаться.

У меня в ушах неожиданно запели комары, а на плечи навалилась усталость. Молодец, Вилка, ты раскопала уйму чужих секретов. Выяснила, что Офи собирается сбежать от Анатоля и жить вместе с обожаемым Феденькой на Мальте, узнала историю народа ланки, познакомилась с их будущим королем и прониклась к нему жалостью. Правда, мне очень не по себе из-за того, что я обвинила Агату в смерти Севы. А ведь именно из-за меня самоотверженной женщине пришлось изуродовать себя. Но я ни на миллиметр не приблизилась к разгадке убийства Всеволода и Валентины.

— Вам плохо? — спросила Нина Егоровна.

— Нина, сделай гостье кофе с корицей, кардамоном и перцем, — велел Азамат. — Это наш народный рецепт, такой напиток бодрит, согревает, придает сил. Сахару в него надо положить от души и пить медленно.

— Кто лишил жизни Севу и Михееву? — неожиданно для себя выдохнула я.

Молодой человек скрестил руки на груди.

— Я, простите, не в курсе дела. Агата говорила, что у них был роман. Валентина знала, что брак подруги фикция, заключен лишь ради получения российского гражданства и ведения бизнеса. Сестра подробностей о торговле секонд-хендом не рассказывала, лишь порой кое-что вскользь упоминала. Насколько я знаю, у нее были проблемы с таможней и санэпидемстанцией. А у Анатоля повсюду знакомые, он в Ковалеве дружит со всем местным начальством, и в Москве у него много чиновных приятелей...

Азамат рассказывал, и я превратилась в слух.

...Когда Агата сообщила, что хочет вступить в брак с Авдеевым-младшим, брат воскликнул:

— У него ужасная репутация! Прозвище Железный Любовник, Всеволод человек без сердца, он состоит из одних инстинктов.

И услышал в ответ:

— Это просто сделка. Чтобы нормально развивать бизнес, мне нужно получить российское гражданство. Когда я оформляла нам фальшивые документы, смогла приобрести лишь паспорта Казахстана, они стоили значительно дешевле российских, а у нас тогда не было денег. Сейчас же с наличностью порядок, и мне лучше стать россиянкой по закону. Как жена Всеволода, я легко пройду все проверки, у Анатоля есть приятель в нужном месте. Мне помогут с таможней, и санэпидемстанция отстанет. Авдеев-старший почти нищий, но связи у него обширные. Грех не воспользоваться ими, я должна заработать денег на борьбу с Амином.

Надо сказать, что Сева честно отрабатывал деньги, которые ему платила Агата. Он прилично себя вел, никогда к ней не приставал, был с фиктивной женой вежлив и в открытую с другими женщинами не путался. Более того, спросил у Агаты:

— Мне нравится Валя Михеева, ты не против, если я заведу с ней роман?

— Она юная наивная девушка, лучше тебе поискать другую, — ответила Агата. А потом не сдержалась и сказала: — Валечка не богата, не принадлежит к миру искусства, одевается по средствам, деньги на жизнь и учебу сама зарабатывает, торгуя в моем магазине поношенной одеждой. Чем она привлекла внимание плейбоя? По-моему, это совершенно не твой вариант.

— Может, я влюбился первый раз в жизни, — буркнул Всеволод. — Знаю, что меня называют Железным Любовником, намекая на мою бессердечность. Но железо, похоже, дало трещину. Валентина очень хороший человек, мне наплевать на ее социальное положение. И она красавица...

Азамат вдруг улыбнулся.

— У ланки есть поговорка: «Если каждый день ходишь на охоту, то непременно встретишь волка, который тебя съест». Понимаете?

— На каждого охотника найдется сотый медведь, — кивнула я. — Неужели Сева и в самом деле влюбился?

Молодой человек пожал плечами.

— А что такое любовь? Во всяком случае, Всеволод относился к Михеевой заботливо. Агата сочла своим долгом поговорить с ней. Рассказала, что представляет собой композитор, и попросила: «Не попадайся на его удочку. Он не способен на длительные отношения, из него не получится верный супруг, хороший отец детям». А Валентина ответила: «Я Севу очень люблю. Пусть наш роман всего на пару месяцев, мне этого хватит. Я не загадываю на всю жизнь, хочу быть сейчас счастлива».

— Девушку не смутило, что она обсуждает свой роман с законной супругой того, чьей любовницей собиралась стать? — удивилась я.

Азамат перевернул пустую чашечку из-под кофе и опустил ее на блюдце.

— Сестра сообщила Вале, что в ее браке нет секса и каких-либо чувств, их союз исключительно деловой. Слушайте дальше...

Агата задала подруге вопрос:

— Сева ради денег пошел со мной в загс, поставил в паспорте штамп. Я бы крепко подумала, стоит ли влюбляться в такого человека. Хотя отмечу: Всеволод честно отрабатывает свой гонорар.

Естественно, никаких подробностей о своей тайной жизни Агата не поведала, про брата и про свою революционную, так сказать, деятельность ни словом не обмолвилась.

Валя выслушала ее, но не обиделась, наоборот, обрадовалась:

— Спасибо за правду о ваших отношениях. Мне мешала начать роман мысль о том, что я могу разбить твою семью. Я прогоняла Севу, говорила ему: «Ты женат, а я в чужом лесу не охочусь». Между прочим, Всеволод ни разу не намекнул на фиктивность вашего брака, он дал тебе слово хранить тайну и сдержал его. Разве так поступит непорядочный человек?

И тогда Агата поняла: Валя не слышит ее предостережений, она ослеплена любовью. Что тут сделаешь? Она лишь попросила Валентину соблюдать осторожность и не демонстрировать свои отношения со Всеволодом.

— Не беспокойся, — заверила подруга, — я никогда не поставлю тебя в глупое положение...

Неожиданно рассказ Азамата прервала Нина Егоровна:

— Она сдавала анализ на СПИД.

— Михеева? — уточнила я. — Откуда вы знаете?

Сонькина встала и пошла к плите.

— Я на пенсии, денег у меня не много, вот я и пристроилась в коммерческую клинику, сижу на кассе. Больница находится в Москве, она дорогая, народу там бывает мало. Несколько дней назад просовывают мне в окошко квитанцию, и я по цене понимаю — прейскурант давно наизусть выучила, — что это исследование на СПИД. Четыре тысячи триста два рубля стоит собственно анализ крови на наличие вируса иммунодефицита, а шесть семьсот десять — оплата визита к врачу. Окошко в кассе крохотное, мне не видно лица человека, только его руки. Женщина протянула пятнадцать тысяч, и я ее попросила: «Пожалуйста, найдите без сдачи». В ответ тишина. Я пару секунд подождала, потом приподнялась, выглянула — а с той стороны стоит Михеева, роется в сумке. Меня она не заметила, потому что деньги искала. Я живо назад села и думаю: «Ну и ну! Догулялась девка!» Вам поможет эта информация?

— Да, спасибо, — сказала я, — любая мелочь может указать на преступника.

— Сева посещал психотерапевта, — подал голос Азамат, — мне Агата рассказала. Он очень испугался, столкнувшись с маленьким мальчиком, и у него случился приступ панической атаки. Знаете, что это такое?

— Человек начинает задыхаться, у него замедляется сердцебиение, возникают головокружение, тошнота, возможен обморок, — перечислила я основные симптомы. — А при чем тут ребенок?

Азамат взял в руки чашку и стал разглядывать потеки кофейной гущи на блюдечке.

— У Агаты есть продавщица Женя, мать-одиночка, которая воспитывает семилетнего Кирилла. Как-то раз она ушла с работы и забыла в магазине ключи от дома. Забрала ребенка от няньки, пошли они к себе. Да, вот только нечем дверь открыть! Тут как раз Агата Жене позвонила, сказала, что захватила ее ключи. Продавщица прибежала к Авдеевым, вошла в квартиру, а сыну велела подождать в прихожей. Агата отдала сотруднице связку, и тут из холла донесся вопль. Обе примчались туда и увидели перепуганного Кирюшу и Севу, которого крючило в припадке. Сестра сначала даже подумала, что у него эпилепсия. А Кирилл заплакал и стал объяснять: «Дядя вошел, стал куртку снимать, меня не заметил. Я ему сказал: «Здравствуйте». А он голову повернул, задрожал и спрашивает: «Ты вернулся? Зачем ты вернулся?» Я ответил: «Я просто пришел». Хотел добавить, что с мамой за ключами, а он заорал и на пол упал». Агата так и не поняла, что это было.

Я отвела глаза в сторону. Ночью все кошки серы, а маленькие мальчики носят похожие курточки, и в полумраке прихожей легко перепутать одного ребенка с другим. Видимо, Всеволода все же мучила совесть, он вспоминал Федю и в тот момент на какую-то секунду решил, что видит привидение. Редкий человек способен убить себе подобного, а уж тем более собственного, пусть и не любимого, сына, а потом преспокойно забыть о преступлении. Основная масса людей даже спустя годы не сможет избавиться от воспоминаний об убийстве.

Азамат тем временем продолжал:

— Агата хотела вызвать «Скорую», испугалась за Севу, но он кое-как пришел в себя, сказал, что ел в кафе рыбу и, вероятно, отравился, но ему уже намного лучше, и пошел спать. Через пару дней Всеволод попросил Агату оплатить его визиты к психотерапевту. Мол, хоть Иван и ближайший друг семьи, но бесплатно ни с кем работать не станет, хотя, наверное, ему сделает скидку.

— Иван прекрасный специалист, — перебила Азамата Нина Егоровна, — к нему масса народа из Москвы ездит. Говорят, он даже от мигрени избавить может. Я давно от головной боли мучаюсь, раньше хоть таблетки помогали, а теперь перестали. Вот и пошла записываться на прием. Секретарь доктора, Екатерина Федоровна, меня сразу как холодной водой окатила: «Курс у психотерапевта состоит из десяти сеансов. Подумайте, вам такой расход по плечу?» — Сонькина вздохнула, вспомнив неприятный эпизод, а затем продолжила: — Она вообще женщина резкая, если не сказать злая. Один раз ранним утром я случайно видела, как Екатерина Федоровна внука в нашем парке муштрует. Осень стояла, и довольно прохладная. Я на автобус спешила. Бегу, задыхаюсь, знаю, если в шесть двадцать не сяду, следующий пройдет в семь десять, точно на работу опоздаю. И вдруг слышу издалека: «Давай, лентяй, старайся!» Выбегаю я к спортплощадке, а там Екатерина Федоровна с Петром. Бабушка в спортивном костюме, бодрая, мальчик же еле живой, пытается отжиматься. Мне прямо жалко его стало. В Ковалеве говорят, что паренек талантливый математик. Зачем ему спорт? Пусть мозг качает, а не мышцы. Видно, как ему тяжело, руки трясутся, а бабка его пинает. Ох, думаю, прав был Карабас, когда мне сказал: «Все детское сумасшествие родственниками выращено». Не просто так Петя в клинику загремел. Надо же было мальчишку затемно поднять и в парке по холоду гонять! Вот и со мной Екатерина Федоровна, когда я пришла к врачу записываться, сурово обошлась. Цифру на бумажке нацарапала, под нос мне сунула. Глянула я на сумму и ушла. Мне не по карману от мигрени избавляться...

Рассказчицу прервал мой мобильный. На связи была Тоня, она, забыв поздороваться, сообщила:

— Найдено орудие убийства Валентины. Этим же ножом лишили жизни и Севу. У нас есть ДНК преступника. Типичная ошибка дилетанта — затек под рукоятку. Ты где?

— У Сонькиной, — коротко ответила я. — А что еще известно?

— Имя, — коротко ответила Антонина. — Это...

Мне потребовалось определенное усилие, чтобы не измениться в лице, когда я услышала, чью кровь обнаружили эксперты. Откуда она взялась?

Некоторые ножи имеют рукоятку Т-образной формы. И часто бывает, что человек, задумавший лишить кого-то жизни с помощью такого оружия, ранит собственную руку об основание рукоятки. Травма хорошо известна экспертам, она оставляет весьма характерный след на коже преступника, и если находится нож, сопоставить его с отметиной очень просто. Но это еще не все. Как правило, капелька крови попадает на орудие убийства. Можно тщательно вымыть нож, вытереть его и выбросить, думая, что следов не осталось, ан нет. Между рукояткой и лезвием всегда есть крохотная, незаметная глазу щелочка, куда и затекает малая толика крови, что дает эксперту материал для анализа.

Я положила телефон в сумку.

— Простите, Нина Егоровна, вы сейчас сказали фразу: «Не просто так Петя в клинику загремел». Внук Екатерины Федоровны лежал в психиатрической лечебнице?

Сонькина смутилась.

— Вообще-то я не имею права разглашать эту информацию. Карабас был очень строг в данном вопросе. И хоть уже не работаю в больнице бухгалтером...

— Очень хорошо вас понимаю, — кивнула я, перебив Сонькину. — К сожалению, в наше время многие доктора забыли о таком понятии, как врачебная тайна, и преспокойно рассказывают о диагнозах людей в телешоу или на страницах желтой прессы.

— Я не имею высшего медицинского образования, — резко остановила меня хозяйка квартиры, — всего-то возилась с документами, занималась расчетом оплаты за пребывание в клинике. В советские годы оно было бесплатным, а с конца девяностых за красивые глаза туда уже не брали. Я учитывала все позиции — стоимость лекарств, еды и так далее, а потом составляла счет. От бухгалтера правду не скроешь, я всегда знала, кто сколько времени и в какой палате провел, но рот на замке держу крепко. Кое-кто из подопечных Карабаса выздоровел, подрос, завел свою семью. Разве могу я ему жизнь своим длинным языком испоганить? Кому приятно будет, если жена или начальник узнают, что человек в подростковом возрасте в психушке лежал?

— Полностью с вами согласна, — снова кивнула я и встала. — Спасибо за беседу, мне пора уходить.

Глава 34

Очутившись на лестничной клетке, я живо набрала номер Пономарева и сказала:

— Бегу к тебе.

— Зачем? — спросил Григорий.

— Как это? — удивилась я. — Наверное, ты уже послал людей за тем, кто поранился о нож.

— Естественно, — гордо ответил Пономарев. — А ты тут при чем?

— Хочу послушать ваш разговор! — воскликнула я.

— Это будет допрос, — поправил начальник полиции. — И вообще, оставь работу над делом настоящим профессионалам. Любителям в моем отделении не место.

Услышав короткие гудки, я обомлела, а затем разозлилась. Значит, пока Григорий не раздобыл нож с каплей крови, он с удовольствием принимал нашу с Тонечкой помощь. Кто ездил в Малинкино и узнал про куклу? Правда, информация не имеет отношения к убийству Севы, но ведь я старалась! А ситуация с Азаматом и Агатой? Я уверена: торговка секонд-хендом не замышляла ничего плохого против Всеволода.

В негодовании я схватилась за телефон, соединилась с Тоней, нажаловалась ей на Григория, слегка остыла и попросила:

— Свяжись с Геной, пусть он по своим каналам выяснит, когда Петр лежал у Карабаса. Я подозреваю, что мальчик вовсе не летал в Австралию к отцу, а провел пару месяцев в клинике.

— Ну, сейчас Гришке мало не покажется! — прошипела Антонина. — Когда я узнала про нож, Пономарев сказал, что вынужден отбыть на какое-то совещание в Москву, а допрос подозреваемого проведет завтра. Я и ушла от Гришки. Он побоялся мне отказать, вот и соврал. А тебе не постеснялся дать от ворот поворот. Как был в детстве идиот, так им и остался, не сообразил, что мы с тобой заговорим о деле, и правда о его лжи мигом всплывет. Вот дурак!

— Ты знаешь, где он взял нож? — остановила я поток ее негодования.

— Анонимный звонок, — объяснила Тоня. — Григорию в моем присутствии позвонила женщина из телефона-автомата на вокзальной площади.

— Подходящее место, — мрачно отметила я. — Там небось толпа бурлит с утра до вечера. И что сказала мадам?

— Назвала адрес и добавила: «Войдете в кабинет, откройте центральный ящик письменного стола и поднимите дно. Там в тайнике хранится нож».

— Удивительная осведомленность, — поразилась я. — Кто мог знать, куда преступник положил орудие убийства?

— Может, его подруга? — предположила Антонина.

— Ты рассказала бы о секрете кому-либо? — спросила я. — Нет, такую информацию не доверят даже самому близкому человеку.

— Как работник архива, я помню кучу деталей из разных дел, — затараторила Тоня. — Вот, например, уборщица поздно вечером мыла рабочее помещение и случайно опрокинула небольшой столик. У того отлетела ножка, она оказалась полой, из нее посыпались таблетки. Техничка сразу поняла, что аспирин или невинные витамины в тайник прятать не станут, испугалась, быстро восстановила статус-кво, а потом написала анонимное письмо хозяину фирмы, в котором рассказала о происшествии. Может, и в нашем случае произошло нечто подобное? Кто-то в отсутствие владельца письменного стола дернул слишком сильно ящик, тот вышел из пазов, упал, фальшивое дно отвалилось...

— Может быть, может быть, — пробормотала я. — А может, и нет.

— Сейчас тебе перезвоню, — пообещала Антонина и отсоединилась.

Минут десять я оставалась наедине со своими мыслями, потом снова раздался звонок и я услышала голос двоюродной сестры:

— Давай, приезжай в отделение, Григорий не начнет без нас допрос.

— Пономарев остался жив? — хихикнула я. — Ты его не спалила из огнемета? Уже еду.

Судя по тому, с какой скоростью пузатый полицейский, восседавший за стеклом с надписью «Дежурный», вскочил и бросился нам навстречу, Григорий строго проинструктировал подчиненного, как надо приветствовать меня и Антонину.

— Вам туда, — суетился толстяк, — налево, по коридорчику до конца, аккурат в нужную дверь упретесь. Осторожно идите, под ноги глядите, у нас тараканы взбесились. Со вчерашнего дня из всех щелей на улицу бегут. Надо же, сколько мы их раньше ни травили, никакого результата не добивались, а сейчас они сами за дверь кинулись. С одной стороны, приятно, с другой — боязно. Неделю назад наши парни задержали цыганку, которая народ на рынке чистила, так она, когда ее в СИЗО перевозили, на порог отделения плюнула и завопила: «Не видать этому дому и вам, в нем сидящим, счастья-радости. Передохнете от моего проклятия». И я теперь думаю: может, правду про ромал говорят, что умеют они порчу наводить? Вдруг прусаки беду почуяли и понеслись спасаться?

— Ерунда, не верьте! — воскликнула я. — Кстати, а чем тут пахнет? Вроде знакомый запах, но не пойму, что это. Ромашка, кажется, или пустырник.

— Начальник курить бросает, — охотно пояснил дежурный, — купил особую электронную сигарету, говорит, очень дорогая, импортная. Вчера он ею тут дымил. Запах у дыма не противный, травяной, но как Пономарев затянется, у меня аж желудок сводит. Я ему сказал...

— Большое спасибо, мы сами найдем дорогу, — перебила болтуна Тонечка, — не надо нас провожать.

— Ну, ступайте, — обиделся толстяк. — Я и не могу довести, права не имею пост покидать.

— Интересно, что случилось с тараканами? — спросила я, когда мы очутились у двери кабинета. — Насекомые удрали и из дома Пономарева.

— Думаю, не выдержали Гришкиного беспорядка, очумели от голода и решили эмигрировать, прихватив с собой родственников из других квартир, — хихикнула Тоня. — А в отделении им надоело остатками лапши быстрого приготовления питаться. Эй, это мы! Григорий, ты рад нас видеть?

— До зубного скрежета, — буркнул Пономарев. Но поймал брошенный в его сторону взгляд Антонины и сразу превратился в сахарный пончик с вареньем. — Что вы так долго? Извелся, пока вас ждал. Давайте поступим так: я устроюсь в допросной, а вы в наблюдательной комнате, там прекрасно все видно и слышно.

— Через дырку в стене, прикрытую картиной? — съехидничала я.

— Вон чего ты помнишь! — изобразил удивление полицейский начальник. — Ну, я не такой старый, в мое время уже изобрели специальное зеркало. Может, конечно, где на периферии и остались дырки, но нам мэр на оборудование средства выделил, и ремонт современный в отделении сделали. Вон, полюбуйся — мебель новая, сейф с электронным замком, компьютер, принтер, электрочайник.

Я окинула взглядом кабинет. Действительно, относительно чисто, стеклопакеты на окнах, у Григория современный офисный стол, вполне приличное кресло. Но, может, мне кто-нибудь объяснит, почему полицейские обожают серо-синий цвет? Отчего в их кабинетах всегда такие унылые стены?

— У тебя красивее, чем в Кремле, — остановила приятеля Антонина, — но сейчас неохота обсуждать детали интерьера.

— Пошли, — сказал Пономарев.

Глава 35

Через широкое окно в стене было прекрасно видно соседнюю комнату, где за простым, совершенно пустым столом сидела женщина, одетая в темно-серый костюм с розовой блузкой. Раздался громкий хлопок, и в помещение вошел Григорий. Под мышкой у него была папка, в руках он держал два дымящихся картонных стаканчика.

— Добрый день, — бодро завел Пономарев. — Кофейку не желаете?

— Похоже, сегодня он добрый, белый и пушистый следователь, — усмехнулась я.

— Насмотрелся американских сериалов, — неодобрительно процедила Тонечка. — У штатников в кино копы вечно капучино с ореховым вкусом и обезжиренными сливками хлещут.

— У нас таких изысков нет, — усмехнулась я, — придется довольствоваться затрапезным растворимым напитком.

— Спасибо, доктор запретил мне возбуждающие напитки, — спокойно ответила задержанная. — И, пожалуйста, не курите. Мне от дыма плохо.

Пономарев аккуратно устроил мундштук с палочкой в подставке.

— Это электронная сигарета, дым не настоящий.

— Все равно противный, — поморщилась женщина.

— Ладно, унесу, — мирно согласился Григорий и вышел.

— Ты могла предположить, что это она? — спросила Антонина.

— Нет, — призналась я. — А откуда образец ДНК честной, никогда ранее не судимой женщины нашелся в базе МВД? Или я ошибаюсь, и в биографии фигурантки есть маленькие грязные тайны, она некогда вступала в конфликт с законом? В таком случае это «некогда» случилось не тридцать-сорок лет назад, материал для анализа у преступников начали брать не так уж и давно.

— В МВД таких сведений нет, — покачала головой Тоня, — совпадение обнаружили в базе данных Министерства здравоохранения. Дело в том, что одной из учениц школы, которой руководит Офелия, понадобилась пересадка костного мозга. Родственники не подошли — да, бывает такое. Директриса бросила клич, по местному телеканалу выступила мать больного ребенка, и люди поехали в больницу. Девочке поразительно повезло, ей подобрали донора, а результаты анализов тех, кто пришел малышке на помощь, остались в документах и были внесены в общую базу на тот случай, если кому-то еще потребуется костный мозг. Это общемировая практика, благодаря ей выживают тысячи реципиентов в разных странах. Григорий прекрасно осведомлен, где можно искать образцы ДНК, поэтому, не обнаружив сходства в документах МВД, просмотрел материалы МЧС и Минздрава. И в конце концов получил ответ: кровь на ноже принадлежит Екатерине Федоровне, свекрови Галины, бабушке Пети, верному секретарю психотерапевта Ивана. Если честно, я почти в шоке. По-моему, менее всего на роль жестокого убийцы подходит эта женщина.

— Согласна, — пробормотала я, не отрывая взгляда от стекла.

Успевший вернуться Григорий сел напротив Екатерины Федоровны, открыл папку, достал несколько фотографий, положил их перед ней и сказал:

— Вы имеете право на адвоката.

— Спасибо, — кивнула Екатерина Федоровна, — но зачем он мне?

— От защитника, как правило, отказываются невиновные, — встрепенулась Тонечка.

— Или самонадеянные глупцы, уверенные, что они во сто крат умнее полицейских, — возразила я. — Даже если ты не совершил ничего дурного, на допросе лучше сидеть вместе с адвокатом.

— Узнаете нож? — спросил Григорий.

— Да, — ответила Екатерина Федоровна, — он из набора, который мне привез из Америки Иван Леонидович. Прекрасное лезвие, остается острым, как бритва, несмотря на то что я им регулярно на кухне пользуюсь. Иван знает о моем увлечении кулинарией, вот и сделал замечательный подарок — чемоданчик с дюжиной тесаков. Я всегда беру их с собой, когда кто-то из приятелей просит помочь приготовить еду на праздник. Ко мне часто обращаются друзья, я готовлю лучше многих профессиональных поваров.

— Один раз на свадьбе у Виктора Юрского я попробовал невероятно вкусную баранину, и Витя сказал, что блюдо состряпали вы. Потрясающе! — похвалил Пономарев. — А почему вот этот нож, запечатленный на фото, оказался в тайнике, на дне ящика вашего письменного стола в офисе?

— Потому что я его туда положила, — без особых эмоций заявила Екатерина Федоровна.

— По какой же причине вы поместили нож в столь странное место? — спросил начальник полиции.

— Побоялась выбросить, — неожиданно откровенно призналась женщина. — Слишком он приметный. Уже говорила, что набор из США привезли, в Ковалеве, да и, скорее всего, во всей России, ни у кого такого нет. Ручка оригинальной формы, на ней выбито название фирмы. Вдруг кто его узнает? Я ножи не прячу, их многие видели. Подумала, пройдет пара месяцев, шум вокруг убийства Севы и Валентины утихнет, я нож на место верну. Где мне еще такой взять? Спросите любого кулинара, и вам ответят: нож для шеф-повара, как инструмент для музыканта.

— Это вы убили Всеволода Авдеева? — прямо спросил Пономарев.

— Да, — незамедлительно ответила собеседница.

— Вот так просто призналась? — удивилась я. — Отказалась от адвоката и начала давать показания? Невиданное дело!

— Может, она поняла, что бесполезно хитрить? — протянула Тонечка. — Надеется, что суд учтет ее чистосердечное раскаяние, добровольное сотрудничество со следствием и проявит снисхождение? Или ее замучила совесть?

Я ничего не сказала в ответ, а Григорий тем временем решил ковать железо, пока горячо.

— Почему вы задумали лишить жизни Всеволода?

Екатерина Федоровна откашлялась.

— Он очень плохой человек, совершил самое страшное преступление на свете — убил ребенка, собственного сына...

— И как вы об этом узнали? — удивился Григорий.

Я поморщилась. Никогда не надо перебивать человека, который решил откровенно рассказать о произошедшем. Вдруг тот замкнется и замолчит? Но Екатерина Федоровна рассказывала о том, как Сева столкнул Феденьку в подпол и как он с Офелией похоронили тело в Малинкине.

— Откуда вы знаете эти подробности? — поразился Пономарев, когда она замолчала.

Екатерина Федоровна повела плечами и отпила-таки запрещенный ей врачом кофе.

— Я веду всю документацию Ивана Леонидовича. Доктор настоящий профессионал, но считает, что любая информация из ноутбука может попасть в Интернет. Ну, кто-нибудь взломает его, и тайны пациентов станут известны всем. Еще он иногда говорит мне: «Вдруг компьютер украдут? Представляешь масштабы катастрофы? Клиент ведь должен быть во время сеанса предельно откровенным, иначе он не избавится от проблемы». Иван очень переживает за своих больных, поэтому предпочитает работать по старинке — ведет магнитофонную запись, а я ее потом расшифровываю и перепечатываю.

— Иван Леонидович опасается кражи, поэтому не пользуется ноутбуком, но хранит откровения людей в бумажном виде и использует диктофон? Где тут логика? — хмыкнул Григорий. — Историю болезни очень легко утащить. К тому же он нарушает врачебную тайну, поскольку вы все знаете.

Екатерина Федоровна допила кофе.

— Не мое дело, почему именно так предпочитает работать врач, задайте этот вопрос ему. Я служу у психотерапевта много лет, еще с тех пор, когда он был простым невропатологом. Иван Леонидович полностью доверяет мне. И, простите, что вы расследуете? Убийство Всеволода и Валентины или кто-то написал заявление, что Иван Леонидович раскрыл его секреты?

— Вы решили наказать Всеволода? — вернулся к основной теме допроса Григорий.

— Да, — подтвердила женщина. — Некоторое время назад он пришел к Ивану, рассказал о случившемся с Федей. И добавил: убитый сын снится ему по ночам, грозит, что правда откроется. Мол, он практически не спит, ему страшно, начались проблемы с желудком. К Ивану Всеволод решил обратиться после того, как чуть не умер от ужаса, увидев в прихожей своей квартиры... Феденьку. Естественно, это был не безжалостно уничтоженный бессердечным отцом мальчик, а другой, вполне живой ребенок примерно того же возраста.

— Точно, — прошептала я, — сынишка Евгении, одной из продавщиц Агаты. Та прибежала к своей начальнице за забытыми ключами от квартиры, а малышу велела постоять в холле.

— Меня возмутило поведение Севы, — говорила Екатерина Федоровна. — Он не испытывал никакого раскаяния, не проронил ни слезинки по поводу гибели малыша. Авдеева пугало лишь одно: вдруг каким-то образом правду узнают, и его посадят. Отвратительно! И я решила восстановить справедливость. Око за око!

Я с изумлением слушала женщину. Помощница Ивана Леонидовича обожает Анатоля, она член семьи режиссера, что подтверждено дипломом. Галина, Петя и Екатерина Федоровна постоянно находятся в квартире Авдеева, и секретарь психотерапевта (кстати, Иван с Лидой тоже причислены к родне местного Станиславского) готовит всем еду, восхищается патриархом клана. И она решила лишить жизни сына своего кумира? Ей-богу, по меньшей мере, странно. Может, все это вранье? Но дама призналась в совершенном преступлении, и ее ДНК найдена на ноже!

— Федор исчез из Ковалева чуть более года назад. Почему же возмездие настигло Всеволода лишь сейчас? — спросил Григорий.

Екатерина Федоровна, не теряя присутствия духа, пустилась в объяснения:

— Мне не хотелось быть пойманной, поэтому я потратила немало времени, придумывая, как выйти сухой из воды. К акту возмездия нужно было тщательно подготовиться.

— Логично, — пробормотала Тоня.

— Всеволод постоянно бывает на людях, — вещала Екатерина Федоровна, — он в Ковалеве человек заметный, а если к нему просто так подойти, тому сразу сто свидетелей найдется.

— И правда, — прошептала Антонина.

— После женитьбы на Агате Сева стал иногда ездить в Москву, — обстоятельно, словно вещая с трибуны, говорила женщина, — он получил работу на телевидении, писал музыку для каких-то проектов и прилично зарабатывал. Анатоль был весьма доволен.

Я приблизилась к стеклу и сказала подруге:

— Агата честно выполняла условия договора с фиктивным мужем, а Сева очень хотел, чтобы окружающие считали его успешным человеком. Бывшая квартирная хозяйка Хашимовой рассказала мне, как случайно подслушала разговор «жениха» с «невестой», и Всеволод...

— Тише, — шикнула Тоня, — я помню твой отчет про ту ситуацию. Помолчи, пожалуйста, мы можем пропустить интересные детали.

А Екатерина Федоровна говорила и говорила.

— Отправиться за ним в столицу я не могла — Сева ездит на машине. Значит, нужно было подстеречь его в Ковалеве. Но днем вокруг люди, вечером он ужинает с родными, еще бегает к своей любовнице, Валентине Михеевой. Да, да, он скрывал эти отношения, похоже, стеснялся связи с не слишком красивой, глупой, небогатой девчонкой, но я человек очень внимательный и видела, какими взглядами обменивалась парочка, когда эта шалава к Агате забегала. Мерзкая девица! Была принята в доме и спала с мужем подруги. Я не знала, как заманить Севу одного в тихий переулок, который бы идеально подходил для убийства, но тут Валентину за ее разврат сам Господь справедливо покарал.

У Тони зазвонил телефон, она вытащила трубку и прижала к уху.

— Привет, Генаша. Слушаю тебя.

Глава 36

— Всеволод перестал ходить к Ивану где-то в конце весны, — продолжила свой рассказ Екатерина Федоровна, — а неделю назад вдруг снова примчался без записи. У доктора неожиданно оказалось окно, какой-то клиент не пришел, вот он и принял Севу. А тот выложил ему правду. Оказывается, Валентина в последнее время плохо себя чувствовала — то температура поднимется, то слабость нападет, то ее тошнит. Во время сессии Михеева ничем, кроме учебы, не занимается, с Агатой не общается, с любовником не резвится, грызет гранит науки. Но в этот раз она изменила своим правилам, встретилась с ним и сказала:

— У меня подозревают ВИЧ-инфекцию, велели сдать анализ на СПИД, и я уже сбегала в лабораторию. Полагаю, тебе тоже надо провериться.

Боже, как он перетрусил! Так кричал в кабинете у Ивана, рассказывая об этом, что даже звуконепроницаемая дверь не помогла. «Я умру! Сгнию заживо!» — прекрасно расслышала Екатерина Федоровна.

Иван Леонидович пытался успокоить Всеволода, сказал ему вполне разумно:

— Повода для паники нет. Надо дождаться результата анализа. И, кстати, СПИД лечат.

Но композитор убежал во взвинченном состоянии, а у Екатерины Федоровны мигом родился план, как заманить Всеволода в укромное место.

На следующий день она поспешила в Москву, в институт, где училась Валентина.

По моим ногам неожиданно пробежал сквозняк, я оглянулась и увидела, как Тонечка выходит из комнаты. Но выяснить, в чем дело, не успела, я очень боялась пропустить хоть слово из того, что рассказывала Екатерина Федоровна.

Приехав в вуз, она смешалась с толпой студентов, нашла Михееву, изловчилась и украла у нее сумочку. Вечером, когда семья Анатоля поужинала, дама незаметно вышла из квартиры и позвонила с мобильного Валентины на сотовый Севы. Композитор посмотрел на экран, сразу понял, кто его вызывает, и спросил:

— Что случилось? Ты же велела не беспокоить тебя до тридцатого декабря, не мешать сдавать сессию.

— Надо срочно встретиться, — захныкала собеседница.

— Тебе плохо? — занервничал Всеволод. — Голос какой-то странный, будто чужой.

— Анализ пришел, — соврала Екатерина Федоровна, пытаясь подделаться под его любовницу. — У меня СПИД, стопроцентно. Значит, и у тебя тоже. Я сейчас приду, открой дверь.

— Нет! — перепугался Сева. — Ты где?

— Неподалеку от театра, в Никитинском переулке, — прошептала Екатерина Федоровна. — Сама не понимаю, как сюда забрела. Мне Л...

А я покосилась на дверь. Куда подевалась Антонина? Подруга пропустила самую важную часть допроса. Теперь понятно, почему Всеволод сказал, что Михеева просит встретить ее с маршрутки. Он настолько перепугался, услышав о положительном результате анализа на СПИД, так растерялся, что, не подумав, ляпнул первое пришедшее в голову, мол, идет на рандеву. На секунду осекся и тут же добавил: лучшая подруга Агаты обратилась к нему с просьбой проводить ее от маршрутки до дома.

— Оригинально придумано, — заметил Пономарев. — Всеволод ни на минуту не усомнился, что с ним говорит любовница, ведь у него определился номер ее мобильного. Правда, отметил, что у девушки странный голос, но вы быстро сказали про СПИД, и у него вымело из головы все мысли, кроме одной: он подхватил неизлечимую болезнь. Вы рассчитывали, что убийца Феди запаникует и сразу ринется в темный переулок. Так и получилось. Однако вы рисковали. Вдруг бы композитор понял, что с ним говорит не Валя, а вы? Ваш голос он ведь хорошо знал.

Екатерина Федоровна оперлась локтями о стол.

— Ну, я же не дура! Во-первых, мы с ним никогда не говорили по мобильному, а во-вторых, я предвидела этот момент и заранее купила на рынке небольшой такой приборчик, который мужской голос легко на женский меняет. А потом... Я очень предусмотрительна, поэтому постаралась полностью повторить действия маньяка, который убивал людей в Ковалеве. Газеты много о преступнике писали, мне не составило труда найти информацию.

Григорий провел ладонью по папке с бумагами.

— Хорошо, вы наказали Севу за убийство Феди. Но при чем тут Валентина? Она чуть было не спутала ваши планы, прибежав к Агате, но вы уже убили Севу. Зачем было избавляться от Вали?

Екатерина Федоровна скрестила руки на груди.

— Она позвонила мне на следующий день днем и заявила, что сумку украла я.

— Каким образом ей удалось сделать такой вывод? — искренне удивился Пономарев.

— Я была не очень осторожна, — призналась помощница психотерапевта. — Валентина заметила меня в коридоре института, удивилась, хотела подойти, но ее кто-то отвлек. От Авдеевых девчонка ушла домой, легла спать, а утром с ней связалась однокурсница, сказала, что видела женщину с точно такой же сумкой, как у нее, и описала мою внешность. Валентина разговаривала со мной истерично, нагло. Пообещала пойти в полицию, если я не верну сумку и не заплачу ей сто тысяч за молчание. Я пообещала выполнить ее требования, чтоб она не подняла шум. Мы пересеклись около четырех дня. Ну и пришлось ее убрать. Давайте сделаем перерыв, я устала.

— Хорошо, посидите тут, — велел Григорий и удалился из допросной.

Спустя секунду дверь в комнатушку, где у стекла стояла я, скрипнула. Я решила, что вошел Пономарев, и сказала:

— Она призналась, сообщила массу подробностей, которые могут быть известны исключительно преступнику. Но я сомневаюсь в ее вине, у меня возникли кое-какие вопросы.

— А вот на них ответы, — прозвучал звонкий голос Антонины.

Я обернулась и увидела ее с ноутбуком под мышкой.

— Представляешь, в отделении полиции есть вай-фай, — сообщила она, — вот как далеко зашел прогресс. Помнишь, мы просили Генку проверить, лежал ли Петя в психиатрической лечебнице Карабаса и какой у него диагноз? Хватались за любую соломинку, чтобы выйти на убийцу.

— Даже если Петр не являлся пациентом клиники, он там точно бывал, — откликнулась я. — Студент не очень многословен, но узнав, что его приглашают в США на учебу, впал почти в эйфорическое состояние, рассказал о своих планах и обронил фразу: «Розы около моего дома будут лучше, чем у Карабаса в саду».

— Ну и что? — пожала плечами Тоня. — Это не аргумент, парень мог навещать приятеля. Но ты оказалась права. Петр не летал в Австралию, не пересекал границу России, на его фамилию не приобретался билет, он лежал у Карабаса. Генка настоящий гений, раздобыл все бумаги.

— О чем шуршите? — радостно спросил Григорий, тоже входя в комнату. — Дело закрыто. Ох и шум поднимется, когда все узнают имя человека, заколовшего Всеволода и Михееву!

— Читайте, — приказала Тоня и открыла свой ноутбук.

Мы с Пономаревым уставились в текст.

— Когда ты поняла, что Екатерина Федоровна врет? — спросила Тоня, после того как я изучила присланный компьютерщиком материал.

Я начала загибать пальцы.

— Она слишком спокойна, отказалась от адвоката, не юлила, не пыталась оправдаться, то есть вела себя так, словно хотела быть арестованной. А еще она в своем рассказе бросила фразу, которую вряд ли произнесла бы, если бы то, о чем она говорила, имело место в действительности. Екатерина

Федоровна совсем не глупа, должна понимать, что даме ее возраста трудно «смешаться с толпой студентов», значит, это был просто оборот речи. И еще один момент. Спустя некоторое время после того, как Сева умчался на встречу со лже-Михеевой, я увидела на полу в прихожей мокрую мужскую куртку. Причем не удивилась, ведь на улице постоянно моросил дождь со снегом, и хотела поднять пуховик, но меня опередила Екатерина Федоровна. Она вышла из помещения театра, неся в руках противни, которые там мыла в буфете, и тоже заметила черную стеганку. Она подхватила ее, встряхнула и сказала: «Ох уж этот Петя! Ну почему у него всегда отрываются петельки?» Потом открыла шкаф, достала свое сухое пальто, повесила на крючок, а мокрую куртку внука устроила на вешалке. Понимаете?

— Конечно, — протянула Антонина. — Раз пальто Екатерины Федоровны было сухим, значит, она не покидала дом. Тогда все разбежались кто куда. Мы с тобой сидели в столовой, а где были остальные, я не обратила внимания.

— И ведь я вспомнила про влажную куртку, когда разговаривала с Ниной Егоровной и увидела пуховик Азамата, — добавила я. — Как фейерверк в голове вспыхнул вопрос: почему мех в каплях? Но поскольку беседа с Сонькиной казалась тогда важнее, я сосредоточилась на ней и отмела все остальные мысли.

— Дай ноутбук! — потребовал Григорий. Не дожидаясь разрешения, он схватил компьютер и исчез за дверью.

Мы с Тоней снова уставились в стекло.

— Спорим, он опять принесет ей кофе? — шепнула подруга.

И оказалась права. Минут через пять Пономарев появился в допросной и водрузил перед Екатериной новый картонный стаканчик со словами:

— Горячий напиток сейчас очень будет кстати.

Бабушка Пети отрицательно покачала головой.

— Благодарствуйте, я уже напилась. Вы меня арестуете?

— Осталось уточнить кое-какие малозначительные детали, — пробурчал Пономарев и открыл ноутбук. — Уж извините, мы покопались в вашей семейной истории и узнали, что Петр вовсе не летал к отцу в Австралию, а лечился в психиатрической клинике. Ваш сын, на мой взгляд, поступил не совсем порядочно. Сам усвистел в Сидней с молодой женой, обосновался там, а мать и бывшую супругу, у которой не совсем хорошо с головой, и своего ребенка от первого брака бросил в Ковалеве.

— Бог ему судья, — сухо обронила Екатерина Федоровна. — Я очень люблю Петю, но, к сожалению, его нельзя лишить общества Галины, хоть она и портит мальчика.

— Мать обожает сына, — плеснул масла в огонь Гриша, — заботится о нем, ограждает от дурного влияния.

— Она полная дура! — возмутилась бабушка. — Запрещала мальчику пользоваться компьютером, вечно делает ему замечания, довела его до того, что Петя при ней не хочет ничего говорить. Сколько я с Галиной ругаюсь! Увожу утром паренька на спортивные занятия, мать в дверях встанет и кричит: «Нет! Он заболеет! Нельзя Петеньке по улице бегать!» Что с идиотки взять? Каждый день у нас скандалы.

— Неприятно, — согласился Пономарев. — Но
давайте вернемся к диагнозу. Валентин Борисович
Никитин был редким специалистом. Вы обратились
к нему после того, как Петр напал на вашу близкую
подругу и соседку Ольгу Кирееву. Подросток под-
стерег женщину, когда та возвращалась с работы
домой, и попытался зарезать кухонным ножом. Ки-
реевой удалось вырваться. Петр убежал, а соседка
сразу позвонила вам. Она, врач по профессии, не
стала обращаться в полицию, не хотела ломать
жизнь вам и мальчишке, но настоятельно велела
проконсультироваться у психиатра, потому что решительно не понимала, что могло спровоцировать
нападение. Петя прекрасный человек, защитник
обиженных, всегда заступался в школе за малышей
и девочек, которых били старшие ребята, храбро
дрался с теми, кто сильнее его, и заслужил в классе
кличку Бешеный, потому что сразу бросался с кулаками на того, кто, по его мнению, обидел крош-
ку. Петя очень любит маленьких детей, не выносит,
когда они плачут.

— Ну и что? — ледяным тоном осведомилась
Екатерина Федоровна. — У Петра обостренное чувство справедливости. Он настоящий мужчина.

— На Ольгу Кирееву ваш любимчик напал потому, что она наказывала своего пятилетнего внука, —
продолжил Григорий. — Вы проживаете в соседних
квартирах, комната Петра прилегает к детской, стены тонкие, Петя часто слышал плач мальчика, а
потом увидел его во дворе с загипсованной рукой и
сделал вывод: бабушка покалечила внука, ее следует наказать. По мнению Пети, садистка заслужива-
ла смерти. Киреева, между прочим, совсем не виновата. Внук ее рыдал оттого, что бабушка не разре-

шила ему в кровати смотреть телевизор, а руку парнишка повредил, катаясь на коньках. Но Петр не усомнился в своей правоте и накинулся на Кирееву.

Полицейский сделал паузу. Екатерина Федоровна сидела не шелохнувшись.

— Молчите? Ладно, я продолжу. Никитин поработал с подростком и понял, что Петр страдает синдромом Немезиды. Немезида — богиня справедливости, воплощение мысли, что наказание за преступление неотвратимо. Она поэтому слегка смахивает на богиню мести. Не зря древние художники изображали Немезиду с плетью, уздечкой, ошейником и наручниками. Страдающий синдромом Немезиды на начальной стадии заболевания кажется прекрасным человеком, защитником оскорбленных и униженных, но недуг развивается, и вот уже больной налетает с кулаками на старушку, которая бросает дворовой кошке сосиску. Что плохого совершила бабуля? Она задумала уничтожить животное, которое непременно отравится, подобрав еду с грязной земли! В нездоровой голове свой разум. Несчастному начинают повсюду мерещиться невинно обиженные, и он пытается их спасти, нападая на тех, кто, по его мнению, поступает с ними дурно. Психически нестабильному человеку не требуются ни улики, ни какие-либо доказательства, подтверждающие чужую вину. Считая, что отлично разбирается в людях, этот человек всегда готов к бою. В легкой форме синдром Немезиды присутствует у пламенных революционеров, не способных жить без борьбы за чье-то освобождение от гнета и притеснений. Но иногда болезнь заходит совсем далеко, и тогда сумасшедший начинает убивать, не испытывая ни малейшего раскаяния. О каких муках совести может идти речь, если нужно спасти ребенка от садиста? При этом умалишенный остается вполне адекватен в обыденной жизни. И он хитер, тщательно готовит нападение, заметает следы, не хочет попасться полиции. Думаете, потому, что боится наказания? Нет, он опасается, что в случае ареста (конечно же, несправедливого, так как за избавление общества от жестокой дряни надо давать медаль) множество несчастных останется без его помощи. Страдающий синдромом Немезиды очень изворотлив, у него богатая фантазия, а окружающие считают его просто вспыльчивым, но очень хорошим человеком, и бывают поражены, когда выясняется, что этот «вспыльчивый, но очень хороший» кого-то убил. Екатерина Федоровна, вовсе не вы, а Петя убил Всеволода и Валентину. Хотите, расскажу, как обстояло дело?

Глава 37

Мы с Тоней замерли перед стеклом, следя за тем, что происходит в допросной.

Екатерина Федоровна по-прежнему молчала, и Григорий продолжил:

— Карабас был уникальным врачом и смог каким-то образом обуздать порывы Пети. В истории болезни вашего внука есть составленное по минутам расписание дня, где подчеркнуто: ему необходима постоянная физическая нагрузка. И вы по сию пору тщательно выполняете предписание Никитина — по утрам в любую погоду заставляете парня тренироваться в парке, следите за его диетой, из которой навсегда исключены некоторые продукты.

Ваше самоотверженное поведение дало плоды, вот уже несколько лет у Петра не было рецидива, вы решили, что внук выздоровел, и чуть-чуть отпустили вожжи. Так?

Помощница Ивана не издала ни звука. Пономарев потер руки.

— Молчание знак согласия. Идем дальше. Вы приносите домой с работы кассеты, на которых записаны сеансы врача. Можете не отвечать, я абсолютно уверен, что прав — расшифровывать и перепечатывать аудиоматериалы дело трудоемкое, долгое, вам точно приходится брать работу на дом. Причем сомневаюсь, чтобы в вашей квартире имелся сейф. И более чем уверен, что на каждом носителе информации Иван Леонидович пишет фамилию, имя, отчество клиента. Психотерапевт не доверяет компьютеру как средству хранения информации, поэтому ведет дела по старинке. Не станем давать оценку поведению Ивана, просто уясним факт: он совершенно уверен в том, что его помощница будет держать язык за зубами, и вы никогда его не подводили, из вас клещами слова о посетителях не вытащить. Но вот о том, что у верной, надежной сотрудницы есть семья, Иван не подумал. Я не знаю, в какой момент ваш внук впервые услышал записи его бесед со Всеволодом. Конечно, это была случайность — уставшая бабушка сделала звук диктофона чуть громче или парень, в ее отсутствие обнаружив кассету с маркировкой «Всеволод Авдеев» в ее комнате, не сдержал любопытства. Собственно, нам сейчас важно, что Петр узнал о смерти Феди и решил наказать того, кто убил мальчика. Я прав?

Екатерина Федоровна сидела с непроницаемым лицом, и я поняла, что Гриша, предположив, будто внук тайком слушал записи, попал в точку.

Пономарев заговорил снова:

— Между глупым подростком, который бросился очертя голову с ножом на соседку, и талантливым математиком, гордостью института и надеждой отечественной науки, огромная пропасть. Карабас научил Петю управлять своими желаниями. Грубо говоря, внушил ему, что сначала надо посчитать до десяти, а потом лезть в драку. И Петенька научился оттягивать момент расправы над тем, кто, по его мнению, заслуживает наказания. Он стал тщательно готовиться к убийству Севы. С его точки зрения, несправедливо, что отец несчастного малыша радуется жизни. Вот только молодой человек не хотел попасть в тюрьму, поэтому попытался разработать идеальный план мести. А дальше, Екатерина Федоровна, мы знаем, как обстояло дело. В вашем подробном рассказе надо лишь заменить местоимение «я» на имя «Петя», и все встанет на свои места. Откуда парень узнал, что у Валентины СПИД? Абсолютно уверен, что теперь он всегда изучает аудиоматериалы, которые вы приносите домой, потому что понял: вот он, кладезь сведений о чужих преступлениях. Ваш внук может открыть охоту и на других «преступников». Мало ли с какими проблемами народ идет к психотерапевту? Тот ведь сродни священнику, ему говорят всю правду о себе, какой бы неприглядной она ни была.

— Неправда! — возмутилась Екатерина Федоровна. — Петя не какой-то там серийный маньяк, он хотел...

Дама захлопнула рот.

— Ну, ну, продолжайте, — живо попросил Пономарев. — Так чего хотел Петя?

— Все, что вы говорите про внука, бездоказательная дурь! — отчеканила помощница Ивана. — Ни одной прямой улики против мальчика у вас нет.

— Она права, — вздохнула Тонечка, — арестовать человека на основании одних лишь размышлизмов никак нельзя. Ситуацию с мокрой курткой любой адвокат в секунду высмеет.

— Я убила всех, — торжественно заявила Екатерина; — и точка. Запротоколируйте мое признание. Кстати, вот теперь мне нужен адвокат!

Следователь встал.

— Мы еще раз опросим всех, присутствовавших на ужине у Авдеева в день убийства Севы. Проведем хронометраж, кто и на какое время покидал столовую. Уверен, найдутся полчаса, когда Петю никто не видел.

— Как моральное давление этот аргумент неплох, — прокомментировала, повернувшись ко мне, последние слова Гриши Тоня. — Но опять не прямое доказательство. Ну, не видел никто Петю тридцать минут, и что? Адвокат скажет: «Юноша решил отдохнуть от мамы с бабушкой, прошел через служебную дверь в помещение театра и там решал уравнения в своем блокноте». Упс! Нужно найти свидетеля, который видел, как Петр покидает квартиру, идет в переулок и нападает на Севу. Но, похоже, такового не отыщется. Зато есть признание бабушки, а в России признание — царица доказательств.

— Петя взял ваш нож из набора, — продолжал гнуть свою линию Григорий. — И это юноша смешался с толпой студентов, когда явился красть сумку Валентины. Но он не учел крохотной детали: в институте учатся в основном девушки, юношей там мало, появление незнакомого парня вызывает ажиотаж. Петра заметили, и подружке Севы позвонили, рассказали про симпатичного парня, который унес ее сумку, описали его внешность. Михеева сообразила: ее обокрал Петр, которого она прекрасно знает и сама видела его в своем институте.

— Очень слабый аргумент, — сказала Тоня, отвлекаясь от диалога в допросной.

— Покажем фото Пети учащимся вуза, — заговорил начальник полиции, — и непременно от кого-нибудь услышим: «Ой, вот он сумку Михеевой утащил, я заметила».

— А может, и не услышим, — поморщилась Тоня. — Бабушка не сдастся.

Пономарев снова сел и сочувственно произнес:

— Екатерина Федоровна, я вас прекрасно понимаю. Любимый единственный внук, математический гений, перед которым открывается великолепная карьера, прибегает к вам и рассказывает, что убил Валентину и Всеволода. Полагаю, Петя был в ужасном состоянии. Лишить человека жизни непросто, а Петру пришлось это проделать дважды. Или он к вам не обращался? Возможно, вы сами поняли, что с внуком творится неладное, и добились от него правды. Представляю, как вы испугались. Но потом взяли себя в руки, тщательно вымыли нож и спрятали его в столе у себя на работе. Но где же характерный след от травмы рукояткой? У вас его нет!

— Стоп! А почему тогда на ноже ДНК Екатерины Федоровны? — удивилась Тоня.

— Человек не всегда травмируется, нанося удар, — медленно проговорила я, — вот и Петру повезло, он не получил «поцелуй клинка». Помнишь, Тоня, в тот день, когда мы приехали в Ковалев, во время ужина Екатерина Федоровна порезалась на кухне? Вот тогда ее кровь и попала под рукоятку. Она об этом не знала и, думаю, была просто счастлива, услышав в начале допроса сообщение о наличии ее ДНК на тесаке. Верное же доказательство, что Петя ни при чем, можно смело утверждать, что двойное убийство ее рук дело.

— Вы героическая женщина, готовая ради любви сгореть на костре, — посмотрел в упор на задержанную Григорий.

— Это точно, — вздохнула я за стеклом.

— Но как Петя относится к вам? — вкрадчиво поинтересовался Пономарев. — Достоин ли он вас? Откуда, собственно, мы узнали про тесак? Нам позвонил некто и сказал, что лежит в тайнике письменного стола Екатерины Федоровны. Вы стойко держитесь, но, как любой человек, допускаете мелкие оговорки. Ну, например, такую: повествуя о том, как, прикидываясь Валей, вы звонили Севе, упомянули про хитрый прибор, который преобразует мужской голос в женский. Но разве у вас мужской голос? Вы толком не знаете про техническую новинку, а вот математик осведомлен о подобных штучках. Признаваясь вам в совершенном преступлении, внук упомянул про «мужской голос», и вы сейчас его фразу просто повторили. Так дети озвучивают хорошо выученный урок. Екатерина Федоровна, вы еще не догадались, кто была та таинственная дама-аноним, осведомленная о тайнике, где хранится орудие убийства? Тогда я поясню — это ваш внук

Петя воспользовался «изменителем голоса». Зачем? Хотел, чтобы бабушку арестовали. Вы тут говорили, что не выбросили нож из-за его приметности и нежелания лишиться прекрасного орудия труда. Думаю, это лишь отчасти правда. Вы в действительности испугались, что импортный резак могут найти на помойке или он как-то попадется на глаза полиции. Везти его в Москву и выбросить там было сложно, вот вы и предпочли свой стол. Вам казалось так надежнее.

— Бедная Екатерина Федоровна... — пробормотала я. — Очень обидно, когда тебя предает муж или любовник. И совсем ужасно, если так поступает родной безмерно любимый ребенок.

— Она не дрогнет, — предположила Тонечка, всматриваясь в лицо пожилой женщины, — сгорит на костре, но не выдаст своего Петеньку.

— Может показаться странным, что парень так обошелся с человеком, который готов отдать за него жизнь, — продолжал Григорий, — но есть простое объяснение его поведению. И мать, и бабка до зубовного скрежета надоели юноше. Галина истеричка, постоянно его дергает, буквально не дает вздохнуть, ведет себя так, словно сыну три года. Кстати! Забыл сказать. Я уверен, что мать не в курсе его диагноза, вы не сообщили невестке про синдром Немезиды. Молчите? Ладно, буду считать, что, как всегда, прав. От Галины Петр избавится, когда полетит в США, мать туда за ним не последует, ей не дали визу. А вот вы собрались жить с внуком, уж и билет купили. Бабушка держит его за шкирку, никогда не отпустит, станет вечно контролировать, заставит потеть на стадионе, держать диету. Как избавиться от ее опеки? Да очень просто: подсказать полиции, где хранится нож. Ей начнут задавать вопросы, и она, чтобы отвести подозрение от него, возьмет всю вину на себя.

— Очень глупо было прятать тесак! — воскликнула я. — Его следовало спокойно присоединить к набору. Сомнительно, что кто-нибудь сообразил бы, где надо искать орудие убийства.

— Екатерина Федоровна очень испугалась, вот и решила подстраховаться, — выдвинула свое предположение Тоня.

— Или лучше было утопить его в реке, — не успокаивалась я.

— Наверное, Екатерине Федоровне стало спокойнее от мысли, что орудие убийства неподалеку, а не валяется в какой-то куче, где может быть обнаружено невесть кем, — грустно произнесла Тонечка.

— Вы смотрите на внука через искаженное любовью стекло, — не успокаивался Пономарев. Следователь встал и прошелся по допросной туда-сюда. — Не понимаете, что он вас терпеть не может. Я знаю, что Петя, рассказывая, как станет жить в Америке, ни разу не упомянул ни вас, ни мать. «Я выращу розы лучше, чем у Карабаса. Я куплю домик. Я стану богат». Я, я... Никогда «мы». Родные Петру не нужны. А теперь последняя по счету, но первая по важности информация. Федя жив. Он находится на Мальте. Вот, полюбуйтесь, Екатерина Федоровна, это справка из аэропорта Шереметьево о прохождении мальчика через границу. Могу организовать для вас встречу с ним по скайпу. Всеволод ни в чем не виноват, он искренне считал, что убил сына, но его обманули. Кто, почему и зачем, неважно. Главное, паренек в добром здравии. Ваш внук опасен, его надо поместить в поднадзорную палату.

Иначе в ближайшее время Петр снова схватится за нож. Он психически ненормален!

— Удар ниже пояса, — прошептала я. — Бедная, бедная Екатерина Федоровна...

Григорий перевел дух, а пожилая женщина судорожным движением схватила лежащую на столе бумагу, ручку и начала быстро писать.

— Неужели Гришка ее сломал? — заволновалась Тоня.

— Нет, — вздохнула я и указала на стекло, — вот ответ на твой вопрос.

Бабушка Пети уже сидела прямо, держа в руках лист с текстом, сделанным крупными печатными буквами: «Я убила всех. Не скажу больше ни слова. Требую адвоката».

Когда Пономарев вошел в комнату, где находились мы с Тоней, он не сдержался и закричал:

— Я точно знаю, что убил парень! Бабка его выгораживает!

— Мало знать, надо доказать, — справедливо заметила Тоня.

— Пошли, перекусим, — предложила я.

— Аппетита нет! — покачал головой Пономарев.

— У меня тоже, — призналась я, — просто хочу тебя отвлечь.

— Куда угодно, только не в кафе, — простонал Григорий, — меня стошнит от запаха еды. И желательно уйти подальше отсюда.

— А давайте отправимся на рынок? — слишком весело и бодро предложила я. — Хочу купить Гене, компьютерщику, который нам так здорово помогает, электронную сигарету в подарок на Новый год. Он давно собирался бросить курить, но не получается. А ты, Григорий, смотрю, уже не нюхаешь пачку.

— Ну, да, — неохотно согласился Пономарев. — Сначала меня от дыма новомодной штучки воротило, потом привык, аромат понравился, теперь даже к обычному табаку и не тянет. Только вот аппетит пропал, еле-еле утром кофе выпил.

— Супер! — обрадовалась Тонечка. — Заодно похудеешь. Если электроника еще и от жрачки отворачивает, я Куприну ее приобрету, а то у него живот растет не по дням, а по часам. Вперед!

— Рысью! — подхватила я.

Мы с подругой взяли Григория под руки и вывели в коридор. Не следует оставлять человека, который только что потерпел неудачу, одного, его надо отвлечь от мыслей о поражении, занять простыми бытовыми хлопотами. Пробежка по магазинам в таком случае лучшая терапия. Уж поверьте моему опыту, ничто так не поднимает настроение, как покупка губной помады или крема для тела. Правда, Грише косметика ни к чему.

На сей раз в китайской лавке не оказалось покупателей, и к нам сразу подошла продавщица, вполне владеющая русским языком. Услышав, что мы хотим приобрести электронные сигареты, она мгновенно выложила на прилавок коробочку и открыла ее со словами:

— Пожалуйста, лучший товара.

— Не такой, — остановила я китаянку.

— Другого у нас нет, — удивилась та.

Я заспорила:

— Недавно я приобрела другой вариант, там не пар, а дым.

— Может, брали не у нас? — предположила продавщица.

— Купила тут, — уперлась я. — Меня обслуживала девочка Оля, она плохо говорит по-русски, но в конце концов мы друг друга поняли.

Пономарев показал пальцем на полку и воскликнул:

— Да вот же, я узнал упаковку!

Торговка взяла картонный ящичек и откинула крышку.

— Нашли! — обрадовалась Тоня.

— Супервещь, — похвалил электронику Григорий. — Я враз охоту курить потерял. Да еще вместе с аппетитом.

— А сказали, у вас только один вариант электронной сигареты, — упрекнула я китаянку.

Глаза продавщицы забегали из стороны в сторону.

— Простите, случилась ошибка... Оля пока не освоила русский язык и... ну... э... да... э... э...

— Немедленно говорите толком! — потребовал Григорий.

Китаянка постучала пальчиком по мундштуку.

— Не сигарка. Дырочка сделана, чтобы окуриватель горел постоянно и ровно, не гас. Это не надо курить. Это не для человека. Средство от тараканов.

Мы замерли без движения. Первой опомнилась Тонечка.

— Вот почему прусаки стройными рядами ушли из Гришкиного дома и полицейского участка! Однако, мощная штука!

Я захлопнула раскрывшийся от изумления рот. Значит, мы с услужливой Олей все-таки не поняли друг друга. Она решила, что мне надо средство от насекомых, учитывая мои слова «Пых-пых. Все умрут. Курить. Смерть», это совсем не так уж и странно. Девочка-то едва лепечет на русском, а понимает чужой язык еще хуже.

Григорий закрыл рот рукой и выскочил на улицу.

— Оля не хотела, — испуганно зачастила китаянка, — девочка не виновата, сейчас вручу вам подарок. Выбирайте любой товар бесплатно.

— Дайте-ка мне этот замечательный окуриватель, — деловито велела Тоня. — В архиве такие тараканищи! Устала с ними бороться. Эй, Вилка, чего молчишь?

— Хорошо, что Гриша не отравился, — выдавила я из себя.

— Ну, он же не насекомое, — хихикнула Антонина. — Разве простого россиянина легко сшибить с ног? Мы невероятно живучи, нас ничто не берет, ни революции, ни дефолты, ни кризисы. Мы в любой голод выживем, изо всех передряг выберемся и заживем счастливо при любых обстоятельствах.

Эпилог

Я уехала из Ковалева, не дожидаясь тридцать первого декабря. Наврала Анатолю, что в моей квартире случился потоп, и спешно укатила в Москву, так и не получив диплома члена семьи Авдеева и не сыграв роль елки в новогоднем спектакле.

Спустя некоторое время Тонечка рассказала мне, что Екатерина Федоровна содержится в местном СИЗО. Даже увидев Феденьку по скайпу и убедившись, что тот вполне жив и учится на Мальте, она не изменила показаний. Сейчас ее ждет суд, где самоотверженно любящая внука бабушка намерена всенародно признаться в убийстве Севы и Вали. Поскольку заседание планируется открытым, местная пресса будет его активно освещать, и Анатоль узнает про «убийство» Феди и про то, как его сестра и сын хоронили «труп». Информация о наследстве Феденьки непременно выплывет наружу, но Офелии уже наплевать на сокрытие тайны, она, как и планировала, благополучно улетела на Мальту и возвращаться не собирается. Что будет с Пенелопой, которая останется один на один с разъяренным Анатолем, ее не волнует. Офи наконец-то обрела свободу.

Пока Григорий пытался сломить Екатерину Федоровну и добиться от нее правдивых показаний, ушлый Петр поменял билет и улетел в США раньше намеченной даты. Хотя молодой человек мог и не спешить, никаких доказательств того, что он убийца, не найдено, задержать парня нет оснований. Прокурор сказал Пономареву:

— Не занимайся ерундой, перестань повторять: «Я знаю, Екатерина Федоровна ни при чем, нутром чую, она покрывает Петра». Знайку и чуйку к делу не приложишь. Есть женщина, которая призналась в преступлении. Точка.

Остается лишь надеяться, что болезнь Петра не будет развиваться, он не станет серийным убийцей и никто от него не пострадает по ту сторону океана.

* * *

Поздней весной, лежа вечером на диване, я от скуки щелкала пультом, переключая бесконечные каналы, у меня их в телевизоре то ли триста, то ли четыреста. Вдруг на экране мелькнуло знакомое лицо. Я замерла, потом села и стала смотреть репортаж.

— Веселый праздник состоялся сегодня в населенном пункте Павловск, — радостно вещала за кадром корреспондентка. — Проживающие тут ланкшмийцы верят в то, что, прыгая через костер, они сжигают все неприятности. Поэтому раз в году, в преддверии лета, здесь устраивают торжества, похожие на те, что происходят у нас в день Ивана Купалы.

Я неотрывно следила за толпой празднично наряженных людей. Вот Нина Егоровна Сонькина, а около нее Агата, на лице которой не видно никаких шрамов. Может, отметины и остались, но они мелкие и не бросаются в глаза.

— Сегодняшний праздник приурочен ко дню рождения Кахира, выбранного вчера главой диаспоры ланкшмийцев, — тараторила репортер.

Камера на пару секунд показала счастливое лицо Азамата, затем кадр сменился, на экране появилась симпатичная брюнетка.

— А теперь о погоде в самых дальних уголках страны...

Я снова легла на диван. Значит, Азамат, то есть Кахир, добился своего. Надеюсь, он будет добр, справедлив, великодушен и никогда не забудет, как его любит сестра. Увы, в моей жизни нет человека, ради которого я готова на все.

Телефонный звонок заставил меня вздрогнуть. Я схватила трубку и услышала знакомый голос:

— Привет. Как дела?

В первую секунду мне захотелось отшвырнуть мобильный, но я справилась с собой и ответила:

— Прекрасно! А как ты? Рада тебя слышать.

— У меня дела не особенно хороши, — сказал Костя. — А ты действительно рада меня слышать?

Я сгребла в кучу все свои артистические способности.

— Конечно! Почему давно не звонил? Я набирала твой номер пару раз, но ты не ответил. Хотела поздравить тебя с женитьбой.

Последние мои слова были самыми лживыми из всех, произнесенных сейчас. Но Константин поверил им.

— Извини, наверное, я не слышал вызова. Ты на меня не обиделась?

— Ерунда! — засмеялась я. — Сама не всегда отвечаю на звонки.

— Я про свадьбу, — совсем тихо сказал Костя.

— Почему я должна обижаться? — защебетала я. — Нет ни одной причины, чтобы дуться. Это же прекрасно, когда твой близкий друг находит счастье.

Костя молчал. Я перевела дух. Никогда нельзя показывать свои истинные чувства человеку, который глубоко вас обидел. Наоборот, улыбайтесь ему и сделайте вид, будто ничего не заметили. Пусть обидчик кусает себе локти из-за того, что не удалось вышибить вас из седла.

— Вилка, мне нужна твоя помощь, — прошептал Костя. — Случилась большая неприятность. Я остался совсем один. Обратиться не к кому.

— А жена? — не выдержала я.

— Она ушла, — ответил Костя. — Сбежали все. Если и ты сейчас бросишь трубку, я это пойму. Я поступил с тобой подло. Но мне, ей-богу, очень плохо. Я в большой беде.

Встав с дивана, я сказала:

— Называй адрес, куда приехать. Надеюсь, с учетом московских пробок я смогу добраться туда в течение часа.

— Ты и правда хочешь мне помочь? — не поверил своим ушам Константин.

— Ну, ты же просишь подставить тебе плечо, — ответила я. — Диктуй адрес.

Костя быстро назвал улицу, номер дома и добавил:

— Ты удивительный человек. Всегда находишь выход из безвыходного положения.

Я сунула телефон в сумочку, схватила ключи от машины и пошла в прихожую. Нет, я не удивительная, а самая обычная женщина. Да, я считаю, что можно справиться с любой неприятностью. Я действительно всегда нахожу выход из безвыходных, казалось бы, положений. Но вот вопрос, каким образом я в них попадаю?

Литературно-художественное издание

ИРОНИЧЕСКИЙ ДЕТЕКТИВ

Донцова Дарья Аркадьевна

НОЧНОЙ КОШМАР ЖЕЛЕЗНОГО ЛЮБОВНИКА

Ответственный редактор *О. Рубис*
Художественный редактор *В. Щербаков*
Технический редактор *Л. Козлова*
Компьютерная верстка *Е. Кумшаева*
Корректор *Д. Горобец*

ООО «Издательство «Эксмо»
127299, Москва, ул. Клары Цеткин, д. 18/5. Тел. 411-68-86, 956-39-21.
Home page: **www.eksmo.ru** E-mail: **info@eksmo.ru**

Подписано в печать 09.11.2012.
Формат 80x100 $^1/_{32}$. Гарнитура «Таймс».
Печать офсетная. Усл. печ. л. 16,3.
Тираж 250 000 (1-й завод — 42 100 экз.) экз. Заказ 1099.

Отпечатано в ОАО «Можайский полиграфический комбинат».
143200, г. Можайск, ул. Мира, 93.
www.oaotpk.ru, www .оаомпк.рф тел.: (495) 745-84-28, (49638) 20-685

ISBN 978-5-699-59534-1

9 785699 595341 >